DU MÊME AUTEUR

n° 1 - La Nef des Damnés
n° 2 - La nuit des ombres
n° 3 - La stratégie des ombres
n° 4 - Quai des disparus
n° 5 - Les larmes de Belle-Île

Même si chaque opus des enquêtes du capitaine Le Maoût peut se lire indépendamment, celui-ci se situe chronologiquement entre La Stratégie des ombres et La nef des Damnés.

Collection Palémon Mystère
Les griffes de l'ange

Retrouvez ces ouvrages sur www.palemon.fr.

CE LIVRE EST UN ROMAN.
Toute ressemblance avec des personnes, des noms propres, des lieux privés, des noms de firmes, des situations existant ou ayant existé, ne saurait être que le fait du hasard.

JEAN-PAUL LE DENMAT

LES LARMES DE BELLE-ÎLE

ÉDITIONS DU PALÉMON.
ZI de Kernevez - 11 B rue Röntgen - 29 000 Quimper

REMERCIEMENTS

Aux éditions du Palémon pour leur confiance renouvelée et leur aide précieuse.
En particulier Delphine Hamon pour ses corrections, ses conseils pertinents afin d'obtenir le meilleur de ce manuscrit.
Au reste de l'équipe, Myriam Morizur, Nathalie Simon, Annie Le Chevanche, Laëtitia Gonidec, Meven Le Donge, ainsi que les commerciales Fanny, Karine, Myriam.
À Christine, pour son soutien.
À Martine et Nathalie, pour leur lecture et suggestions avisées.
À ceux qui me soutiennent depuis la parution de La Nef des damnés *: les lecteurs(rices), chroniqueurs(euses), blogueurs(euses), les salons, les libraires, les médiathèques.*
À l'association La Colonie, à Belle-Île-en-Mer, pour son accueil et la visite du site de l'ancienne colonie pénitentiaire de Haute-Boulogne.

C'était une maison morte vivante où l'existence était tout autre qu'ailleurs et dont les habitants ressemblaient si peu aux autres humains. La Maison des Morts.

Les habitants de la Maison des Morts y étaient arrivés par tous les chemins de la vie. Ils disaient : « Nous n'avons pas pu survivre en liberté… Le Diable a usé trois sandales avant de nous réunir ici… »

Mais je viens de trouver, réunis dans des garderies spéciales, des enfants qui ne seront jamais des hommes. Après les avoir retranchés du monde, on les prépare à n'y jamais venir : ce sera leur carrière d'être mort.

F. M. Dostoïevski

Certains vides ne se comblent jamais.

Trop profonds. Trop immenses. Trop intenses.

La colère ne le quittait pas. Ne le quitterait plus.

Sa famille devait faire partie des maudits de ce monde, valait mieux en finir avec la lignée. Il ne restait que lui. Il n'avait pas peur de mourir.

Trop tard pour revenir en arrière. Trop tard pour un avenir. Trop tard pour tout.

Il ne regrettait pas d'avoir franchi la frontière d'un voyage sans retour.

Il irait jusqu'au bout…

1

2013, samedi 9 mars
Saint-Gildas-de-Rhuys, 7h45

Anaïs Favre regarda l'heure, se leva aussitôt. Pas de grasse matinée comme à chaque fois qu'elle revenait à la maison. Elle ne se fixait aucune règle et rentrait quand le besoin se faisait sentir. En moyenne, une fois par mois. Jamais moins. Paris, c'était bien, mais son coin de paradis lui manquait trop. Son père aussi.

Sans prendre le temps de passer autre chose sur sa nuisette en satin, elle descendit directement dans la cuisine. Coup d'œil dans la salle. Pas de lumière sur la terrasse. Un bruit l'amena en haut de l'escalier du sous-sol. Elle poussa la porte entrouverte.

— Papa ?

La voix de Mémaine lui parvint.

— Je ne l'ai pas vu, ma chérie. Je finis de préparer les légumes et je remonte.

La jeune femme trouva Mémaine en train d'éplucher des pommes de terre au-dessus de l'évier de la buanderie. « Pour ne pas faire de cochonneries dans la cuisine ».

Germaine. Une mamy de cœur. Petite, ronde, un visage plein de tendresse, des yeux vert bleu qui s'assombrissaient parfois comme un ciel d'orage, les cheveux gris ramassés en chignon, elle venait chaque jour. Sauf le dimanche. Elle arrivait à sept heures trente tapantes, revêtait l'une des blouses à carreaux gris qu'elle portait comme une armure et repartait à dix-neuf heures. Depuis presque dix-huit ans. Quelques semaines après le départ de Nathalie, la mère d'Anaïs.

Germaine s'était présentée pour l'annonce « Recherche une baby-sitter de 16 heures à 19 heures ». Elle avait besoin d'un complément de salaire depuis qu'une saleté de crabe avait rongé son Marcel jusqu'aux os. Mort d'avoir trop fumé. Trop bu aussi. Pour rester debout, peut-être lui avait-il manqué les rires d'un enfant. Peut-être. Sans nul doute, ce manque avait plombé un grand nombre d'heures de leur vie.

Devant la presque soixantenaire, Pierre-Olivier Favre avait eu du mal à cacher sa surprise. Pas une poulette de l'année. Ils en riaient encore aujourd'hui. Si Germaine était certaine qu'il n'y avait pas de hasard mais uniquement des rencontres, celle avec Anaïs lui avait paru lumineuse dès la première minute. Tellement que la crainte de ne pas obtenir le travail et de ne plus la revoir l'avait tenue éveillée une bonne partie de la nuit. Le matin, Pierre-Olivier Favre l'avait rappelée. Il lui avait passé Anaïs.

— Bonjour, madame. Est-ce que tu pourras venir me chercher ce soir à l'école ?

— Si ton papa est d'accord…

— Oui, oui, il veut bien.

Émue aux larmes, Germaine avait remercié son destin.

Quelque chose de merveilleusement doux avait remplacé la tristesse qui les habitait toutes les deux. Germaine avait tant d'affection et d'amour à donner et la fillette en avait beaucoup à recevoir. Au bout de quelques jours, elles ne pouvaient plus se passer l'une de l'autre. Rapidement, elle était devenue mamy Germaine. Mémaine pour la petite. Elle les avait suivis à Quimper puis à Saint-Gildas-de-Rhuys, son pays d'origine. Lorsque le juge avait acheté la maison à la pointe du Grand Mont, il avait insisté pour qu'elle vienne vivre avec eux. La villa était grande. Mémaine préférait avoir la sienne. Au cas où ! répondait-elle invariablement. Sans permis de conduire, elle venait à pied depuis le chemin du Puits David. Mille huit cents pas sous n'importe quel temps. Son sport de la journée.

Anaïs la serra contre elle, l'embrassa. L'inquiétude se lisait sur son visage.

— T'as pas vu papa ?

— Ben non. Je suis pourtant partie plus tard hier soir en espérant le voir, et ce matin, sa voiture n'est pas là. Il doit avoir une urgence au travail…

— Bizarre. Je vais voir dans sa chambre.

— J'arrive préparer le café. Ça va, toi ?

Petit haussement d'épaules.

La jeune femme trouva la chambre vide. Le lit fait au carré. Lorsqu'elle fut de retour dans la cuisine, l'inquiétude troublait son regard, transparaissait dans sa voix.

— Il n'a pas dormi là. Ça lui est déjà arrivé ? Tu saurais, toi, s'il avait une liaison…

Mémaine la regarda d'un air attendri.

— J'sais pas, chérie. Ton papa est quelqu'un de secret. Tu as appelé le tribunal ?

— On est samedi.

— Appelle son assistante. Elle s'appelle Ingrid Leclerc. Tu trouveras son numéro dans le calepin rouge sur son bureau.

— Il y a quelque chose entre eux ?

— Enfin, ma puce !

— Ce sont des choses qui arrivent. C'est quand même souvent pour ça qu'on découche. Elle va penser quoi ? J'ai pas envie de déclencher une rumeur sur une vie nocturne que papa n'a pas. Je vais jusqu'au tribunal.

Mémaine prit la jeune femme dans ses bras.

— Fais attention sur la route.

*

Vannes. Coup d'œil depuis la grille du parking. Pas de voiture sous le préau couvert. Une bouffée d'angoisse lui noua l'estomac. Lui picota l'intérieur de la bouche.

Elle appela Mémaine.

— Il n'est pas au tribunal. Hier soir, il m'a appelée à 19 h 15 de son portable de boulot mais comme je roulais, je n'ai pas répondu. Tu connais papa, il n'a pas insisté. Je l'ai rappelé plus tard, plusieurs fois. Rien. Ça ne lui ressemble pas du tout.

— T'inquiète pas, ma chérie. Il y a certainement une raison.

— Non, non, il m'aurait prévenue. Je te laisse. Bisous.

Sans attendre, elle fit une recherche sur le Net, contacta les hôpitaux, les cliniques. Jusqu'à Pontivy, Ploërmel… Aucun Pierre-Olivier Favre n'avait été admis. Son père avait disparu.

2

Nantes, 9h20

Le Maoût se gara à l'arrache sur le trottoir, éteignit le gyrophare magnétique posé sur le toit et gicla de la Mégane 3 pour gravir, au pas de course, la dizaine de marches du parvis. En guise de salut, il présenta sa carte au policier en faction et entra dans l'église Saint-Similien. Son regard glissa entre les piliers de granit sur les bancs et les chaises disposés dans la nef et les bas-côtés, fila vers le chœur. S'il ne voyait personne, un murmure dont il ne déterminait pas la provenance lui parvint. Il s'avança dans l'allée centrale. Le claquement de ses talons sur le dallage à cabochons résonnait jusqu'aux arcs et voûtes en pierre de l'édifice néo-gothique. Au bout de l'allée centrale, un policier en uniforme l'accompagna jusqu'à la chapelle dédiée à Notre-Dame-de-Miséricorde. Ses yeux se rivèrent aussitôt sur le corps nu, assis, les jambes tendues, les épaules appuyées contre le bas-relief de l'autel. Un homme. Maigre. La peau blanche, flasque. Des jambes et des bras secs ; des membres d'insectes. Le sommet du crâne poli, la nuque garnie de quelques cheveux courts et blancs. La tête légèrement baissée, le menton en appui sur les mains jointes serrées sur une croix en bois.

Le lieutenant s'adressa au policier :

— Qui a découvert le corps ?

— Une vieille. Elle vient chaque matin à l'église. Elle s'est sentie mal. On l'a transmise au CHU Hôtel-Dieu.

Le Maoût mit des surchaussures, enfila des gants. Aucune trace de sang sur le corps ni dans le périmètre hormis peut-être sur le polyane. Et sur le ventre. Pas de blessure au visage. Son regard s'attarda sur la croix latine en position inversée, les lèvres et les paupières cousues…

Il appela le procureur.

Tribunal judiciaire. La secrétaire lui passa le magistrat. Ce dernier attendit à peine la fin du rapport du policier pour déclarer qu'il arrivait. Parfait.

Sonnerie de portable. Sans Sucre.

— Ouais, Arnaud. À l'église Saint-Similien. Tu verras.

Le lieutenant interrompit la communication, contacta le commissariat, demanda l'identité du témoin qui avait signalé le corps. Un homme. Anonyme. Il demanda à écouter l'enregistrement.

Un corps devant l'autel Notre-Dame-de-Miséricorde à l'église Saint-Similien.

Froid. Un message de tueur.

Le policier raccrocha, pivota sur lui-même. Sa main droite glissa sous sa veste vers son arme de service. Il détailla un peu plus les lieux. La nef, les transepts, l'abside. Le bruit caractéristique d'une clenche crissant contre un mentonnet l'amena vers la porte latérale du transept nord.

3

Le grincement des gonds. Un ronronnement de moteur, des voix lointaines… Le bruit de la ville. Ceux de la rue Sarrazin. Pourquoi le policier s'éloignait-il au lieu de l'aider ?

L'abbé entendait tout. Sans pouvoir bouger. Ni parler. Enfermé dans son corps avec ses appels à l'aide qui résonnaient dans son crâne. Les muscles paralysés, le diaphragme bloqué, un misérable filet d'air le maintenait en vie. Pour quelques minutes, quelques secondes… Avec de plus en plus de mal à garder en éveil l'unique sens dont il disposait encore.

Pourquoi Follet ne l'avait-il pas tué ?

Il se souvenait de tout. Depuis le premier coup de fil le lundi vers seize heures. Une voix posée, chaude. Rassurante.

— Bonsoir, mon père. Excusez-moi de vous déranger. Je prépare un ouvrage sur Nantes par le prisme des édifices religieux. J'ai pensé à vous pour évoquer la période de construction de l'église Saint-Similien.

— Les archives sont complètes depuis la chapelle votive édifiée au IVe siècle sur le tombeau de l'évêque éponyme jusqu'à l'église néo-gothique actuelle.

— Tout à fait mais j'aimerais émailler le document de témoignages. Le vôtre apporterait beaucoup.

— Voyons-nous une première fois et nous aviserons pour la suite.

— Demain ?

— Quinze heures. Ici, à la Maison du Bon Pasteur. Rappelez-moi votre nom.

— Follet.

La cinquantaine. Les épaules larges. Le visage carré, hâlé. Les yeux marron foncé sans éclat particulier. Les cheveux en brosse poivre et sel. Simple, réservé, l'homme lui fut sympathique. Ils s'étaient revus les lendemains. Le vendredi, Follet l'avait embarqué pour un pèlerinage mystérieux. Une surprise. Ils avaient quitté Nantes. Bavardé de tout et de rien. Enfin… Pas vraiment en y pensant. Plutôt des questions de moralité. Le Bien. Le Mal.

Le véhicule quitta la N165, entra dans Vannes par les avenues Georges Pompidou, Jean Monnet. Sur le rond-point du Palais des Arts, il avait pensé à la cathédrale Saint-Pierre. Excellente idée. Des années qu'il n'y était pas venu.

Un trouble le saisit pourtant lorsque le fourgon dépassa l'avenue Victor Hugo. S'engagea rue des

Fontaines. La ruelle du Recteur. La place Sainte-Catherine avec ses maisons à colombages couleur sang de bœuf. L'église Saint-Patern ! Un mélange de plaisir et d'amertume l'avait envahi. À peine garé derrière l'édifice, Follet était sorti sans un mot. Lui avait suivi. À petits pas, vers le parvis. Il s'était rassuré en se disant que le monument inscrit au titre des Monuments historiques à Vannes valait largement une visite. Que cela n'avait rien à voir avec ce qui l'étreignait depuis quelques instants.

Il avait rejoint Follet alors que ce dernier poussait la lourde porte en bois.

— Excellent choix. L'édifice dédié à saint Patern, premier évêque du diocèse de Vannes au Ve siècle et l'un des sept saints fondateurs de Bretagne, fut détruit comme la cathédrale Saint-Pierre au Xe siècle lors des invasions normandes. Reconstruite le siècle suivant, elle devient durant le Moyen Âge une importante étape de pèlerinage. Les reliques de saint Patern conservées à Vannes attirent la foule des pèlerins du Tro Breizh. Le clergé de Saint-Patern et les chanoines de la cathédrale se disputent le droit de les présenter et par conséquent de recevoir les vénérations et les offrandes ce qui déclenche des bagarres phénoménales dans la ville.

— Rien à foutre, Cauchet ! Vous ne sentez rien ? Le mensonge. La peur. La mort. Votre église prône la morale, l'amour, la paix mais ses murs sont faits d'un mortier chargé de sueur, de larmes, de chair et de sang.

— Qui êtes-vous ?

— Votre conscience. Vous êtes si préoccupé à soulager celle des autres. Désemparé, un brin apeuré, il s'était figé au milieu de l'allée centrale. La lumière du soleil bas de ce début de printemps traversait les vitraux. Ponctuait les piliers et les arcades de myriades de couleurs. En temps normal, il se serait émerveillé. Cette fois, quelque chose de sombre noircissait son esprit.

Follet s'était approché de lui.

— Vous semblez troublé, l'abbé. Peut-être qu'une prière… ou une confession. Il n'est jamais trop tard.

— Vous voulez quoi ?

La réponse au creux de l'oreille l'avait tassé sur lui-même. Il s'était appuyé contre un banc. Aucune envie de fuir. Ni même de crier. C'était très bien ainsi. Follet avait raison, il n'était jamais trop tard pour soulager sa conscience avant de rejoindre le seigneur. Follet ! Même au plus loin de sa mémoire, ce nom ne lui disait absolument rien.

Un claquement de talons interrompit le fil de ses souvenirs. Malgré toute sa volonté, impossible de bouger la moindre fibre de son corps statufié pour attirer l'attention. L'inconnu s'approchait à pas vifs. S'arrêta près de lui. Une main frôla son menton, toucha sa gorge.

— Nom de Dieu !

Un froissement de tissu.

Une voix inconnue.

— Lieutenant Arnaud Longuet, police judiciaire. Pouvez-vous envoyer une ambulance à l'église Saint-Similien ? Nantes… Sans connaissance.

Une main se posa de nouveau sur son visage. Une respiration contre son oreille.

— Vous m'entendez ?

— …

— Les secours arrivent.

Les secours !

Pas pour lui. Pour les autres. Ceux de la liste de Follet.

4

Le Maoût sortit rue de Sarrazin, composa le 06 enregistré au standard du commissariat. Pas de sonnerie. Pas de boîte vocale. Il recommença plusieurs fois sans résultat. Le policier passa sur le trottoir d'en face. S'arrêta devant l'épicerie-bazar en face du rond-point arboré. Son attention se fixa sur une silhouette masculine immobile, debout à l'entrée du parking souterrain. Grande, vêtue d'une parka noire, la capuche ramenée sur la tête. Les mains dans les poches, l'homme l'observait. Le Maoût sentait l'acuité de ses yeux. Il fit quelque pas vers le giratoire, s'avança droit sur lui, accéléra le pas. À l'instant où leurs regards se croisèrent, l'inconnu se mit en mouvement. Disparut derrière le voile béton du parking.

Le Maoût fonça vers le passage piéton, descendit la venelle en espalier. Se retrouva à l'angle des rues Le Nôtre et du Bourgneuf. Coup d'œil alentour. Le type s'était volatilisé. Avec cent mètres d'avance, il avait eu le temps de regagner le cours des Cinquante Otages. Bien qu'essoufflé, le policier bloqua sa respiration, se connecta à l'environnement. Aucun bruit de course ne lui parvint ; le déclic discret de la fermeture d'une porte métallique le fit se retourner. Parking Talensac. Niveau inférieur. Un ronronnement de moteur – moto – le poussa sur les zébras de la voie d'accès. Il avait parcouru quelques mètres lorsque des pneus crissèrent et un vrombissement furieux résonna entre les parois de béton. Il fit demi-tour, fonça vers le rond-point. Derrière les murs qu'il contournait, le ronflement de la machine lui parvenait comme un écho à sa respiration saccadée. Une moto noire boueuse sortit du parking. Tout en regardant la bécane disparaître dans la rue Jeanne d'Arc, il prit son portable, appela son équipier. Arnaud Longuet. Un nom pas vraiment prédestiné pour un petit trapu. À la DIPJ, tous l'appelaient Sans Sucre. Sauf lui ; enfin, rarement.

— Arnaud, il…

— Il n'est pas mort ! Le type dans l'église n'est pas mort !

La nouvelle le tétanisa, le mit en apnée. Lui fit oublier la moto. Il sprinta sur le rond-point, déboula dans la nef qu'il traversa au pas de course. Debout près du moribond, Sans Sucre redressait la tête de celui-ci pour dégager sa trachée. Deux doigts sur la carotide de la victime, il ne put que constater le battement du pouls. Pas vrai, putain !

Il se releva devant les nouveaux arrivants dont les pas résonnaient dans la nef.

— Monsieur le procureur.

— Lieutenant. Alors, nous avons quoi ?

— En fait, l'homme n'est pas mort. Je n'ai pas…

— On attend l'arrivée d'une ambulance, compléta Sans Sucre.

Même si son visage trahissait l'agacement, le procureur demeura courtois.

— À votre décharge, Le Maoût, j'admets que la scène laisse peu de doute quant au décès. On connaît son identité ?

— Non.

— Vous avez l'air fatigué, lieutenant. Vous avez repris trop vite.

Un spasme secoua le corps du moribond. La toile posée sur ses attributs masculins glissa sur le parquet de l'estrade. La convulsion le crispa tout entier.

Sans Sucre lui palpa la gorge.

— … C'est fini.

Le magistrat regarda tour à tour les policiers.

— Messieurs. Procédure habituelle. J'appelle le légiste. Tenez-moi informé.

Deux minutes plus tard, il sortait de l'église.

Le Maoût se pencha en avant, souffla de dépit.

— Comment j'ai pu louper un truc pareil !

Sans Sucre haussa les épaules.

— Comme l'a dit le proc, t'as peut-être repris trop vite.

— Tu vas pas t'y mettre toi aussi…

Le Maoût raconta. Le type. La course. La bécane tout-terrain. Noire. Sans aucun signe distinctif.

— C'était lui, j'en suis sûr ! Tu appelles l'IJ, je contacte le curé de la paroisse et je file voir la dame qui a découvert le corps.

Les deux policiers se connaissaient depuis trois ans. Le blond et le brun. La douloureuse enquête sur le centre expérimental Géranima Center, développant des techniques de manipulation mentale[1], en avait fait des amis. Sans Sucre était l'équipier parfait. Sympa, serviable, toujours de bonne humeur. Droit dans ses bottes. Prêt à se damner pour avoir un fils après ses quatre filles.

Dans sa voiture, Le Maoût composa le numéro de téléphone affiché sur la page web de l'église Saint-Similien.

— Lieutenant de police Ludovic Le Maoût.

— Père Christian. Bonjour. Que puis-je pour vous ?

— Un corps a été découvert dans votre église.

Silence.

— Comment ça, un corps ? J'arrive. Le presbytère se trouve de l'autre côté de la rue.

À la vue de la dépouille, le prêtre détourna son regard, se signa vivement.

— Seigneur Dieu ! Comment peut-on…

— Vous le connaissez ?

— Le père Cauchet. Il a exercé son ministère dans cette paroisse pendant près de trente ans. Qui a pu commettre une telle abomination ?

---

1. *Voir* La stratégie des ombres, *même auteur, même collection.*

— Il vivait où ? reprit le policier.

Sans quitter le corps des yeux, le prêtre répondit comme pour lui-même.

— À la maison de retraite du Bon Pasteur.

— Que représente l'autel où est appuyée la victime ?

— Le bas-relief évoque la Vierge Marie trônant et accueillant auprès d'elle des foules d'hommes, de femmes et d'enfants de toutes conditions, les uns réjouis et les autres suppliants pour obtenir miséricorde. On remercie Marie, mère de Miséricorde, pour qu'elle soit le secours, le soutien de tous les affligés, la consolation de ceux qui pleurent, le remède des malades, la guérison des moribonds.

— La position de la victime a-t-elle une signification pour l'homme de Dieu que vous êtes ?

— Comment dire… L'expression de la ferveur.

La réponse énerva le policier.

— La ferveur. J'y vois la pénitence. Ou l'expiation. La tête basse traduit souvent la défaite, la honte ou la culpabilité. Avec les mains jointes et les doigts croisés…

— Le père Cauchet était un saint homme. Tout le monde l'adorait.

— Visiblement pas. Et le dessin rouge sang sur la poitrine et le ventre ?

Le père Christian regarda le policier dans les yeux.

— Vous voulez démontrer quoi, lieutenant ? Vous détestez les gens d'Église ?

— Je ne les considère ni meilleurs ni pires que les autres. Je cherche à comprendre pour cerner le profil psychologique du tueur.

— Il s'agit d'un pentagramme inversé. Dans la composition classique, la cinquième branche du sommet représente l'esprit, l'âme ou une forme quelconque de spiritualité. L'homme positif. La pointer vers le bas indique le diable, le mal. L'homme négatif. Il est souvent utilisé par les satanistes comme le symbole de la tête de Baphomet.

— La victime a donc été jugée par son assassin comme étant le diable ou en tout cas peu miséricordieux…

— L'œuvre d'un fou. Il y a tant de haine, de violence dans ce monde. Je connaissais le père depuis des années. Comment peut-on tuer un vieillard de près de quatre-vingt-dix ans ? Un prêtre qui plus est !

— Le meurtre est rarement le fait du hasard ou du simple plaisir de tuer ; l'endroit, la posture, la croix sous le menton, les lèvres et les paupières cousues… Chaque élément de cette mise en scène a une signification pour le tueur. L'expression probable du lien qui existe ou qui a existé entre lui et sa victime.

— L'abbé était incapable de faire le moindre mal. N'allez pas imaginer l'une de ces histoires sordides. Ici, chacun pouvait pousser sa porte pour trouver de l'aide.

Pas convaincu par la tirade, Le Maoût soupira, haussa les sourcils.

— J'aimerais obtenir la liste des paroisses où il a exercé.

— Voyez avec les diocèses de Vannes et de Nantes.

— Qui s'occupe d'ouvrir et de fermer l'église ?

— Moi ou madame Robert ; seule la porte principale, celle du parvis, est ouverte.

Le Maoût désigna la porte rouge cardinal qui donnait sur la rue Sarrazin.

— Et celle-là ?

— Toujours fermée sauf pendant les cérémonies religieuses. Nous l'avons condamnée durant les travaux.

— Elle était ouverte. Je suis sorti par là tout à l'heure.

Le père Christian s'en approcha. La position du gros verrou lui amena un froncement de sourcils.

— Je suis pourtant certain de l'avoir vérifié hier soir après le départ des ouvriers. Qu'est-ce qui va se passer maintenant ?

— Fermeture de l'église, le temps pour l'identité judiciaire d'effectuer son travail, précisa Sans Sucre.

— Je m'occupe d'informer Monseigneur l'évêque. Je reste à votre disposition.

Les policiers le regardèrent s'éloigner. Les épaules basses, les pieds lourds.

Le Maoût abandonna lui aussi son équipier. Une vieille dame l'attendait au CHU Hôtel-Dieu.

5

Follet s'arrêta devant le portail en fer forgé, coupa le contact, béquilla l'engin. Le casque à la main, il traversa le cimetière, s'arrêta devant une stèle de marbre noir.

Lucien Riguier 1920-1975.

Quatre plaques commémoratives identiques avec des noms, des dates se répartissaient sur la dalle autour d'un disque de granit gris clair creusé de cinq alvéoles reliées entre elles par un pentagramme inversé. Il se pencha et déposa dans l'une des cavités un osselet de métal minutieusement peint en rouge. Il correspondait au premier nom de sa courte liste. Émile Cauchet. Le premier aussi qu'il allait pouvoir barrer. Pas de regret ni de remords. Aucun plaisir non plus. La guérison ne se trouvait pas dans la vengeance.

Les paroles de l'abbé… Après leur pèlerinage à l'église Saint-Patern, la volonté qui le faisait tenir droit, le regard vif avaient disparu. Il avait vieilli de dix ans. Visage livide, les joues creuses et grises, les yeux morts. Il s'était hissé péniblement dans le fourgon et s'était laissé conduire. Sans un mot.

À cette saison, la presqu'île de Rhuys vivait des heures tranquilles. Direction Penvins au giratoire du Clos Salomon. Deux kilomètres après celui de La Vache Enragée sur la D199, Follet avait bifurqué à gauche dans un chemin dont on devinait à peine l'existence. La piste s'enfonçait dans la Lande du Matz recouverte par un enchevêtrement de branches laissées sur place après l'abattage des arbres. Nids-de-poule, crissements de ronces sur la carrosserie. Deux cents mètres jusqu'à une clairière embroussaillée guère plus engageante. Une cour envahie d'herbes hautes coincée entre une sinistre bâtisse en pierre de schiste et un hangar tout en hauteur, bardé de larges planches. Fixée au pignon, une échelle grimpait à un édicule en bois d'où pendait une grosse chaîne rouillée munie d'un crochet jaune ficaire. Une tache jaune dans un univers gris, vert. Vert-de-gris.

Follet quitta le véhicule, ouvrit la porte grise écaillée de la maisonnette. Une unique pièce sombre, froide, dénuée de tout confort. Il s'en fichait. Sa raison d'être se trouvait ailleurs. Il traversa la maison, rajouta du bois sur les braises de la cheminée tout en étant attentif à ce qui se passait derrière lui. L'enclenchement du pêne dans la gâche. Un frottement de pas. Un raclement de chaise sur le sol en béton. L'exhalaison d'un profond soupir.

— Lucien Riguier. Quatre-vingts ans après ! J'ai pris conscience de la gravité de mon mensonge bien des années plus tard. Cela m'a hanté presque toute ma vie.

— Et fait de la mienne un enfer.

— Je ne peux malheureusement rien défaire. J'imagine que vous ne m'avez pas conduit ici pour absoudre ma faute, ni prévu de me ramener.

Follet ne répondit pas. Le comportement du prêtre le déstabilisait. Aucun dédain ni mépris pour attiser la colère qui le tenait debout depuis des mois. Quand il se retourna, l'abbé était assis à la table en formica marron.

Le vieil homme le regarda tristement.

— J'avais neuf ans. Presque dix. Les gendarmes sont arrivés un dimanche après la messe. L'abbé m'a fait venir. Je leur ai répété ce que mon père m'avait demandé de dire. *J'avais vu Lucien Riguier voler dans le tronc de l'église.*

— C'était vrai ?

— Non. Je n'avais aucune idée de qui était ce garçon et je m'en fichais ; seul faire plaisir à mon père et à l'abbé comptait. Avant l'office, un homme est venu dans la sacristie. Il m'a dit que j'étais un bon garçon, pas comme ce vaurien de Riguier, et il m'a donné quatre pièces de vingt francs… Pourquoi maintenant, après tant d'années ?

Le visage de Follet se ferma ; son regard devint dur. Il saisit une pique, fourragea le feu. Une vague lueur éclaira les abords de l'âtre.

— C'est pas une question de vengeance mais de justice !

— Seul le pardon vous délivrera de la haine. Finir votre vie en prison, c'est ça que vous voulez ?

— Quelle vie ? Je suis mort !

Follet cria le dernier mot, se planta sur l'autre chaise en face de Cauchet. Le prêtre avança son visage.

— Le pardon, Follet. Rien que le pardon.

Poussée violemment, la table le heurta, le culbuta. Sa tête frappa le dallage.

— Ta gueule, curé ! Ta gueule ! Aucun pardon. J'en ai fait le serment ! Et t'es le premier sur ma liste. Dans l'au-delà, tu vas bientôt goûter aux joies que tu promets à tes ouailles. L'homme dans la sacristie, c'était Arsène Danfert ?

Prenant appui sur l'assise de la chaise, l'abbé se redressa.

— Non.

— Bien sûr que si ! Qui d'autre ?

D'un mouvement de tête, l'abbé désigna le mannequin assis au bout de la table.

— C'est qui, lui ?

— Personne pour l'instant.

Une sonnerie de réveil coupa la discussion. Follet appuya sur une touche du portable. Il lui restait quarante-cinq minutes avant son prochain rendez-vous.

— Voulez-vous un café ? J'en ai du chaud près du feu.

D'une pâleur extrême, l'abbé s'accouda à la table.

— Celui du condamné ?

— Patience, curé. Toute histoire a un début.

6

LUCIEN
1933, vendredi 15 septembre

Rue du Roulage[2], le magnifique hôtel particulier de trois étages aux façades richement travaillées témoignait de la fortune amassée grâce à un métier qui n'attirait pas beaucoup de considération. Chiffonnier. Les Danfert l'étaient de père en fils depuis des générations. Utilisés en très grande quantité dans l'industrie du papier très prospère au XIXe siècle, les vieux chiffons se vendaient pour de fortes sommes ; tout comme les os employés pour la fabrication de boutons, dans la préparation du suif, de colles, de gélatine, du phosphore des allumettes, du noir animal[3], ou les peaux de lapins pour les industries de fourrures. Après la Grande Guerre, sans délaisser le chiffonnage, Arsène Danfert avait

2. Aujourd'hui rue du Maréchal Leclerc.

3. Os calciné utilisé dans le processus de raffinage du sucre.

construit une tannerie moderne puis un garage automobile rue d'Auray[4]. Pour le commerçant, le temps manquait bien plus que l'argent.

Lucien pavoisait. La seconde fois en deux semaines qu'il accompagnait sa mère chez monsieur Arsène. Dix francs et le repas du midi partagé avec les employés ne se refusaient pas. Depuis la mort de son père écrasé par une machine haut-le-pied[5], les six cents francs de salaire de sa mère suffisaient à peine à les nourrir et à les loger.

À douze ans presque treize, le garçon était grand. Solide. D'épais cheveux bruns avec une mèche rebelle sur le front, de grands yeux d'azur, des traits fins mais sévères.

Depuis le matin, Lucien ramassait les pommes tombées, triait les véreuses et les meurtries, puis transportait les cageots dans une brouette jusqu'au cellier situé au bout des dépendances. Interdiction d'approcher la magnifique Delage D6-11 berline beige et noire de Monsieur garée dans le garage-préau voisin. La voiture du dimanche, des sorties avec Madame. Tout en travaillant, il regardait sans cesse vers la grande maison bourgeoise. Depuis qu'il l'avait vue, la semaine précédente, dans sa robe de rayonne bleu pâle froncée à la taille, la ceinture nouée sur le côté, Claire Danfert, de quelques mois sa cadette, occupait ses pensées. À l'heure du déjeuner, pas la moindre apparition divine. Dépité mais aussi soulagé d'éteindre un béguin ridicule né d'un simple sourire de la jeune fille, il avait repris sa tâche avec pour seule et unique attente les gages de la

4. Rue Hoche aujourd'hui.

5. Motrice non attelée à un train qui circule isolément sur une voie.

journée. Un bruit de moteur mêlé à un crissement de graviers attira son attention sur une somptueuse voiture noire et bordeaux qui se garait dans la cour. Un modèle qu'il n'avait encore jamais vu. Cinq minutes plus tard, un rire frais fit battre plus vite son cœur. Machinalement, il essuya son visage ruisselant de sueur, glissa rapidement le bas de chemise dans son pantalon. Il rajustait la vieille ceinture de son père lorsqu'il les entendit arriver. La terre durcie par les grosses chaleurs des dernières semaines résonnait sous leurs pas. Petit coup d'œil en coin. Elle n'était pas seule. Un gaillard un peu lourd serré dans son costume de golf en Prince de Galles courait près d'elle. Lucien commença à empiler les caisses, ne se retourna que lorsqu'ils furent juste derrière lui. Son regard se fixa sur Claire, se détourna devant le sien. Bleu clair.

Elle portait une robe sans manches en cretonne imprimée à fleurs blanches sur fond vert qui lui arrivait aux genoux. Ses cheveux blonds ondulés séparés par une raie sur le côté étaient coiffés en un carré court. Elle leva la tête, pointa une belle reine des reinettes qui faisait ployer l'extrémité d'une branche du pommier.

— Celle-là est magnifique.

Le golfeur en herbe se mit sur la pointe des pieds, tendit les bras. Après quelques sauts ridicules, il abandonna avec une petite moue de la bouche qu'il compléta d'un « trop haut » plein de certitude.

Sans réfléchir, Lucien s'accroupit, passa ses bras derrière les genoux de la jeune fille et d'un geste se redressa. La souleva au-dessus de lui. L'adolescente émit un petit cri de frayeur mêlé de plaisir. Ils restèrent ainsi quelques secondes, collés l'un à l'autre. Lucien aurait voulu que ce moment s'éternise. Une joue contre la robe parfumée. Les paupières closes. La sensation d'être observé lui fit tourner légèrement la tête. Ses yeux se rivèrent sur ceux du garçon. Venimeux. Noirs de haine. Il en fut mal à l'aise. Peut-être allait-il s'attirer des ennuis.

Claire se cambra et, l'instant suivant, la pomme dans une main, elle glissa au sol, déposa un tendre baiser sur la joue de son chevalier servant et mordit dans le fruit à pleines dents. Soudain gêné par ce qu'il venait de faire, Lucien s'écarta. Se remit au travail.

La jeune fille fit quelque pas, se retourna.

— Merci. Tu t'appelles comment ?

— Lucien, Mademoiselle.

— Tu es le fils de Léonie ?

Hochement de tête.

— Tu as vu où il est parti ?

— Je l'ai vu courir vers la maison.

Claire se figea. L'inquiétude voila son visage.

Il la regarda s'éloigner. Se mettre à courir. Un sombre pressentiment lui serra le ventre jusqu'à la fin de la journée.

Dix-neuf heures. Il rangeait les clayettes dans le cellier lorsqu'une ombre se profila près de lui. Il se retourna, se tétanisa devant l'uniforme.

— Approche !

Sans la moindre explication, le gendarme le fouilla, le poussa devant lui. En arrivant devant la maison, des pleurs rompaient le silence de cette fin de journée écrasée de chaleur. Sous le porche traversant de la demeure, il découvrit sa mère en compagnie d'un autre gendarme. Effondrée, le visage inondé de larmes, elle demeura immobile. Tête basse. Il courut vers elle. Un gendarme s'interposa.

— Rentre chez toi, gamin. Ta mère vient avec nous.

— Pourquoi ?

— C'est une voleuse !

— Ma mère n'a jamais rien volé ! Jamais !

Le gendarme le toisa.

— Regarde-moi ce p'tit coq !

— Et mes dix francs !

— Quel morveux ! Les chiennes ne font pas des chats…

Lucien s'emporta :

— C'est eux les voleurs ! Et, et… et vous, vous êtes des salauds !

Une claque derrière la nuque bouscula l'adolescent vers le portail ouvert, une seconde plus appuyée l'expédia jusqu'au milieu de la rue.

— Fous le camp avant qu'on t'embarque aussi.

Lucien courut vers l'église Saint-Patern, se cacha dans l'ombre d'une porte cochère. La vue de sa mère menottes aux poignets le consuma de l'intérieur. Il ne comprenait rien à ce qui se passait mais chez eux, il n'y avait pas de voleur. Plein de colère et de honte mêlées, il rentra chez lui rue de Calmont-Haut[6]. Une maison étroite avec un potager tout en profondeur. Cette nuit-là, il ne dormit pas.

*

---

6. *Rue Monseigneur Tréhiou aujourd'hui.*

Samedi 16 septembre 1933

Au petit matin, il se chauffa un café, grignota un reste de pain. Pas faim. Triste. Le cœur lourd. Bien que rongé par l'envie d'en savoir plus sur l'arrestation de sa mère, il s'abstint d'aller à la gendarmerie. Trop peur d'être gardé lui aussi.

Il se rendit rue du Roulage. Devant le portail fermé, il revint sur ses pas, emprunta le chemin au bout de la préfecture. Les cloches de la cathédrale Saint-Pierre sonnaient onze heures lorsqu'il pénétra dans le verger où il travaillait la veille. Il s'approcha sans encombre de la maison, se réfugia derrière la haie de buis taillée au millimètre avec l'espoir de voir Claire. Pas de voiture dans la cour. L'absence d'Arsène Danfert lui donna du courage.

Le cœur battant la chamade, il marcha droit vers la porte d'entrée. À l'étage, des rideaux bougèrent. Le visage de Claire apparut derrière une vitre de la fenêtre. Puis un second… Rond avec des petits yeux de cochon. Le garçon de la veille. Sûrement son frère. Celui-là le détestait. Pire, même. Si ça tournait au vinaigre, il fuirait par… La porte s'ouvrit devant lui. Louise Danfert. Elle paraissait étonnamment jeune. La ressemblance avec Claire était frappante. Si lui ne l'avait jamais vue, elle semblait le connaître.

— Lucien ! Que fais-tu là ? Par où es-tu entré ?

Impressionné, il retira sa casquette.

— Ma mère n'est pas une voleuse. Elle a passé la nuit en prison.

— Elle en sortira bientôt. Maintenant, va-t'en. Ferdinand !

Un homme s'approcha. Souvenir du Chemin des Dames, il claudiquait sur sa jambe de bois.

— Ferdinand, raccompagnez le jeune homme.

— Ma mère n'est pas une voleuse ! Je vous jure, madame.

— Nous l'avons surprise alors qu'elle retirait les bijoux de ses sabots.

Déstabilisé par la réponse, les larmes aux yeux, Lucien s'énerva.

— Vous mentez ! C'est pas une voleuse.

— On l'a vue, Lucien ! C'est Mademoiselle Claire et monsieur…

— Vous mentez ! Vous mentez tous !

— Elle tenait les boucles d'oreilles dans sa main !

Lucien resta silencieux, la bouche légèrement ouverte. Les yeux ruisselant de larmes, il suivit l'employé jusqu'à la grille.

— Monsieur et madame, ce sont des gens bien.

Ferdinand leva les yeux vers l'étage, cracha par terre.

— Pas le cas de tout le monde. Un serpent, çui-là. Toujours fourré avec… J'suis sûr que ta maman n'a rien volé. Ils vont la relâcher.

Réconforté par les paroles du boiteux, Lucien renifla, s'essuya les joues d'un revers de manche et s'éloigna sous le soleil presque au zénith.

Sa maman allait revenir. Il devait rester tranquille et l'attendre.

7

Dimanche 17 septembre 1933, 10 h 30

Tirée à quatre épingles pour assister à l'office de onze heures à l'église Saint-Patern, la famille attendait sur le perron de leur maison. L'arrivée du père au volant de la Peugeot 301 noire et beige qu'il utilisait la semaine pour le travail ne présagea rien de bon.

Arsène Danfert s'arrêta, descendit, appela Ferdinand.

— Quand as-tu nettoyé la Delage ?

— Hier en début après-midi. Comme tous les samedis. Elle est magnifique monsieur.

— Elle l'était avant qu'on la raye sur un côté ! Sûrement le jeune Riguier pour se venger du renvoi de sa mère. Je n'en reviens toujours pas pour Léonie. Propre, travailleuse, exigeante… De la famille, ou presque. Comme toi, Ferdinand.

L'employé l'interrompit.

— Monsieur, je ne crois pas que… Enfin, je…

— Quoi ? Allez ! On est déjà en retard.

— Vers dix-sept heures, j'ai vu l'ami de Mademoiselle Claire près du garage avec la brouette.

Le regard d'Arsène Danfert se posa sur son épouse.

— Hier ! Comment ça ?

Empourprée, la jeune femme baissa les yeux pour répondre.

— C'est la reprise de l'école et…

— On en parlera plus tard.

Arsène Danfert se remit au volant. Une abominable idée venait de l'envahir. Il roula lentement. La crainte d'être en retard à la messe ne le préoccupait plus du tout. Il se gara place Sainte-Catherine, sortit aussitôt. Héla un homme svelte à l'allure raffinée qui s'éloignait.

— Eugène !

L'interpellé se retourna. Visage fermé. Un sourire gêné crispa ses traits. Après une très brève hésitation, il s'avança vers son ami sans un regard pour Louise ni Claire qui descendaient de la voiture.

— Bonjour, Arsène.

— Tu ne restes pas à la messe ?

— Béatrice est souffrante.

— Et Jules ?

— Tu connais leur relation fusionnelle…

— Tu es passé, hier ?

— J'ai déposé Jules. Il adore la compagnie de Claire.

— Et toi, celle de Louise…

— C'est vrai. On discute de livres, de théâtre… Ce que je ne fais pas avec Béatrice. Elle… Elle a son monde qu'elle partage avec son fils.

— Je sais. J'ai beaucoup de chance avec Louise et Claire. J'aimerais te parler.

Le visage d'Eugène se ferma de nouveau.

— Bien sûr. Passe rue Saint-Vincent. Avec mon nouveau contrat de fournisseur exclusif de manuels scolaires pour l'enseignement catholique, j'ai investi dans une toute nouvelle machine d'impression. Matériel allemand. Tu verras. Tu n'es pas venu avec la Delage ?

— Euh… Pas aujourd'hui.

Danfert salua l'imprimeur, rejoignit sa femme et sa fille. Les cloches de l'église annonçaient le début de l'office lorsqu'ils entrèrent dans l'église. De chaque côté de l'allée centrale, des mouvements de tête déférents les accompagnèrent jusqu'à leurs places réservées. Assis, l'industriel posa les yeux sur l'un des anges d'albâtre agenouillés sur le bord de l'autel et pria de toutes ses forces, de toute son âme. L'accablement lui broyait le cœur, lui serrait la poitrine, l'asphyxiait.

Il l'aimait tant.

Entre eux, ils ne parlaient ni de littérature ni de théâtre. Ni d'autres choses. Ils échangeaient peu.

Peut-être riait-elle avec LUI. Peut-être même… Sa vue se brouilla un instant. Pour la première fois de son existence, il se sentit fragile.

8

Louise Danfert lui avait menti. Sa mère n'était pas rentrée.

Impossible de rester à la maison. Attendre lui rongeait les sangs, lui amenait des larmes. Lucien passa une journée d'angoisse à faire des allers-retours entre chez lui et la Maison d'arrêt avec l'espoir de croiser sa mère en chemin. En bas de la rue de Calmont-Haut, il suivait les anciennes douves sur une centaine de mètres et entrait dans l'ancienne ville close par la Porte Poterne sans même entendre les jacasseries des lavandières de la Garenne. Des cendres plein la tête, il traversait la place des Lices puis remontait les rues des Halles et Saint-Salomon à l'ombre des maisons à colombages. Son regard n'avait de cesse de chercher la silhouette de sa mère.

Arrivé près de la mairie, il en faisait le tour en courant de crainte qu'elle soit passée par un côté et lui de l'autre. Déçu, il poursuivait jusqu'à la place Nazareth. Il y restait quelques instants à l'ombre d'un arbre, les yeux braqués sur le grand portail gris dominé d'un fronton en granit orné d'une corniche épurée. Une quinzaine de va-et-vient. Plus peut-être. Jusqu'au soir.

Il s'apprêtait à manger une soupe de légumes lorsque des coups avaient ébranlé la porte d'entrée. À peine le temps de se lever de table que deux gendarmes moustachus[7] lui intimèrent l'ordre de les suivre.

— Je vais voir ma maman ? demanda Lucien.

— Tu vas d'abord passer la nuit au poste en attendant de voir le juge.

— Je vais pas voir maman !

— T'es idiot ou quoi ! Elle est à la prison de Rennes. Tu vas finir comme elle, p'tit morveux. On t'a vu voler dans le tronc de l'église Saint-Patern.

— Je vais jamais à l'église.

— Sauf pour voler, comme ta mère.

— J'ai rien volé ! Ma mère non plus !

Une claque l'envoya rouler sur la terre battue. Lucien se releva. La moustache en guidon, le plus ancien des gendarmes l'agrippa par le col de sa chemise, lui passa les menottes.

— Demain, tu expliqueras ça au juge.

— J'ai rien fait !

— Tu prends d'autres vêtements ou t'embarques comme ça ?

Lucien fit un rapide baluchon et sortit. La maison verrouillée, il poussa sèchement la clé sous la porte.

— Tu penses pas revenir ?

Le garçon baissa la tête, ramena les manches de sa trop grande chemise sur ses poignets.

---

7. Une décision ministérielle du 20 mars 1832 rend le port de la moustache obligatoire pour tous les militaires et ce jusqu'en 1933.

9

Lundi 18 septembre 1933, 14 heures

Le lendemain, Lucien fut tiré sans ménagement de sa cellule et accompagné place de la République pour être présenté en audience au tribunal de première instance de Vannes. Il se retrouva devant un magistrat du parquet, deux assesseurs et un greffier. Apeuré. Perdu. L'impression d'être un agneau dans une cage aux lions. Son sort fut réglé en cinq minutes. Le temps pour le juge de lire le maigre rapport posé sur son pupitre.

— Lucien Prosper Riguier, né le 30 août 1920, de Joseph Marie Riguier et de Léonie Marie Bara Le Foll, vous êtes accusé de vol.

— J'ai pas volé et ma mère non plus.

— Vous avez été vu en train de piller l'un des troncs de l'église Saint-Patern.

— C'est pas vrai ! Ma mère et moi, on n'a rien fait. Ce sont des mensonges !

— Il s'agit de votre jugement, pas de celui de votre mère. Vous avez été formellement reconnu par un témoin dont la parole ne peut être mise en doute.

— Tous des menteurs !

— Jeune homme, compte tenu de votre âge, ce tribunal vous acquitte comme ayant agi sans discernement et vous place dans une maison de correction jusqu'à votre majorité. La Colonie maritime et agricole de Belle-Île-en-Mer vous accueillera dès demain. Vous y recevrez une éducation que vous n'avez visiblement pas acquise au sein de votre famille.

— Je veux voir ma mère !

— Votre mère est à sa place et pour des années.

— Elle n'a rien fait ! Salauds ! Salauds !

— En ce qui vous concerne, l'heure n'est pas aux projets d'éducation mais au châtiment et à l'enfermement. Ce séjour vous redressera moralement et le travail vous rapprochera de Dieu.

10

Mardi 19 septembre 1933, 8 heures

Flanqué de deux gendarmes, Lucien franchit la grille de la gare, s'avança vers le hall voyageurs. La façade néo-classique en briques rouges et pierres calcaires s'apparentait à celle des autres gares de la ligne Savenay-Landerneau. Alignées le long du bâtiment telles des reines de beauté, des Citroën Rosalie, Peugeot 211, Citroën C4, Renault KZ se côtoyaient à distance respectable. À l'opposé, sur la place, témoins d'une époque presque révolue, des calèches à deux roues attelées sur des chevaux de trait attendaient les unes derrière les autres.

Bien que d'une nature curieuse, le garçon ne les voyait pas. Son regard traversait les choses et les gens. Si un mélange de rage impuissante et de désespoir l'habitait encore, ses poignets ferrés lui avaient ôté l'envie de crier son innocence. Plus la force. Une abominable honte l'écrasait. Il traversa le hall d'attente, se retrouva dehors. Sous le soleil déjà généreux, les écharpes de brume se dissipaient. Enveloppée d'un nuage de fumée et de vapeur, la locomotive apparut au loin. Le roulement sourd des roues sur les rails, le halètement des soupapes, le sifflet strident de la machine emplirent soudain la gare. Lucien sentit son cœur se serrer et plus encore lorsqu'il se retrouva à côté de « moustaches à chevrons » sur l'une des banquettes en bois du wagon. Il se tassa contre le flanc de la voiture. Cinq minutes plus tard, le convoi s'ébranla dans un grincement métallique, des chuintements de vapeur… Lucien ferma les yeux. Pas question de montrer son angoisse, sa peur. De laisser couler ses larmes. Quand il les rouvrit, la campagne défilait derrière la vitre. Un bocage pommelé nuancé de vert, tacheté d'éclats jaunes et rouges. Des champs de chaumes encore dorés. Des maisons isolées. Des villages parfois lointains. La flèche d'un clocher. Il regardait sans voir vraiment. Depuis quarante-huit heures, sa vie virait au cauchemar. L'impression d'être happé par une machine infernale. Repenser à la jubilation du juge lorsqu'il l'avait crucifié en une seule phrase assassine – « votre mère est à sa place et pour des années » – lui amena une flambée de haine. Ridicule dans son déguisement de corbeau pie et cette toque à galons d'or. Il détestait ces hommes accoutrés de robes noires, de chapeaux risibles. Tous ces sermonneurs, donneurs de leçons. Son honneur le juge Favre ! Jamais il n'oublierait le nom de cette face de rat !

Sa mère ne résisterait pas longtemps. Il connaissait sa fragilité mentale.

Le sifflet de la locomotive le ramena à la réalité. Gare d'Auray. Ses yeux glissèrent un court instant sur les voyageurs avant de revenir sur ses poignets menottés. Il ferma à nouveau les yeux. Et ce jusqu'à Quiberon.

Sans perdre un instant, les gendarmes sortirent du train, quittèrent la gare et s'engagèrent dans une rue poussiéreuse bordée de murets en granit et de maisons blanches. L'ombre de l'imposante église de Notre-Dame-de-Locmaria les coiffa un instant. Aucune hésitation n'entravait leur pas. Visiblement, ils n'étaient pas à leur premier voyage. Dans la rue de Port-Maria, toutes de noir vêtues, la coiffe blanche sur la tête et un large panier d'osier tressé sous le bras, des femmes bavardaient à voix basse. Les cognes s'empressèrent vers la jetée. Tout au bout, une épaisse fumée grise s'échappait de la cheminée du ferry à vapeur *L'Émile Solacroup* paré à prendre la mer. Lucien regarda le bateau avec angoisse. D'après les moustachus, par beau temps, la traversée prenait une heure trente. Le garçon se retrouva dans la cabine contre la paroi vitrée bâbord. Suivre le mouvement de la houle plus forte dans le passage de la Teignouse lui chavira un peu l'estomac. Son attention se focalisa un long moment sur le phare blanc perché sur le récif. Sur l'homme accoudé au garde-corps ancré à la roche. Sur le tourbillon de mouettes qui s'envolaient à l'approche du bateau. Pour chasser la nausée, il respira à grandes goulées par la bouche, cala son regard sur la ligne d'horizon presque indéfinissable tant l'air était pur. Il aurait donné n'importe quoi pour sortir au grand air. Penser au cauchemar qui venait de détruire sa famille atténua son mal-être. Tout allait si bien chez les Danfert. Une famille ou presque pour sa mère. Pourquoi aurait-elle pris le risque de les trahir, de perdre son travail ? Pour quelle raison Claire aurait-elle affirmé avoir vu sa mère retirer les boucles d'oreilles de ses sabots si ce n'était pas le cas ? Il repensa à ce qui s'était passé dans le verger. Au bonheur de serrer la jeune fille dans ses bras, à la soudaine flambée de haine dans le regard du gros garçon. Qui était-il ? Le frère, un cousin ? En tout cas un proche à la jalousie féroce. Les mots de Louise Danfert lui revinrent.

Nous l'avons surprise alors qu'elle retirait les bijoux de ses sabots. Mademoiselle Claire et monsieur…

Ce monsieur ne pouvait être que le gros garçon. Le serpent dont lui avait parlé Ferdinand.

Un coup de coude de « Moustache en guidon » l'arracha à sa réflexion. Le gendarme lui montra les falaises, le phare de la pointe des Poulains.

— Belle-Île ! Jusqu'à ta majorité, a dit le juge. J'aimerais bien être là quand tu reprendras le bateau dans l'autre sens. Paraît qu'à la colonie, ils mènent la vie dure aux voyous comme toi.

Huit ans ! Lucien ne répondit pas. Il regarda derrière lui. La presqu'île n'était plus qu'un trait sombre.

Le vapeur vira sur bâbord. Des hautes murailles noires émergèrent de la dentelure de la côte sauvage. Elles dominaient de toute leur masse grise ce qui semblait être le port de ce bout de terre plat raboté par le vent, lavé par la mer.

Le garçon ne connaissait rien de l'histoire de l'île.

Colonisée par des moines à partir du XIe siècle, cédée par les ecclésiastiques à Albert de Gondi, elle avait été rachetée par Nicolas Fouquet, surintendant des finances de Louis XIV. Rien de l'intervention sur ordre du Roi Soleil de Sébastien Le Preste de Vauban qui faute de budget se contentera de déplacer le village et l'église du Haut-Boulogne afin de créer un glacis et renforcer la citadelle existante. Rien de l'installation en 1765 de soixante-dix-huit familles d'Acadiens.

Le ferry dépassa les deux petits phares blancs dressés comme des sentinelles au bout des jetées. Leurs filets gréés en haut des mâts pour les faire sécher, une imposante flottille de chaloupes non pontées occupaient les eaux planes du bassin. Le Palais. Un joli port blotti contre des remparts austères, tristes. De ceux qui ne laissent aucun espoir de lendemain. Après quelques coups de sifflet, *L'Émile Solacroup* accosta en douceur au quai de l'Acadie. Les gendarmes attendirent la sortie des voyageurs avant de quitter la cabine. Sur la cale encombrée, des pêcheurs déchargeaient les bateaux, empilaient des caisses en bois pleines de sardines sur des brouettes que les femmes remontaient vers le quai.

Lucien ne regardait personne. Il aurait voulu être ailleurs. Il ignorait où, mais pas là au milieu de ces gens qui lui rappelaient trop les siens. Simples et honnêtes. Ses yeux quittèrent ses pieds, glissèrent sur l'enseigne écrite en grosses lettres « Conserves Alimentaires – JM Peneau – Nantes » au milieu de la façade blanche d'une grande maison, sur l'affiche du film *Âme de clown* collée sur un panneau penché, désarticulé par les bourrasques de nordet. Deux hommes en uniforme apparurent au bout d'une rue écrasée de soleil. Ils vinrent droit vers eux. Ils portaient une tunique bleue à col blanc avec cinq doubles boutons en métal et une étoile verte à cinq branches cousue à chaque angle du collet. Les quatre hommes se serrèrent la main. Tous se connaissaient. Tous dégoulinaient de sueur. L'un des nouveaux arrivants pointa le menton vers Lucien.

— Alors, vous nous amenez quoi ?

Moustache en guidon agrippa son prisonnier.

— Riguier Lucien. Voleur et fils de voleuse.

Le garçon releva la tête.

— C'pas vrai ! On a rien fait ! T'es qu'un menteur !

Le surveillant planta ses petits yeux bruns veinés de rouge dans ceux qui le défiaient.

— Un petit caïd, hein ? Ici, tu fais le malin mais là-haut, tu fileras doux.

L'autre surveillant rajouta.

— Sinon tes côtelettes feront connaissance avec ses sabots. Lui, c'est L'Brisou. Tu sauras assez vite pourquoi. Moi, c'est Pierre Pédron mais tout le monde m'appelle PP. Enlevez-lui les bracelets. Ici, il n'ira pas bien loin. Si on veut être à l'heure pour la soupe, faut qu'on y aille.

Lucien baissa son front têtu. Se retint de pleurer. Ceux-là semblaient bien pires que les gendarmes. Les menottes retirées, PP le saisit par le bras.

— Tu te mets derrière L'Brisou ; t'évites de lui cogner les talons. Il aime pas. Et t'évites de te pisser dessus ou de chialer avant d'avoir vu le directeur.

Ils quittèrent Le Palais sous un ciel bleu. Presque limpide. Une brise légère les accompagna sur un raidillon caillouteux le long des premières fortifications de la citadelle qui menait jusqu'à une placette rugueuse où celles-ci se heurtaient à d'autres hauts murs. Un grand portail en voûte. Lucien leva les yeux vers l'inscription noire sur fond blanc peinte au-dessus du cintre.

Maison d'Éducation Surveillée.

Sa nouvelle demeure.

Deux coups de heurtoir contre la petite porte voisine du portail. Un bruit de verrou. Tête basse, le garçon suivit L'Brisou dans une courette intérieure. Il jeta un regard en coin sur le logement de fonction du portier, court sur pattes, rond comme un tonneau. Une autre porte s'ouvrit devant eux. Ils s'engagèrent sur une allée sablonneuse bordée de part et d'autre d'une alternance de lauriers-roses et de massifs d'agapanthes bleues, bifurquèrent à gauche, longèrent un magnifique parc aux essences méditerranéennes. Le garçon n'en avait vu qu'un aussi beau. Chez les Danfert.

L'Brisou s'arrêta devant l'entrée d'un bâtiment, se retourna pour regarder Lucien. Il dut être satisfait car il entra dans une antichambre étroite aux murs blancs. Ils attendirent debout près de l'unique porte en bois à panneaux moulurés. Collées l'une à l'autre, quatre chaises en paille faisaient face à plusieurs photos. Des portraits solennels en noir et blanc. Des hommes d'âge mûr. Les dates sous les cadres allaient de 1880 à 1931. PP se pencha vers Lucien, lui souffla à mi-voix :

— Les anciens directeurs. Regarde-les bien car à l'avenir, quand tu entreras ici, tu te mettras face au mur.

Le tintement d'une cloche leur parvint.

L'Brisou entra avec Lucien, l'accompagna devant un grand bureau en chêne derrière lequel siégeait un homme d'une cinquantaine d'années. Les yeux clairs cerclés d'acier, les cheveux grisonnants crantés ramenés en arrière, la moustache fine. Droit, les talons joints, L'Brisou tendit l'enveloppe transmise par les gendarmes et recula de trois pas.

Debout, immobile, les bras ballants le long du corps, Lucien fixa son regard sur la veste croisée marron, la chemise blanche à col cassé, la cravate imposante à larges rayures vertes. Une tenue qui en imposait.

Le directeur n'ouvrit pas le courrier annoté *Lucien Riguier*.

— Je m'appelle monsieur Mauduit. Je suis le directeur de cette Maison d'Éducation Surveillée. La règle est simple. Tu te conduis bien et tout ira à merveille. Sinon, il y a toujours les quatre planches d'un cercueil et un trou dans la terre. Si tu ne veux pas que l'on voie le jour à travers tes mains, marche droit. Ce n'est pas ce que tu veux, Riguier ?

Avec l'impression subite que tout son corps se recroquevillait, que ses pensées se délitaient, Lucien secoua la tête.

Mauduit tendit le cou.

— Je n'ai rien entendu.

Le ton cassant crispa le garçon.

— Non…

— Monsieur le directeur.

— Non, monsieur le directeur.

— Moins nous nous verrons, mieux ce sera pour toi. Ici, il n'y a ni prisonnier, ni gardien mais des pupilles et des moniteurs. L'Brisou, il est à vous.

Tétanisé, Lucien hésita à bouger. Le « moniteur » aboya.

— Riguier ! Avec moi !

Quand il se retrouva dehors, quelque chose s'était brisé chez Lucien. La réalité venait brutalement de le rattraper. La tête vide, les yeux perdus dans le sable de l'allée, il suivit les moniteurs tel un automate. La chaleur ne l'incommodait plus. Le parc avait perdu tous ses charmes. Une chape de misère pesait sur ses épaules.

Le couinement d'une porte. La butée d'un seuil en pierre. Le soleil soudain plus éclatant. Le garçon leva les yeux.

Établie dans la continuité d'une succession de longues constructions dont l'unique ouverture en pignon – un grand portail plein cintre – s'ouvrait sur elle, la cour poussiéreuse ceinturée de hauts murs avait l'allure d'une arène. Venant des bâtiments, des frottements, raclements, cliquetis et autres tintements métalliques se répandaient tel un borborygme sur la colonie de Haute-Boulogne. Aucun son de voix. Aucun rire. Aucun cri. Une colonie de muets.

L'Brisou s'arrêta.

— Le grand préau. Il est séparé en deux par un cordon de pierres. Un côté pour les anciens et l'autre pour les plus jeunes. Interdiction de le dépasser. Dans cette cour, tu pourras causer. Causer, pas brailler. Ailleurs, tu la boucles.

Le moniteur s'avança vers un édifice circulaire couvert d'un chapeau chinois ardoisé. Plusieurs barriques en bois cerclées de fer entouraient la petite construction largement ajourée.

— L'un des puits de la colonie. Il y en a trois. Approche ! La grille, c'est pour vous empêcher de vous jeter dedans ; une idée du directeur. Le suicide de vauriens de ton espèce, ici tout le monde s'en fout mais lui trouvait ça moche.

PP intervint.

— Pas tout le monde, L'Brisou.

— C'est ça ! La vermine, faut la détruire avant que ça grandisse. On devrait les noyer à la naissance comme les chats.

La tête que fit son collègue lui amena un sourire cynique.

Lucien ne semblait pas avoir entendu la remarque ; ébahi, il regardait le trois-mâts ensablé jusqu'à ligne de flottaison à l'autre bout du préau.

L'Brisou le bouscula.

— C'est ni une diablerie ni un mirage. Le *Ville du Palais,* le navire école du centre. T'as envie de devenir matelot, Riguier ?

Lucien haussa les épaules. Dans l'instant, il n'avait envie de rien. Il suivit les deux hommes dans la buanderie. Des effluves lourds, acres. Une atmosphère moite, confinée. Des murs et un plafond salpêtré par l'humidité. D'épais bancs de bois, des grands baquets sur la droite. La majeure partie de l'espace était occupée par deux lavoirs en pierre de trois mètres au carré surélevés d'environ soixante-dix centimètres où une quinzaine de pupilles, manches retroussées, frottaient, lavaient en silence. À leur arrivée, aucun visage ne se releva. Pas un mot. Ni même un chuchotement. Pas un regard ne suivit leur traversée jusqu'à la porte en fer grêlée de rouille derrière laquelle ils disparurent.

La lingerie. Étroite. L'Brisou passa entre le comptoir et le mur d'étagères chargées de vêtements propres et commença la distribution en braillant comme s'il voulait être entendu de tous.

— Trois chemises, une veste en étoffe de laine, un gilet en étoffe de laine, un pantalon en étoffe de laine, une veste en treillis, un gilet en treillis, un pantalon de treillis, deux bourgerons en tissu fil et coton, deux paires de chaussettes de laine, deux caleçons, deux tricots, trois cravates en coton à carreaux, trois mouchoirs, une paire de chaussons galochés, deux paires de sabots, deux paires de guêtres, une casquette, un chapeau de paille. La tenue bleue pour le dimanche, les autres pour la semaine. Deux serviettes, deux gants. Un morceau de savon. Tu en recevras trois par an.

Le moniteur regarda Lucien.

— Qu'est-ce qu'on dit, Riguier ?

— … Merci… Monsieur.

— Monsieur ! Ici, c'est chef, crétin d'abruti.

— Oui, chef !

L'brisou porta ses mains à sa bouche, minauda.

— Tu réponds comme une fille. T'es une fille, Riguier ?

— …

— T'es une fille, Riguier ?

Lucien se redressa, clama.

— Non, chef.

— Et ben voilà ! Tu mets tout ça dans ta caisse. Ton trousseau pour ton séjour. Tu devras toujours porter une tenue réglementaire donc tu te débrouilles pour ne rien perdre sinon tant pis pour toi. Bien reçu, Riguier ?

— Oui, chef !

— Ici l'heure, c'est l'heure. En ce moment, lever à six heures. Tu as trente minutes pour faire ton lit, ranger ta cellule, t'habiller, te laver. Des lavabos, y en a pas cinquante mais un seul pour chaque couloir. À six heures vingt-cinq, tu dois être devant ta cage.

Si elle n'est pas parfaitement rangée, pas de soupe et direct de corvée. Pour les marioles, on a des spécialités. Six heures trente, rassemblement par groupe pour une demi-heure de nettoyage, balayage dans les cours, les salles, les ateliers. Un groupe par surveillant. Tu seras dans le mien. Sept heures, en colonne pour la soupe. Ensuite, direction les ateliers jusqu'à midi. Soupe et récréation jusqu'à treize heures. Retour au boulot jusqu'à dix-sept. Classe ou sport pour les non punis jusqu'à dix-huit heures. Soupe et récréation. Rassemblement par dortoir à dix-neuf heures trente. Tous les rassemblements se font dans la grande cour. Pieds joints. Bras le long du corps. Tête droite. C'est clair ?

— Oui, chef!

— Tu vas commencer à la corderie.

PP crut bon d'intervenir :

— Pour débuter, c'est pt'être…

— C'est pt'être quoi ? Ça apprendra à ce petit con à fermer sa gueule devant les moustachus. Amène-le au dortoir.

L'Brisou regarda sa montre à gousset.

— T'as dix minutes. Si t'es pas là à la sonnerie du rata, tu attendras ce soir pour bouffer. Dégage !

Dehors, le soleil plombait.

Ébloui, le garçon plissa les yeux. La caisse bloquée entre ses avant-bras et son menton, il suivit PP sur une allée large et caillouteuse. Elle longeait un profond caniveau en pierre creusé le long des pignons des longères reliées entre elles par un grand mur garni sur le dessus de tessons de bouteille. De ceux qui font les prisons. Qui ne laissent pas d'espoir, bloquent jusqu'aux rêves.

Le surveillant s'arrêta au pied du premier escalier qui enjambait le caniveau.

— Ça mène au dortoir. Celui-ci, c'est pour les petits. Le second pour les grands. On répartit au mieux pour éviter les problèmes.

Lucien ne chercha pas à en savoir plus sur les « problèmes ». Au bout de l'allée, sous la surveillance d'un gardien, deux gaillards aux prises avec un brancard chargé de laitières et de gamelles sortirent d'une bâtisse séparée des autres. Un bâtiment avec des fenêtres inaccessibles, barreaudées de fer. Pas besoin de demander d'explication, PP était bavard.

— Le quartier disciplinaire. Le mitard. Vingt cellules. C'est ce qui t'attend si tu t'tiens pas peinard. Certaines pupilles y sont depuis quarante jours. À l'eau et au pain sec. Y sont pas beaux à voir quand ils sortent de là. Bien d'leur faute !

Pupille ! Le nouveau nom donné aux « colons » depuis la réforme de 1927. Tout comme moniteur à la place de surveillant ou Maison d'Éducation Surveillée en remplacement de Colonie pénitentiaire. Des mots pour l'administration car sur place, rien n'avait changé. Discipline de fer. Brimades, corvées, violences. D'interminables journées de travail dans les ateliers. Des machines à discipliner et à punir. Des bagnes pour enfants.

La caisse contre sa poitrine, Lucien gravit les marches en bois. Ses yeux s'arrondirent devant le dortoir établi sous les combles. Des cages. Un mètre cinquante sur deux mètres cinquante. Grillagées sur le couloir et des planches pour les autres côtés. Pas de communication ni de contact possible. Des cages à poules ! Verrouillées entre elles à l'extinction des feux par une longue tige métallique manœuvrée de l'extérieur par le gardien.

PP passa devant lui, l'accompagna jusqu'à sa place.

— Tu te changes et on descend vite fait.

Devant le regard affolé du garçon, PP lui indiqua ce qu'il devait mettre.

— La tenue de tous les jours. Caleçon, pantalon, chemise, bourgeron, chaussettes, sabots. Allez, allez ! Tu colles le reste dans l'armoire. Cellule numéro 16. D'accord ?

Lucien hocha la tête.

Trois minutes plus tard, ils se présentaient devant l'entrée d'un des réfectoires. Une salle immense, quatre rangées de tables bancs séparées par des couloirs. Quatre pupilles par table. Tous tournés dans le même sens. Pas de vis-à-vis.

À la sonnerie du clairon, un roulement de tonnerre résonna dans Haute-Boulogne. Pas de bousculade, ni de course. Des pas pesants, pétris de crainte. En silence, les groupes se formèrent. Des rangées de quatre dans l'ordre de leur position dans les réfectoires.

L'Brisou s'avança vers Lucien, le prit par le col de son bourgeron et l'emmena devant les pupilles réunis. Crânes rasés à la tondeuse. Visages ravagés de boutons. Regards éteints. Une troupe de vieux précoces.

— Il se trouvait à quelle table, Le Tousseux ?

Un bras se leva.

— Ici, chef.

L'Brisou expédia le garçon d'une chiquenaude derrière la tête.

— Vigny, tu fais la nounou jusqu'à demain à midi. Si je dois lui réexpliquer, tu connais la règle.

— Oui, chef.

Mal à l'aise devant les trois cents paires d'yeux braquées sur lui, tête basse, les bras ballants, Lucien rejoignit le gaillard qui venait de répondre.

Vigny était grand, costaud. Un visage mince ombré par une barbe noire. Rien d'un mioche. La tenue propre, les sabots cirés le différenciaient des autres.

— Tu me suivras. Tu prendras un broc et le pain. Et surtout, tu la fermes.

Lucien hocha la tête à ce qui visiblement semblait être la règle numéro une.

Au coup de sifflet, la première rangée de chaque peloton s'avança vers la grande porte. Les autres suivirent dans un ordonnancement militaire. Quand vint son tour, Lucien respecta les consignes de son guide. Il se chargea de l'eau, du pain et le suivit. La gamelle en fer-blanc entre les mains, l'ancien marchait souplement pour ne pas en renverser la moindre goutte. Il la posa sur la table, attendit debout à sa place. Une boule au ventre, Lucien ne le lâchait pas des yeux. S'appliquait pour ne pas s'attirer de reproches ou pire encore.

Le silence se fit. Net. Dur.

Au bout de la salle, un moniteur venait de monter sur l'estrade.

Au premier coup de sifflet, les pupilles s'assirent d'un même mouvement. Au second, la grande salle s'emplit du tintement des couverts, des assiettes et des gamelles en fer-blanc.

Vigny se retourna vers Lucien.

— Passe la « surveille ».

Devant l'air ahuri du nouveau, il lui arracha le récipient des mains, distribua les morceaux de pain rassis.

Écarlate, craignant de louper un autre rituel inconnu, le garçon attendit quelques secondes avant de commencer à manger. La voix du Brisou au-dessus de lui le fit sursauter.

— C'est pas à ton goût, Riguier ?

D'instinct, Lucien se tassa.

L'œil pénétrant, l'homme en uniforme le toisa.

— Tu te lèves et tu réponds quand je te parle. Alors ?

Lucien se redressa, tremblant.

— J'sais pas, chef.

— Faut peut-être qu'on te donne la becquée ?

— Non, chef.

— Alors pourquoi tu bouffes pas ?

— J'attends de voir comment font les autres, chef.

— Peut-être que tu tétais encore ta grosse vache de mère ?

Lucien se raidit, serra les dents. Ses doigts se crispèrent sur le manche de la cuillère.

— C'est pas une grosse vache, chef.

— Qui ?

— Ma mère, chef.

— Une grosse vache de voleuse, Riguier !

Un silence total s'installa dans le réfectoire. Pas même un bruit de succion du rata aspiré, de croûtons émiettés. Le garçon cessa de respirer. Sa bouche se dessécha. Il sentait le sang bouillonner sous sa peau. Il allait… Un coup de sabot à la cheville éteignit sa rage. Ses épaules s'affaissèrent. Il baissa la tête. Des larmes brouillèrent sa vue.

L'Brisou ricana.

— Une grosse vache, Riguier! T'as de la chance que je sois de bonne humeur. Chaque jour, tu recevras 750 grammes de pain cuit la veille distribués en quatre fois. Les lundi, mercredi, vendredi, samedi, c'est la pitance. Quatre louchées de soupe maigre et trois de légumes secs, pois, haricots, lentilles ou des patates. Le mardi, le jeudi et le dimanche sont jours de fête. Quatre louchées de soupe grasse avec une portion de viande de bœuf bouillie et désossée. Maintenant, tu t'assois et tu manges.

— Oui, chef.

— Après le repas, tu rejoindras l'atelier de corderie. Avant tu passeras à la douche et chez le coiffeur. Vigny te montrera.

— Oui, chef.

Personne ne se retourna durant l'échange mais tous écoutaient.

L'Brisou avait le nouveau dans le pif.

Lucien plongea sa cuillère dans l'écuelle de bouillon où baignaient deux poignées de haricots secs. Éclatèrent les bulles grasses du bouillon comme s'il crevait des poches de souvenirs. Il n'osa protester quand Vigny lui prit sa portion de pain, la trempa longtemps dans sa soupe, la suça, la replongea avant de l'avaler goulûment. En quelques minutes, il venait de saisir qu'il allait devoir tout réapprendre s'il voulait rester en vie. Ici le respect se gagnait avec les poings. Il avala le bouillon gras sans trouver le moindre morceau de viande. Pas grave, chez lui, il n'en mangeait pas non plus tous les jours. Après quelques minutes, le réfectoire s'emplit de nouveau du tintement métallique des couverts. Les gamelles furent empilées au bout de la table. Un coup de sifflet traversa la salle. Comme un seul homme, les pupilles se levèrent dans un raclement de bancs. Table après table, le réfectoire se vida. Seuls restèrent les pupilles de corvée.

Un murmure étrange emplissait la cour plombée par la canicule. Pas un cri ni un rire. Juste un bourdonnement de mots et de chuchotements. Vigny ne lui laissa pas le temps d'entrer dans l'arène. Il l'agrippa par la manche.

— On va voir La Cisaille. T'as des poils ?

Pas certain d'avoir compris le sens de la question, Lucien fronça les sourcils, ne répondit pas. L'ancien l'agrippa par le col de son bourgeron. Lui mit la main entre les jambes.

— Des poils ! T'en as ?

— … Oui.

— De toute façon, il fera la totale. Avec La Cisaille, pas de détail. On rase tout, sinon j'te dis pas les poux, les morpions. T'es crade ?

— Non…

— Cause plus fort. C'est vrai ce que dit L'Brisou, on dirait une gonzesse.

Ils traversèrent une première cour à l'ombre de la chapelle jusqu'à une infranchissable paroi en pierre avec dans son axe une porte pleine cintre. Une autre cour fermée identique à la première. L'impression d'être dans un labyrinthe. Vigny lui désigna l'entrée du "salon de coiffure".

— Vas-y. Je t'attends dehors.

Un couloir étroit. Une sorte de vestiaire avec des armoires et au milieu un tabouret en bois derrière lequel se tenait La Cisaille. Debout. Prêt à officier. Le visage anguleux, très mat. Des cheveux blonds rasés. Une tenue propre et les sabots cirés. Lucien pensa qu'il s'agissait, comme Vigny, d'un prisonnier sous-chef de quelque chose.

Lui aussi gueulait. Peut-être pour faire la nique à la règle de silence imposée partout sauf dans la cour en récréation.

— T'appelles comment ?

— Riguier... Lucien Riguier.

— Enlève tes fringues.

Lucien hésita un instant.

— Si t'as des poils, je fais comment pour te raser les couilles ?

Gêné, le garçon se déshabilla, empila sa tenue près de la chaise. S'assit sur le tabouret. Une poigne solide lui abaissa la tête, le menton sur la poitrine. Il sentait la tondeuse se poser sur sa nuque, finir sur son front, les tempes. Ses cheveux bruns tombaient par touffes sur ses cuisses, sur le sol en béton. La Cisaille lui prit une oreille, tira dessus.

— Lève-toi ! T'as quel âge ?

— Je viens d'avoir treize.

Le coiffeur passa devant lui, s'accroupit. Le tripota un moment. Lui caressa l'intérieur des cuisses.

Écarlate, très mal à l'aise, Lucien se crispa, serra les poings, les mâchoires. Ferma sa gueule. Ce devait être comme ça pour tout le monde.

— Pas très poilu. Tourne-toi.

Lucien résista pour ne pas foutre le camp. Bien qu'exaspéré et passablement énervé, il se retourna, se laissa tapoter les fesses. Deux ou trois petites claques sur chaque.

À la caresse un peu plus précise, il s'écarta brusquement. La Cisaille le ramena brutalement vers lui, rasa les poils de son bas-ventre. Lui écarta les bras pour faire les aisselles.

— Tu te fringues et tu nettoies. T'as pas intérêt à ce que je trouve le moindre poil de cul par terre, Lulu.

La Cisaille montra un balai et une pelle dans l'angle de la pièce. Lucien s'appliqua à ne pas le décevoir. Il l'entendait discuter avec Vigny. Une odeur de fumée de cigarette lui parvint. Quand il eut fini de balayer, il chercha où vider ses crasses et finalement attendit avec la pelle à la main. Valait mieux pas jouer au mariole et se les mettre à dos dès le premier jour. La douche dura une minute à peine. Glacée. Pas de savon. Pas de serviette. Il s'essuya avec son pantalon, se rhabilla. Vigny lui fit signe de le suivre. Ils traversèrent d'autres cours, contournèrent le jardin exotique où se côtoyaient cactus, genêts d'Espagne, agaves et autres beautés des pays chauds. Une vision presque idyllique pour qui ne vivait pas entre les murs hérissés de tessons de bouteille.

Le caïd profita d'être à l'écart pour poser la question avant tous les autres.

— Qu'est-c't'as fait pour être ici ?

Lucien joua la carte du vaurien plutôt que celle du pleurnichard.

— Volé dans une église. C'est l'curé qui m'a donné aux vaches.

— On devrait les brûler. Tous.

— Ouais.

Le soupçon de fraternité perçu dans la voix de l'ancien l'encouragea.

— Les moniteurs ont pas l'air commodes.

Vigny ricana.

— Pas de moniteurs ici, rien que des gaffes. De vrais chiens de garde ! Ça, c'est du Mauduit tout cuit, les moniteurs par ci, les pupilles par là. Pupilles ! Mes fesses, ouais ! Des bagnards, tu veux dire !

La corderie se trouvait dans les combles d'une des longères. Quatre-vingt-dix mètres de long. Une chaleur étouffante. Un air lourd chargé de poussières. Une odeur forte, animale. Et le silence. Lucien ne les compta pas mais ils étaient nombreux, répartis sur toute la longueur de la sous-pente. Une vingtaine de colons et cinq ou six gaffes.

L'un d'entre eux claudiqua dans leur direction. Vigny se redressa.

— Un nouveau, chef. C'est L'Brisou qui…

La casquette repoussée en arrière, le gaffe tendit le cou vers Lucien. Lui redressa sèchement la tête.

— Ici, dès le premier jour ? Un p'tit dur, alors ! Tu sais ce qu'on leur fait aux cabochards ? On les soigne à la trique.

Les yeux vitreux, l'haleine puant le pinard, Pic-Poc appuya le dernier mot d'un solide coup du pilon de sa jambe de bois sur le plancher. Lucien beugla.

— Oui, chef !

— Nom de Dieu, j'ai perdu une jambe, pas les oreilles. Vigny, tu le mets au parfum. Ensuite, tu l'emmènes au touret.

Pic-Poc essuya la sueur de son front d'un revers de manche et retourna s'asseoir sous le châssis de toit grand ouvert d'où filait un léger courant d'air.

Vigny pointa son index sur l'un des garçons, béret sur le crâne, debout au milieu du grenier.

— Lui, c'est un fileur. Le peignon de filasse de chanvre qu'il a dans le tablier noué autour de sa taille doit lui permettre de faire un fil qui peut atteindre la longueur du bâtiment. Pour commencer, il réalise une boucle, l'accroche au rouet et ensuite il dévide la filasse tout en reculant très lentement. Celui qui se trouve près du rouet, c'est le tourneur. Au fur et à mesure que le fileur s'éloigne, le fil repose sur des râteliers en bois afin qu'il ne traîne pas au sol dans la poussière. Le fil de caret terminé, le fileur l'empelotonne sur un touret et…

La voix graillonneuse de Pic-Poc l'interrompit.

— Nom d'Dieu, Vigny, tu vas pas y passer l'après-midi !

— Non, chef. Faut bien lui…

— Il apprendra sur l'tas !

Durant quatre heures, Lucien apprit à manœuvrer le touret, à serrer le fil dans une livarde afin d'en rabattre le velu, de lui faire perdre le trop de torsion qu'il pourrait avoir reçu avec le fileur. À retirer les bobines et à les stocker dans le dépôt.

Au coup de clairon, l'atelier s'arrêta. Tous avaient hâte de sortir. Dans cette étuve, le moindre mouvement les couvrait de sueur.

Dans la grande cour sablée, les colons s'étaient déjà répandus un peu partout par petits groupes. Vigny toucha Lucien du coude.

— Si t'as besoin de pisser, c'est là-bas.

Ils passèrent près du puits. Le petit édifice était encerclé, pris d'assaut. Les mains en creuset, beaucoup buvaient à même les barriques. L'un d'entre eux quitta le rassemblement, se positionna devant eux. Une tenue plus propre que la plupart. Une démarche raide presque mécanique. Un visage anguleux, des yeux creux, des épaules larges, des bras trop longs qui pendaient comme désarticulés le long de son corps. Un rictus au coin de la bouche. Rouque. Une bête fauve. Il s'adressa à Vigny :

— Tu présentes pas le nouveau ?

Le malaise ressenti par Lucien s'accentua quand les yeux noirs se posèrent sur lui. Le caressèrent avec gourmandise.

— L'est giron, l'garçon. Tout beau, tout frais. L'cul bien serré. T'appelles comment ? Lulu, qu'm'a dit La Cisaille. C'est ça ?

— Je m'appelle Lucien Riguier.

— J'préfère Lulu. Ma Lulu. Ça fait poule. J'aime bien. Approche, je vais pas te bouffer. Enfin, pas tout de suite. Tourne-toi un peu. L'Cisaille m'a dit qu't'avais de jolies fesses. J'en ai un peu marre du cul pointu de La Caille.

— Ça va te changer, Rouque, lança quelqu'un.

Des rires et des ricanements s'élevèrent près du puits.

Lucien jeta un œil désespéré vers son tuteur d'un jour. Imperturbable, les mains dans les poches, Vigny semblait se foutre complètement de ce qui se passait.

Rouque s'approcha.

— T'es dans quel dortoir ?

Lucien redressa la tête. Il s'était déjà battu plusieurs fois avec des plus grands que lui. Souvent même. Rouque paraissait dur comme le fer. Semblait n'avoir peur de rien. Sûrement bien plus dangereux que les garçons contre lesquels il s'était frotté dans le quartier.

— Dans une cage.
— Descends ton froc.
— Non.

Rouque plissa les yeux. La réponse eut pour effet d'agrandir son rictus et de dévoiler une gueule de bâtard du Moyen Âge. Il croisa ses mains, fit craquer les jointures. Des doigts noueux aux phalanges saillantes. Un tas d'os dont l'impact devait faire très mal.

Lucien eut la sensation que l'air déjà étouffant s'épaississait. Il n'avait pas vraiment peur. Ici, pas de mère à défendre. Bourré ou pas, son père frappait sec avant de s'écrouler au milieu de la cuisine. Après son retour de guerre, il buvait comme un trou. Pleurait aussi, parfois. Aucune larme n'avait coulé sur les joues de Lucien quand son vieux avait fini écrasé sous la machine. À écluser comme il le faisait, ça devait arriver.

Le garçon sentait la sueur ruisseler sur son visage, au bord de ses yeux, dans son dos jusqu'à la ceinture de son pantalon. Il allait prendre la raclée de sa vie.

Le silence se fit tout autour du puits.

Les mâchoires serrées, Rouque répéta :

— Baisse ton froc !

— T'as qu'à te branler !

Le caïd frémit, pivota pour s'assurer que les gaffes se trouvaient dans leur niche, à la fraîcheur des murs épais. Pas envie de faire du trou, pas envie non plus de voir son autorité de caïd défiée par ce petit con. Avant qu'il ait eu le temps de faire quoi que ce soit, Lucien baissa son pantalon et lui montra ses fesses.

D'un coup de pied, Rouque l'envoya rouler dans la poussière.

Vigny s'interposa. Les deux anciens étaient de la même taille. Probablement aussi forts, aussi sauvages l'un que l'autre.

— Laisse tomber, Rouque. Des femmes, t'en as. Plusieurs.

— Et alors ! Je croyais qu'on était d'accord. Chacun s'truc. Comme ça, pas de bagarre. Et les girons, c'est pour moi.

— Lui, je le connais. Il est de mon quartier. Et chez nous, les garçons ont pas besoin de maque.

— C'pas chez toi, ici. Mais bon, j'te le laisse… Contre une cigarette.

Une façon de ne pas perdre la face.

Malgré la furieuse envie de lui éclater le reste de ses chicots et d'effacer son rictus de taré, Vigny accepta le marché d'un hochement de tête. La guerre entre caïds, c'était bon pour personne.

Rouque desserra les mâchoires. La rage reflua de ses veines, disparut de ses yeux. Un peu de couleur teinta son visage crayeux. L'honneur sauf, il retourna vers sa petite cour de demoiselles.

Les latrines. Lucien n'en avait jamais vu de pareilles. Un couloir distribuait une succession de places – une trentaine – séparées entre elles par une tôle percluse de rouille. Chier devant les autres ne semblait gêner personne. Il s'habituerait. Quant aux pissotières, elles se résumaient à un petit caniveau en béton coulé le long du mur d'enceinte. En revenant, le regard qu'il laissa traîner sur la démarcation en gros galets qui séparait la cour en deux et que personne n'approchait à moins d'un mètre incita Vigny à sortir de son mutisme.

— Les enfants d'un côté et les hommes dans la partie la plus grande. Celle du puits. Interdiction pour les plus jeunes d'en approcher. Aujourd'hui, ils l'ont protégé avec une grosse grille. Quand je dis les plus jeunes, c'est surtout les plus fragiles.

Vigny lui fit faire le tour du proprio. Les ateliers – voilerie, ferblanterie, conserverie, ébénisterie, boulangerie, conserverie, corderie – puis l'infirmerie, le bureau et le logement du gardien chef, le greffe. D'un signe de tête, il désigna l'entrée de la chapelle, l'inscription « Dieu te voit » gravée dans la pierre d'un linteau. Le visage dur, il cracha par terre, grommela :

— C'est à cause d'une pourriture d'curé que je suis ici. Comme toi. J'savais que cette saleté de corbeau tripotait le p'tit Bébert après la messe et je trouvais ça dégueulasse. Alors, quand je passais près du presbytère, je pissais sur la porte. Un dimanche, lors d'une procession, j'ai gardé mon béret et j'ai continué à fumer au passage de la statue du saint machin truc et du curé. Avec la bénédiction de ma mère et de mon enculé de beau-père, j'ai été condamné pour trouble à l'ordre public pendant l'exercice du culte. Ça fait maintenant cinq ans et sept mois que je suis là. Encore deux ans à tirer avant mes vingt-et-un ans.

Le garçon venait de comprendre pourquoi Vigny l'avait « adopté ».

*

Dix-neuf heures trente. Les colonnes se formèrent pour le coucher. Comme les autres, Lucien s'arrêta devant sa cellule. Tête droite. Au garde à vous ou presque. Un léger raclement attira son attention sur le mouvement de la gâche verticale qui remontait le long de la cloison, déverrouillait sa porte et celle des vingt cages du couloir en une seule manœuvre du gardien. L'Brisou en l'occurrence. Après un regard en coin sur ses voisins de gauche et de droite qu'il ne connaissait pas, il attendit. L'ordre le fit presque sursauter.

— Mains aux portes. Entrez.

D'un même mouvement, vingt mains se tendirent, autant de portes s'ouvrirent.

— Fermez !

Un seul écho métallique répondit à l'injonction du gaffe.

La cage. Trois mètres carrés avec un lit de camp au matelas de varech. Une planche sur quatre pieds posés au-dessus d'un seau d'aisance en guise de chevet. Une armoire haute, étroite avec une penderie sous trois étagères superposées. Des planches brutes de scierie entre les cellules.

Un beuglement crispa le dortoir tout entier. Le plancher en bois trembla sous les pas lourds et nerveux. Lucien les entendit s'approcher, s'arrêter. Sa porte s'ouvrit violemment sur L'Brisou en furie.

— Ta grosse vache de mère t'a pas appris à fermer les portes !

Le garçon ne comprenait rien à ce qui se passait. La brute l'agrippa, le ramena violemment dans le couloir. Une gifle à lui décrocher la tête lui fit perdre l'équilibre. Sèche comme un coup de poing, une autre le redressa, lui arracha des larmes de honte et de rage plus que de douleur. De gros doigts osseux le saisirent par l'oreille.

— C'est ça chiale, tu pisseras moins. Ferme la porte. Allez !

Lucien s'exécuta.

L'Brisou lui écrasa le visage contre la grille. Les yeux au ras du système de verrouillage.

— Là, c'est fermé. Tu comprends Riguier ?

Lucien marmonna un « oui, chef ».

Une troisième gifle retentit dans la sous-pente.

L'Brisou clôtura sa petite mise au point par une annonce jubilatoire qu'il voulut collective.

— Corvée de pots de chambre pour le nouveau demain matin. Profitez-en !

Les joues rouges, le sang bouillonnant dans ses veines, Lucien suivit son pas qu'il allait apprendre à reconnaître, comme tous les bruits qui rythmeraient sa vie d'enfant du malheur. Il demeura quelques secondes sans oser bouger, attentif à ce qui se passait autour de lui. Pas un mot, un rire ni même un chuchotement sous peine de punitions sévères. Il tenta de décortiquer le froissement de tissus qui avait envahi le dortoir. Les autres se déshabillaient-ils, faisaient-ils leur lit. Il commença par ça, au carré comme chez lui, avant de retirer ses vêtements qu'il rangea dans l'armoire. Sa mère exigeait à la maison ce qu'on exigeait d'elle chez les Danfert. Ordre et propreté. Il attendit un peu avant de se coucher. Peut-être y avait-il une heure pour s'allonger, une autre pour fermer les yeux. Le couinement du sommier de son voisin de gauche le rassura. Malgré la chaleur étouffante dans les combles, il se glissa sous les couvertures. Pas envie d'être de nouveau rossé par ce taré de Brisou. Avec l'arrivée de la nuit, les grincements et autres gémissements de lit s'estompèrent.

Le fracas des vagues contre la falaise toute proche enveloppa le dortoir. Le souffle de l'océan rajouta à l'angoisse qui l'étreignait. Impossible de dormir. Aux aguets, il pleura en silence une bonne partie de la nuit. Interminable. La peur au ventre, des questions plein la tête, il regarda le jour se lever. Six heures. Le claquement sec du levier de déverrouillage des portes superposa la sonnerie de clairon. Il sauta de son lit, énuméra mentalement ce que L'Brisou lui avait dicté la veille. Mise en batterie de son lit. Passage au lavabo. Bien qu'il ne perdît pas une seconde, certains de ses camarades d'infortune, serviette à la main, s'empressaient déjà dans le couloir. Lorsqu'il sortit de sa cage, plusieurs attendaient leur tour. La plupart s'aspergeaient le visage. Quelques-uns, la tête sous un robinet au débit ridicule, chassaient la moiteur de la nuit.

Lucien se retrouva devant une auge en acier émaillé prévue pour deux personnes. Pas d'eau courante à Haute-Boulogne. Les eaux pluviales recueillies dans des petits réservoirs alimentaient les lavabos limités aux dortoirs. L'approvisionnement de la citerne de l'infirmerie et des lavoirs de la buanderie faisait partie des corvées quotidiennes à partir des puits contaminés de bactéries coliformes dues à la proximité des latrines. Le regard torve du Brisou lui ôta l'envie de se coller le crâne sous l'eau. Il se baissa, remplit ses mains pour se rafraîchir. Un violent coup de pied aux fesses l'envoya heurter la robinetterie en laiton. La douleur lui monta au cœur. Le crispa tout entier.

Sans être préoccupé le moins du monde par le sang qui gouttait autour de la bonde cernée par la rouille, L'Brisou nargua le garçon :

— Te voilà maintenant bien réveillé pour la corvée de chiottes. Encore un qui saigne pour un rien. M'étonne pas. Si tu dégueulasses ta tenue, tu vas comprendre pourquoi on m'appelle L'Brisou.

La gueulante du gardien s'entendait dans tout le dortoir. Un fou furieux. Désemparé, Lucien mouilla un coin de sa serviette, la garda sur la plaie jusqu'à sa cage. Il tamponnait la blessure avec un mouchoir lorsque le silence soudain lui serra le ventre. Quand il sortit, tous se trouvaient alignés au cordeau dans le couloir. Une main sur le front, il s'empressa de se mettre dans le rang. Tête haute. Le regard en coin, il vit le surveillant s'approcher sans hâte, mains derrière le dos. Droit comme un i, tendu comme un ressort, il cessa de respirer. Il ne la vit pas venir. La gifle le fit chanceler jusqu'à son voisin de droite.

Les yeux rouges, une haleine d'alambic, mains sur les hanches, L'Brisou hurla :

— T'appelles ça un garde à vous ?

Bras relevés pour se protéger des coups, le garçon se remit dans le rang sans comprendre ce qu'il lui était reproché.

— Si tu continues tes gesticulations de singe, tu vas prendre la raclée de ta vie. Garde à vous !

Lucien se redressa. Les bras collés le long du corps. Paumes contre les cuisses, mains tendues. Il sentait le sang couler lentement le long de sa tempe. Affolé, il pria pour qu'il ne goutte pas sur son bourgeron.

— Repos ! Les punis, sortez du rang !

L'ordre le soulagea.

Trois pupilles firent un pas en arrière pendant que les autres effectuaient un quart de tour à droite et quittaient les combles.

Lucien attendit leur sortie avant de se diriger vers le lavabo. Un coup d'œil au miroir le rassura. Pas de trace sur le col ni l'épaule. Il essuya le filet de sang figé sous le lobe de l'oreille, profita pour se laver le visage tout en pensant à sa punition. Minimiser le nombre de trajets jusqu'aux latrines en transvasant plusieurs seaux dans un seul. Quand il sortit, les autres punis astiquaient déjà le parquet. Celui qui balayait pointa l'un des seaux posés près de chaque cage.

— Tu commences par enlever ceux de ce couloir, ils vont nous gêner. Pour les autres…

Lucien fronça les sourcils.

— Les autres ?

— Ouais ! À ta place, je me magnerais le cul si tu veux être dans ton atelier à huit heures. Quatre-vingts pots de chambre à vider et à laver, t'as plutôt intérêt à cavaler.

Lucien resta sans voix. Sa bouche se dessécha. Devant la panique qu'il lut dans les yeux du nouveau, le balayeur lui fit part de son expérience en la matière.

— Tu balances les seaux de pisse dans les lavabos. Pas trop, sinon L'Brisou va se méfier. Le salaud se met à une des fenêtres du réfectoire et il surveille les passages. Tu fais ça pour vingt seaux, tu les rinces et tu nous les mets à disposition. On les replacera au fur et à mesure qu'on avancera. Comme ça, tu saloperas pas notre boulot. À la moindre trace, on va se retrouver au pain sec. Quand on arrivera à la porte de sortie, tu devras aussi avoir fini.

Lucien respira mieux. Il n'était pas tout seul dans cette galère.

Lorsqu'il fit son premier voyage avec deux seaux remplis aux trois quarts pour ne pas en renverser, la sale gueule du Brisou se trouvait en effet derrière l'une des fenêtres du réfectoire.

*

Très vite, Lucien comprit que la plupart des colons vivaient « en couple ». Que la vie entre les murs de Haute-Boulogne se réglait au bord du trou. Le puits des amours. Le pavois des caïds. Dans la colonie, s'il y avait des règles, la seule justice reconnue par tous était celle des chefs. Les caïds. Les fadeurs. Les marles. Ils avaient leurs lieutenants appelés, les vautours, leurs favorites et quelques vassaux pour les défendre. Ils régissaient tout. Le partage des femmes, la légalité d'un adultère, la tranquillité de leurs sujets. Chacune de leurs interventions avait un prix. Droit ponctuel de cuissage, répartition de vivres supplémentaires, de tabac. Le tabac! Les pipes! Pourtant interdite, une odeur de fumée de cigarette flottait tous les jours dans les latrines et derrière le puits des amours. Les « pipes » s'échangeaient, avec l'aval du caïd, contre tout et n'importe quoi. Surtout et en particulier pour un coup de canif dans le contrat de mariage. Chez ces enfants du malheur, une « femme » valait bien moins qu'un peu de tabac. Tout ça avec la bénédiction de l'administration, satisfaite de cette stabilité assurée à bas prix par les Rouque, Vigny, La Cisaille et autres caïds.

Lucien faisait partie des cloches. Pas de souteneur, pas de maque. Avec un caïd comme ami, personne ne venait lui chercher des noises. À part L'Brisou.

Celui-là ne l'aimait pas. Il ne manquait pas une occasion de le pointer du doigt, de le coller en corvée pendant les récréations, de l'isoler pendant les repas. Tout pour l'éloigner de Vigny. Sept semaines qu'il se trouvait à la corderie, l'atelier des fortes têtes. Celui des colons redoutables. Pas un seul moment de répit sous peine d'être traité de fainéant et d'avoir droit à la formule favorite de Pic-Poc. « T'veux p't'être un lit ! » Le travail sans un mot, un rire, ni même un regard vers un camarade qui pourrait vous distraire une fraction de seconde. Pas le droit d'aller aux chiottes sous peine de punition. Pas non plus de fenêtre mais des vasistas en hauteur qui vous refusaient l'accès au paysage. Le bagne.

Pour faire plaisir au Brisou, Pic-Poc se délectait de voir Lucien quitter les combles à dix-sept heures, épuisé, trempé de sueur, le visage noir comme un mineur de fond, les mains usées, coupées par le travail du chanvre. En sang. Les blessures séchaient un peu la nuit, s'ouvraient de nouveau dès les premiers gestes du matin. La souffrance lui amenait souvent des larmes mais il serrait les dents. Ces salopards ne le feraient pas craquer. Il tint bon, évita les punitions comme le petit bal, le grand bal, le quartier disciplinaire au pain sec et à l'eau parfois pendant des semaines. De quoi crever ! Durant huit heures, il filait, tressait dans la chaleur étouffante des combles et la poussière de fibres végétales. Sans se plaindre. Il fallait du rendement. L'atelier de Haute-Boulogne fournissait toute l'Administration pénitentiaire en corde.

*

Fin octobre. Après quatre mois de chaleur, la canicule cessa. Enfin. D'un coup. Comme absorbée par l'orage de mer qui amena des températures de saison plus agréables. Les mains de Lucien s'étaient faites. Petit à petit, des cales et des durillons avaient remplacé les cloques, les plaies de ses paumes et de ses doigts. En ce milieu d'automne, les quintes de toux, la rhinite, la sinusite devinrent chroniques et le gênaient de plus en plus. Les maux de tête, aussi. Avec la poussière et la sueur, des plaques d'eczéma suintantes, prurigineuses s'étaient formées dans le pli du bras, au cou, à la nuque. Leurs démangeaisons l'empêchaient de dormir, le rendaient dingue.

Après six semaines au peignage, d'autres douleurs apparurent. Persistantes. Maux de ventre. Tremblements. Accès de fièvre qui le trempaient de sueur. Un matin de la mi-décembre, Lucien eut du mal à se lever. Le regard brillant, halluciné, il s'habilla avec difficulté, tituba vers le lavabo. La Vache, l'un des gaffes de nuit et grand ami du Brisou, l'agrippa par son bourgeron, le ramena dans le couloir, le colla contre le grillage des cages à poules.

— Pas la peine de te laver avec une tenue aussi dégueulasse ! C'était p't'être une porcherie chez toi mais pas ici. Fainéant !

Épuisé, tremblant de fièvre, Lucien ne répondit pas. Pas la force.

— Fixe ! hurla La Vache. Fixe !

Le garçon se redressa mollement.

Le surveillant s'approcha. L'haleine chargée du matin au soir de gnole de pomme, il appuya sa matraque à deux mains sous le menton du garçon. La nuque contre le grillage, la respiration coupée,

Lucien se hissa sur la pointe des pieds, lança un misérable « oui, chef ». La Vache relâcha son étreinte.

— P'tit saligaud, tu descends me laver cette tenue. Vigny ! Tu l'accompagnes.

Le caïd tenta de négocier.

— Et ma soupe, chef?

— Ferme-la, sinon tu vas goûter au pain sec. Tu mangeras mieux ce midi. Foutez-moi le camp !

Lucien se sentait au plus mal mais il se tut. S'il ne désirait qu'une chose, s'allonger n'importe où et essayer de dormir, ces deux mois à Haute-Boulogne lui avaient appris une des règles de base : on ne répondait pas et surtout on ne tenait jamais tête à un gaffe, si on ne voulait pas connaître l'enfer. Il baissa les yeux, rentra les épaules, suivit Vigny.

Dehors, un violent nordet les cueillit en haut de l'échelle de meunier soufflant comme s'il voulait pousser l'île tout entière vers le large. Le fracas des vagues contre les falaises grondait dans l'air, emplissait les murs de la colonie.

Dès son arrivée dans la laverie, Lucien se déshabilla. Garda sa chemise, releva les manches et se mit au travail. Vigny trempa un bout de tissu dans l'eau froide, le posa sur le front de Lucien, le noua sur sa nuque.

— Wouah ! T'es brûlant ! Faut aller voir La Barbiche. Même s'il nous soigne uniquement dans le but qu'on continue à bosser, c'est un brave homme. Ben ouais, garçon, faut bien qu'on paie notre pension trois étoiles. Tu sais combien ils sont à la ferme ?

Lucien secoua la tête. Il s'en foutait. Si ses fringues n'étaient pas propres quand La Vache arriverait, c'était direct au trou. Malade comme un clébard, il ne tiendrait pas longtemps. Pour la première fois, la trouille le noua tout entier. Comme s'il avait saisi, Vigny prit le pantalon dégueulasse et se mit également à frotter.

— Ils sont vingt charretiers, pareil pour le potager, trois ou quatre à la porcherie, quinze aux vaches, une cinquantaine pour les gros travaux. Une quinzaine de forgerons et de maréchaux-ferrants. Ici, une centaine à la section maritime, six à la boulangerie, une quinzaine aux cuisines, douze pour réparer et confectionner nos fringues et la lingerie, quinze à la cordonnerie, dix à la ferblanterie, quinze menuisiers, sept maçons et…

— Douze à la corderie, compléta Lucien.

— Crois-moi, on ne coûte rien, on leur rapporte du fric à ces fumiers. Essore bien ta tenue parce que La Vache va t'obliger à la garder toute la journée.

— Chaud comme je suis, ça va sécher vite fait.

— T'es intoxiqué. T'as chopé ça au peignage et le cagnard qui régnait dans l'atelier a rien arrangé.

Une porte couina. Derrière eux, un bruit de pas lourds, incertains, résonna sur le dallage en béton. Ils ne se retournèrent pas, tordirent les fringues le plus qu'ils pouvaient.

— Alors les filles, on cause ? Qu'est-ce que t'attends, Riguier, tu veux que je t'habille ?

— Non, chef. C'est qu'ils sont mouillés, chef.

— C'est de ma faute ou de la tienne, tête de nœud ?

— La mienne, chef.

Vigny toussota avant d'intervenir.

— Il est brûlant de fièvre, chef.

Avec un va-et-vient obscène du bassin et un sourire malveillant, La Vache railla.

— Parce que tu lui as pris la température ? Je croyais que les trous du cul t'intéressaient pas, Vigny ? S'il est bouillant, ça va le rafraîchir.

— Il est pas bien, chef. Intoxiqué.

— T'es toubib, toi, maintenant ?

— Non, chef. Mais il a besoin de…

— Deux jours au pain sec, Vigny ! Tu l'ouvres encore, ce sera une semaine. Si vous êtes pas dans votre atelier dans cinq minutes, c'est le mitard pour vous deux, les tarlouzes !

Tout était dit.

Lucien s'habilla. Le contact du pantalon mouillé le fit frissonner. Il resta le plus longtemps possible dans le vent à décorner les bœufs afin qu'il sèche un peu sur lui. Dans l'atelier, La Vache l'attendait avec un pichet et un gobelet.

— Puisqu'y paraît qu't'es intoxiqué, Riguier, j'ai amené de quoi te soigner.

Sous l'œil goguenard de Pic-Poc, La Vache remplit le gobelet, s'approcha du garçon, lui tendit le verre et le laissa tomber avant qu'il ait pu le prendre. Balancée à toute volée, la gifle l'envoya rouler dans la poussière du plancher.

— P't'être que ça va te réveiller. Même pas capable de tenir un verre. Comme dit L'Brisou, c'était plus facile de téter ta grosse vache de mère. Hein, Pic-Poc ?

L'alcoolique répondit par un sourire taché de jus de chique.

— Comme t'en veux pas, nous, on va le boire. Pas vrai, Pic-Poc ?

— Pour sûr!

Sans se lever de sa chaise, Pic-Poc sortit sa flasque de rhum de l'une des poches intérieures de sa veste, se versa une bonne rasade dans son quart en fer-blanc – souvenir de la Grande –, rajouta un peu de lait et avala le tout d'une lampée.

La Vache poursuivit:

— Riguier, comme t'as besoin d'air frais d'après le docteur Vigny, tu vas être de corvée d'eau pour la laverie. Pain sec toute la journée. Paraît qu'une diète, ça guérit tout. Tu prends l'eau du jardin. Six cents litres. Avant midi.

Les yeux brillants de fièvre, trop épuisé pour porter sa colère, Lucien baissa la tête et sortit. Le puits du jardin! Le plus éloigné de la laverie. Cent mètres dans les courants d'air de la grande cour avec des baquets de quinze litres aux anses en fil de fer qui coupent la circulation vers les doigts, vous font gémir de douleur. Ravivent toutes les blessures jusqu'au sang. Sans parler des lourdes portes qu'il faut pousser. Ce salaud allait le faire crever.

L'Brisou et toute l'administration les voyaient comme des vauriens, des indomptables, des rebelles, des brutes avec des tares héréditaires visibles sur leurs visages fatalement destinés à la prison ou au bagne. Seul remède pour les arracher à leurs vices: les faire plier et les mettre dans le droit chemin. Une discipline intraitable et violente. Haute-Boulogne. Bien plus dur que la prison. Pire que le bagne. L'enfer.

Dans le vent tourbillonnant qui le fouettait par rafales, tremblant de froid et de fièvre, les pieds lourds comme du plomb, Lucien remplit le lavoir, se mit en rang pour la soupe du midi.

L'brisou l'agrippa alors qu'il entrait dans le réfectoire.

— Riguier ! Pain sec et à genoux face au mur du fond. Vigny, pareil.

Lucien n'eut pas la force de s'agenouiller. Il s'écroula sur le côté. L'air mauvais, L'Brisou lui balança deux ou trois coups de sabots, histoire de le requinquer. Devant le garçon allongé sur le dos, le visage crayeux, les yeux révulsés, les lèvres sèches craquelées par la fièvre, il cessa de frapper. Ces petits salopards étaient des durs mais un décès amenait toujours des questions. Voire un blâme avec le directeur. Il toucha Vigny du bout de sa matraque.

— Tu prends quelqu'un pour t'aider et tu dégages ce fainéant à l'infirmerie. Quand je disais que ce p'tit con tétait encore sa grosse vache de mère !

Le caïd rangea son croûton dans l'une des poches de son bourgeron et appela un condamné au régime de pain sec pour ne priver personne de sa soupe.

L'infirmerie se trouvait en face du réfectoire. Il suffisait de traverser la cour du premier quartier, d'emprunter l'allée principale du jardin sur quelques mètres pour se retrouver face à l'entrée. Une porte grise. Elles l'étaient toutes, même celle du bureau de Mauduit, le directeur. Avec l'arrivée de l'hiver, les seules couleurs de la colonie, celles du jardin, avaient disparu. Le rose et le rouge des lauriers, le blanc et le bleu des agapanthes, le bleu saphir violacé des vipérines de Madère, les étoiles blanches des Viornes parfumées. À quelques jours de Noël, la grisaille du ciel, des murs, des grilles enveloppait Haute-Boulogne. La mélancolie plombait les esprits. Pas de magie ici mais du noir. Rien que du noir.

Vigny tendait la main vers la poignée lorsque la porte s'ouvrit. La Barbiche les précéda dans le couloir, leur fit signe d'entrer dans le bureau des visites. L'infirmerie disposait d'une grande salle avec une vingtaine de lits, un bureau de consultation, une chambre d'isolement, une pharmacie et un petit jardin exotique ceinturé de hauts murs. Des murs partout. Hauts. Les têtes garnies de tessons de bouteille.

Le visage anguleux, le regard sérieux, la chevelure noire séparée par une parfaite raie à gauche, une barbiche brune et pointue au menton, La Barbiche se nommait en réalité le docteur Auber. Le toubib posa une main sur le front de Lucien. Grimaça.

— Pas encore vu, celui-ci. Comment s'appelle-t-il ?

— Lucien Riguier, monsieur, répondit Vigny.

Le caïd rajouta :

— À la corderie depuis son arrivée début septembre avec plusieurs semaines au peignage monsieur. Les mains, c'est la corvée d'eau de ce matin.

Le front soucieux, La Barbiche fit signe aux aidants de sortir. Trois minutes de consultation confirmèrent l'épuisement du garçon. Il souffla de consternation par le nez. L'impression d'être le seul à avoir une once d'humanité dans cet endroit maudit. Rien n'avait changé à Haute-Boulogne depuis six ans, date de son arrivée. Ni le décret du 31 décembre 1927 transformant les colonies pénitentiaires en MES – Maisons d'Éducation Surveillée – dans lesquelles la mission d'enseignement et d'apprentissage est clairement exprimée, ni le règlement de février 1930 instaurant un système de « méritocratie » n'avaient apporté un mieux dans les conditions de détention des pupilles traités comme des bêtes. À coups de trique. Lui faisait de son mieux. Il envisageait de partir avant qu'un drame comme celui de Mathurin Reto[8] ne se reproduise. En réponse à la brutalité et à la méchanceté des Brisou, La Vache et des quelques autres en charge de la discipline dans les espaces communs – réfectoires, dortoirs, cours –, les incidents, les tentatives d'évasion, les mutilations se multipliaient. Il ne manquait plus qu'une étincelle pour que tout s'enflamme. Il n'avait pas envie d'être là quand ça se produirait.

Quarante de fièvre. Lucien grelottait. Comme une litanie, un seul mot s'échappait d'entre ses lèvres blanches et crevassées : « Maman ».

La Barbiche le déshabilla, l'enroula dans des couvertures avec une bouillotte sous ses pieds, une autre contre son ventre. Après avoir dégouliné de transpiration, trempé serviettes, draps jusqu'au lendemain, le garçon émergea avec l'impression de sortir d'un cauchemar. Peu de médicaments. Des tisanes. Des infusions. Repos. Bouillon gras. Soupe de pain. Un repas quotidien de viande bouillie avec des légumes verts et des lentilles. Et le thermomètre dans le cul trois fois par jour. À la minute où vous n'aviez plus de fièvre, il fallait être amputé des deux mains pour ne pas être reconduit au boulot par les gaffes. Pas de dérogation à la règle et surtout pas pour eux, les vauriens répartis selon Fernand Duflos, directeur de l'administration pénitentiaire, en quatre groupes. Les « intelligents » facilement rééducables. Les « vicieux ». Les « indifférents, semi-intelligents,

8. Voir à la fin de ce roman.

semi-vicieux, semi-anormaux » et les « anormaux, arriérés, dégénérés ».

Dans le second lit de la salle d'auscultation, Chou. Une histoire banale. Comme des milliers d'autres. À la mort de son père, sa mère avait eu le choix entre lui ou son nouvel homme. Pour Chou, ce fut la rue.

Lucien ne savait pas exactement pourquoi tous l'appelaient Chou. Même s'il s'en doutait un peu. Un des rares à ne pas avoir treize ans, plutôt onze. Le visage poupin, une tristesse infinie dans le regard, des gestes un peu précieux. Des yeux légèrement en amande, un sourire angélique, une démarche de fille. Trop chou. Un giron très convoité. Partagé entre Rouque, La Cisaille, Le Silencieux. Un enfoiré celui-là. Pervers. De mèche avec les gaffes les plus tordus. Des arrangements sous le manteau. Dans la tôle, il se disait que Le Silencieux avait de l'argent et que L'Brisou et La Vache lui ramenaient des pipes du Palais contre quelques paquets à leur profit. Il se passait des trucs dans le quartier disciplinaire quand c'était L'Brisou ou La Vache qui surveillaient. Des allées et venues, des froissements de literie, des grincements de ressorts, des gémissements étouffés. Des chuchotements, des pleurs. L'horrible rituel pour certains enfants du malheur. Chou faisait partie de ceux-là. Abandonné par tous, livré aux caïds les plus tordus, les marles, il avait profité du remplissage des tonneaux et de la grille ouverte pour se jeter dans le puits des amours. Le Silencieux avait sauté, récupéré sa favorite. Lui avait collé une raclée et menacé de le mettre sur le marché s'il ne restait pas peinard.

Durant ces journées de repos, Lucien pensa beaucoup à sa mère. Des mois sans la moindre nouvelle d'elle. Pas un mot. Il s'était refait pour la centième, la millième fois, le déroulement de cette journée maudite où leur vie avait basculé. Jusqu'à douter de l'honnêteté de sa mère avant de se reprendre. Certes, ils étaient pauvres mais ils avaient un toit et de quoi se nourrir. Jamais sa mère n'aurait cédé à la tentation. Jamais. Les Danfert ! Il les tuerait tous, s'il retrouvait la liberté. Il commencerait par Arsène. En attendant, il s'adressait au ciel, suppliait pour qu'Il vienne en aide à sa mère, pour que sa vie en prison soit plus douce que l'enfer vécu à Haute-Boulogne. D'habitude, il priait dans sa cage à poules avant de s'endormir, ou au gré de ses insomnies quand l'angoisse le tenaillait. Quand il avait les nerfs à fleur de peau parce que trop chaud, trop froid. Le bruit du vent, de la pluie sur le toit. Le feulement des tempêtes. La peur qu'un Rouque n'entre dans sa cellule et l'oblige à faire des « trucs ». Sans parler des punaises. Chaque soir, Lucien en tuait le maximum. Les saletés de bestioles se planquaient partout. La nuit, l'armée grouillante sortait de partout. Des plis de la literie, des matelas défoncés, des rainures du parquet, d'entre les planches disjointes des bat-flancs des cellules. Leurs piqûres le démangeaient horriblement, lui couvraient le corps de boutons puis de croûtes. L'horreur dans l'enfer. Il dormait peu.

Après soixante-douze heures de « vacances » chez La Barbiche, un petit matin frais et brumeux et PP l'accueillirent dehors. PP. L'un des seuls « gaffes » à avoir une âme miséricordieuse. Lucien fut soulagé de ne pas tomber tout de suite sur Le Brisou. PP le conduisit au greffe. Une pièce tout en longueur. Des sacs en jute occupaient une bonne partie de l'espace, devant et à gauche de la porte. À l'autre bout, une table faisait office de bureau et derrière, contre la totalité du mur du fond, un grand meuble à tiroirs, des dizaines avec des poignées demi-lune et des porte-étiquettes en fonte aluminium patinée. Malgré le nombre de fenêtres, une semi-obscurité régnait. Un abat-jour en opaline juponné ramenait une lumière pisseuse sur le bureau derrière lequel se tenaient deux hommes d'âge mûr pour ne pas dire avancé. Ils se présentèrent. « Monsieur l'économe » et « Monsieur le chef des ateliers ». Pas de nom. La fonction primait.

Monsieur l'économe s'exprima en premier.

— Comment vous sentez-vous, Riguier ?

— Mieux, chef.

— Monsieur. Chef, c'est pour les moniteurs.

Lucien hocha la tête.

— Oui, monsieur.

— Riguier, que pensez-vous de la section maritime ?

— …

— Devenir marin ?

— J'sais pas, monsieur.

Le chef des ateliers prit alors la parole :

— Le bois ou le fer ? Vous préférez quoi ?

— … Le bois, monsieur.

Il ne sut pas trop pourquoi il répondit cela. Le fer lui rappelait peut-être la mort de son père écrasé par un monstre de fonte et de ferraille.

Solennel comme pour l'annonce d'une sentence, Monsieur l'économe se leva.

— PP, conduisez-le à l'atelier d'ébénisterie.

Le surveillant se racla la gorge. Prit une voix de circonstance. Autoritaire. Inflexible.

— Riguier ! Qu'est-ce que t'attends ?

Quand ils furent dehors, PP se détendit. Un peu.

— T'aimes bien le bois ?

— J'aime bien les arbres et la terre, chef.

— Tu sais ce que c'est que l'ébénisterie ?

— Faire des meubles ?

Le moniteur ne répondit pas. Ça lui aurait bien plu. Il travaillait même dans une menuiserie avant cette saloperie de guerre. Un éclat d'obus dans la paume de la main droite en avait décidé autrement. Les tendons fléchisseurs sectionnés, impossible de fermer totalement les doigts. Haute-Boulogne cherchait des surveillants. Il avait postulé. Quatorze ans. Quatorze ans qu'il détournait la tête, fermait les yeux, se taisait pour garder son travail.

Ils contournèrent le jardin, entrèrent dans la cour des ateliers. L'ébénisterie se trouvait à l'opposé, contre le mur d'enceinte de la grande cour nord dans l'une des six longères qui constituaient Haute-Boulogne. PP l'accompagna jusqu'à l'entrée, cogna à la porte. Un vieux vint leur ouvrir. La première chose que Lucien remarqua fut la blouse grise. Pas l'uniforme des gaffes.

— Bonjour, mon garçon. Tu t'appelles comment ?

— Lucien Riguier, chef.

— Je suis un formateur ou un instructeur. Ici, les apprentis m'appellent monsieur Victor. Et dans mon dos, c'est Totor. Suis-moi.

Un rempart d'étagères surmontées de casiers fermés délimitait le coin bureau du responsable d'atelier. Monsieur Victor s'assit sur l'un des deux tabourets fabrication maison, proposa le second à Lucien.

— Assois-toi, petit. Tu as quel âge ?

— Treize ans, monsieur.

— Pourquoi l'ébénisterie ?

— Je sais pas… J'aime bien le bois, monsieur.

Petit, maigre, la casquette relevée sur un front dégarni, les yeux clairs. À regarder de plus près, monsieur Victor n'était pas si vieux. Ridé, fatigué plutôt.

— Montre tes mains.

Lucien les lui tendit. Le formateur ne fit aucun commentaire sur les cicatrices, les cloques, les gerçures. Il sortit une boîte de cirage, déverrouilla le couvercle sur une pommade grisâtre à l'odeur forte, indéfinissable.

— Mets-en tout de suite. Pas question de travailler quoi que ce soit avec des mains comme ça. Les plaies vont suinter, saigner et tacher le bois. Aujourd'hui, tu vas te mettre sur cet établi et apprendre à utiliser l'étau, le valet…

Aux yeux ronds que fit le garçon, il se mit devant l'établi. Prit une pièce en fer forgé, l'extirpa de son logement.

— Ça, c'est un valet. On glisse la queue dans ce trou, on met une pièce de bois sous cette partie, un coup sur la tête et le morceau de bois est bloqué. Dans la caisse près du poêle, tu trouveras des chutes. Tu vas t'entraîner à la scie et au rabot là-dessus. Tu ne forces pas. Léger, mon garçon.

Mon garçon. Lucien n'en revenait pas.

— Oui, monsieur Victor.

Un « Totor » fusa dans l'atelier.

L'instructeur tourna la tête, rajusta sa casquette.

— Mingant, si j'appelle L'Brisou, tu feras moins le malin. Les gars, je vous présente votre nouveau compagnon, Lucien Riguier. Mingant, tu en es responsable les premiers jours.

Lucien les connaissait tous, certains un peu mieux que d'autres.

Mingant grogna pour la forme. Dans le fond, il était fier que Totor lui confie le nouveau.

L'ébénisterie, c'était une rangée d'établis pour une quinzaine de pupilles, un mélange d'odeurs de bois, de colles – d'os, de nerfs, de lapin, de poisson –, de vernis, d'enduit, de peintures. Lucien aima aussitôt l'endroit. S'y sentit bien. La gentillesse de Totor devait y être pour quelque chose. Il fut certain qu'il allait se faire de nouveaux potes. Ce fut le cas avec Mingant. Un « gentil ». De ceux qui ne se réjouissaient jamais du malheur et de la douleur des autres. Abandonné par sa mère en 1916. Pupille de l'assistance. Placé chez des cultivateurs, il avait mis le feu à la grange de la ferme avant de s'échapper. Quand on lui avait demandé pourquoi, il avait répondu que c'était là que la mère Guernio tuait les lapins, les poules, même un agneau, une fois. Le père Guernio n'était pas méchant mais buvait parfois un peu trop. « Pour oublier l'grand charnier » qu'il disait. Il ne frappait jamais. Juste quelques roustes aux orties blanches. Mingant ne lui en voulait pas, à chaque fois, il les avait méritées. Il se sentait souvent coupable. Il portait sa croix, il ne lui manquait que les clous. Ce fut Haute-Boulogne avec ses hauts murs, son grand portail. Tout à fait l'idée qu'il se faisait d'une prison ou encore d'un asile. Normal, fallait pas qu'il s'échappe. Les traits fins d'une fille, une allure de précieux – l'expression d'une profonde timidité – , des grands yeux tristes de daim piégé par la meute, Mingant n'avait pas tardé à se faire croquer.

Parfois pour avoir la paix, les gaffes ne retenaient pas les chiens les plus affamés. Quelques jours après son arrivée, début décembre, Mingant déposa le dernier ballot de chanvre qu'on lui avait demandé de monter à la corderie. À dix-huit heures, il faisait bien nuit. Plus personne dans l'immense salle. Pas même Pic-Poc, le gardien. Une voix l'interpella dans la pénombre :

— L'giron ! Viens par là !

Mingant s'approcha. Il en vit deux. Reconnut Couzeau. Grand, sec, noueux.

Ce fut lui qui lui saisit le bras, le renversa sur un lit de chanvre.

Ils étaient quatre…

Il sortit le dernier, descendit lentement l'escalier en réajustant son bourgeron. Il faisait froid. Plus froid. Plus noir aussi. Ils ne l'avaient pas frappé. Ni même brutalisé. Le cerveau dans une sorte de zone grise, il s'était laissé faire comme l'agneau de la mère Guernio. Peut-être était-ce normal ou de sa faute. Sûrement. Il devint « L'giron » ou « L'demoiselle » de Couzeau jusqu'à ce que son protecteur s'engage dans la Marine. Deux ans et demi durant lesquels les autres le laissèrent tranquille. Et aussi plus tard. Le premier prétendant à la succession de Couzeau avait perdu ses dents contre la margelle du puits des amours. Le nez brisé du second avait définitivement refroidi les ardeurs des « bêtes » en rut. Les coups de poing de L'demoiselle, secs comme des retours de manivelle, faisaient très mal et donnaient du travail de couture à La Barbiche.

Avoir été un giron ne fit de lui ni un caïd, ni un prédateur. Il faisait partie des rares qui, chaque soir, allaient en classe, et de ceux plus rares encore qui lisaient tout ce que la maigre bibliothèque de la colonie offrait.

Midi. Le clairon sonna la soupe.

Les colonnes se firent dans le silence.

L'inquiétude au ventre, Lucien jeta quelques coups d'œil discrets à la recherche du Brisou. Aucune trace de sa sale gueule. Peut-être allait-il passer la plus belle journée depuis son arrivée à Haute-Boulogne. Il entra avec sa tablée, retrouva sa place. Les règles. Les habitudes. Le pichet d'eau et la corbeille de « surveille ».

Vigny servit la ragougnasse.

Un léger coup sur la tête le fit tressaillir. La voix du Brisou lui hérissa la nuque, lui amena des picotements à l'intérieur de la bouche.

— Fini les vacances, Riguier ?

Lucien se redressa comme un ressort.

— Oui, chef.

— T'étais pas malade alors si t'étais en vacances ?

— J'étais malade, chef.

— Pauv'chéri à sa maman. Trop dur la corderie. Paraît que tu t'es plaint à La Barbiche.

— Non, chef.

— Menteur et voleur comme ta grosse vache de mère.

Lucien ne répondit pas. Les yeux rivés sur sa fourchette, il se jura de planter ce fils de pute. De le saigner comme le porc qu'il était.

L'Brisou l'agrippa par le col de son bourgeron, le fit sortir de table.

— Après trois jours à se faire dorloter, tu dois être en pleine forme.

L'Brisou le poussa vers l'estrade.

— Enlève tes sabots dégueulasses et mets-toi à genoux dans les talons. Profites-en pour les nettoyer. Y a intérêt à ce qu'ils brillent.

Lucien s'agenouilla dans le creux de ses « escarpins de Limoges », cracha dessus et se mit à frotter avec son mouchoir. Après une dizaine de minutes, les mâchoires crispées, le corps vibrant de douleur, il s'efforça de respirer lentement, de se concentrer sur l'image de la fourchette plantée dans la gorge de son tortionnaire.

L'ordure était décidée à lui en faire baver. Jusqu'au bout.

*

L'hiver, lever à sept heures trente. Au petit jour. Toujours le même rituel. Lucien se tenait à carreau, cherchait l'invisibilité à tout prix. Bien sûr, L'Brisou arrivait toujours à lui coller les corvées du matin. Même celles des latrines. Juste pour son petit plaisir, sa jouissance personnelle. Qu'importe, son apprentissage dans l'atelier de Totor lui en faisait oublier les désagréments. Il adorait le travail du bois, le façonnage. Les odeurs. S'il ne maîtrisait pas encore les outils, il se familiarisait avec chacun. Le trusquin, les ciseaux à bois, les gouges, les vrilles, le maillet, les rabots…

À la sortie de l'atelier, à dix-sept heures, il filait aussitôt à l'école pour échapper à la folie furieuse du Brisou et de La Vache. L'école, c'était deux salles séparées par une cloison avec une porte communicante. Par classe, dix lourdes tables-bancs scellées dans le sol. À droite, un tableau noir fixé au mur par de grosses pattes en fer capables d'attacher des bœufs. À gauche, le pupitre de l'instituteur. Haut, étroit, surélevé sur une estrade. Accrochées sur le mur borgne, trois cartes de France. Reliefs du sol, cours d'eau, provinces. La plupart des pensionnaires de Haute-Boulogne ne maîtrisaient ni la lecture ni l'écriture. Sur les deux instituteurs, Lucien avait choisi le moins vieux. Sans moustache. Des lunettes rondes cerclées de métal fin. Une tête de gentil. Un regard perdu qui ne rencontrait jamais le vôtre, se perdait par-dessus votre épaule. Absent. La blouse grise croisée sur son veston, il se tenait debout derrière son bureau, perché comme s'il voulait par cette posture combler son absence d'autorité. Les cours duraient quarante-cinq minutes. Sur le conseil de Vigny, Lucien s'était mis devant, au plus près du tableau. La place des cloches, ceux qui n'avaient pas de maque. Dans le fond de la salle, c'était la fête du slip. Sous les tables, les braguettes des caïds et des lieutenants se défaisaient. Les mains des girons s'y glissaient. L'instituteur se concentrait sur ce qui se passait au tableau, ignorait la promiscuité de certains élèves, les discrets mouvements des bras, les mines benoîtes, les rictus et les expirations de plaisir. Les froissements de papier récoltant la sève.

Dans cette sensuelle odeur de musc, malgré sa rage contre les Danfert, la respiration de Lucien se faisait plus forte, son corps s'éveillait, se tendait lorsqu'il se remémorait Claire dans ses bras. Son ventre contre son visage, son parfum délicat, ses petits seins pas plus gros que les pommes qu'il récoltait. Un fantasme brûlant, inavouable qu'il repoussait pour ne pas éteindre la colère qui le tenait debout. Pour l'heure, il écoutait les explications du maître et se disait qu'il ne serait jamais ni giron ni caïd. Qu'il fuirait cet enfer dès qu'il en aurait l'occasion.

*

Février 1934. Les journées se ressemblaient.

Sonnerie de clairon. Déverrouillage des cages.

Malgré sa tenue irréprochable, L'Brisou et La Vache ne le lâchaient pas, lui sautaient dessus comme la vérole sur le bas clergé. Tout leur était prétexte pour l'humilier, lui coller des corvées, le punir. Quand leur inventivité ne suffisait pas, ils piochaient dans la liste de la Maison de Redressement Moral Saint-Joseph-de-Frasne-le-Château dirigée de main de fer par les sœurs de charité et un aumônier.

Privation de repas avec obligation de rester debout sur le banc du réfectoire, les mains, doigts bout à bout, maintenues à dix centimètres au-dessus de la tête. Les brutes avaient des variantes. À genoux dans cette position sur l'estrade devant tous les autres. Une jambe à l'horizontale et les mains derrière la nuque avec des coups de verge souple sur les jambes, le dos, les fesses en cas de manquement. Pas sur les mains. Totor avait l'écoute de la direction et protégeait du mieux qu'il pouvait ses apprentis. Il n'était pas contre les punitions mais un pupille avec les paluches estropiées n'était pas rentable. Pire, il salopait tout. Sensible à l'argument, le directeur retenait un peu ses chiens.

Lucien eut même le privilège de tester la Chime. Une spécialité des sœurs de la Maison Saint-Joseph. Les belles âmes ! Tout à sa soif du mal, L'Brisou choisit un dimanche pour expérimenter la chose. Le Jour du Seigneur, pas de Totor ni de directeur, une pleine liberté donc pour assouvir ses plaisirs sadiques. Sans nul doute, Le Silencieux était de l'affaire car lorsque Lucien s'avança dans le réfectoire, un croche-pied du caïd le fit trébucher et provoqua une légère bousculade dans l'ordre établi. L'opportunité pour L'Brisou de fondre avec une joie maligne sur le maladroit et le sortir du rang à grands coups de matraque.

Ce dimanche 11 février 1934, deux jours après l'élection de Gaston Doumergue, nouveau président du Conseil, à l'heure où *L'Humanité* titrait « À bas le fascisme assassin. Grève générale de masse. Travailleurs de Paris, rendez-vous demain lundi à 15 heures, cours de Vincennes », L'Brisou avait la journée pour se repaître en toute tranquillité des souffrances des autres et en particulier de celles du pupille Lucien Riguier.

— Riguier, tu vas prendre des bûches dans la boulangerie et tu m'attends dans la grande cour au niveau de la séparation. Magne-toi.

Il avait neigé sur l'île durant la nuit. Il neigeait encore. Une bonne couche recouvrait Haute-Boulogne. Aiguisé comme une faux, le nordet poussait violemment les flocons. Lourds, épais, ils filaient presque à l'horizontale, s'entassaient en grosses congères contre les hauts murs, le puits des amours, le flanc tribord du *Ville du Palais*. Dans la tourmente, les bâtiments et le trois-mâts apparaissaient tels des fantômes grisâtres perdus, flottant dans le tourbillonnement poudreux d'un monde sans ciel.

Lucien imaginait le pire. Les cinq minutes dans la cour sous la neige et dans le froid glacial avant de rentrer dans le réfectoire lui donnaient une idée assez précise de ce qui l'attendait. Il sortit, s'empressa dans la cour vers la boulangerie. Il poussa la porte. Le froid s'engouffra dans l'atmosphère chaude et parfumée. Une odeur de pain grillé. Il prit deux bûches dans le tas. Son regard s'arrêta sur la pile de sacs blancs entassés dans un coin de la paneterie. Des sacs de farine. Il retira son bourgeron, son pantalon, enroula un sac autour de son corps et un autour de chaque jambe, se rhabilla vite fait. Un acte punissable d'un mois de mitard. Lorsqu'il revint, L'Brisou l'attendait. Équipé pour affronter la tempête. Canadienne, gants, cache-nez.

— Pose les bûches. Tu retires quelques galets et tu te mets à leur place. Pieds collés, genoux fléchis, bras en avant.

Lucien se mit en position. L'Brisou choisit la bûche aux arêtes les plus saillantes et la glissa au niveau des poignets entre les avant-bras tendus.

— Dix coups de matraque à chaque fois qu'elle tombera ou que tu ramèneras tes bras contre toi.

Lucien venait d'inaugurer la Chime. Il regarda le surveillant s'éloigner, s'enfermer dans sa loge. Sa tête de connard psychopathe apparut derrière la vitre de la fenêtre. Il ignorait combien de temps allait durer la punition mais au bout d'un quart d'heure, les muscles tétanisés par l'effort et le froid glacial, il tremblait sans interruption. Par chance, le papillonnement très dense qui l'entourait empêchait

Le Brisou de voir s'il maintenait tout le temps la position et lui permettait d'effectuer des mouvements, si minimes fussent-ils, qui libéraient les tensions de son corps. Les faibles rotations de ses avant-bras lui évitaient que les arêtes vives de la bûche ne compressent le même endroit. Les flexions de ses genoux, de ses hanches atténuaient l'ankylose et lui faisaient un bien fou.

Tenir. Encore et encore. Ne pas s'écrouler. Les rafales de neige le frappaient en plein visage, l'obligeaient à fermer les yeux. Le recouvraient peu à peu, le transformaient en statue de givre. Pour minimiser la douleur, les yeux perdus dans le voltigement blanc, il s'efforça de faire le vide dans sa tête. De ne plus être qu'une chose insensible à la souffrance. Impossible pourtant d'ignorer la douleur sourde dans ses pieds et ses mains glacés. Ses doigts raides comme des bouts de bois.

À la sortie du réfectoire, les pupilles se répandirent dans la cour. Pas un cri. À peine un murmure pour saluer la neige. La démarche lente presque zombiesque, les colons laissaient dans leur sillage un inextricable écheveau de traces. Aucun de ces spectres silencieux ne s'approcha de Lucien. Aucun ne lui adressa la parole sous peine d'écoper du même supplice. Pourtant, une boule vicelarde bien tassée le percuta en pleine face. Sous l'effet de surprise, ses bras s'écartèrent. La bûche tomba. L'instant suivant, L'Brisou surgit de sa guitoune comme une furie.

Planqué derrière ses girons, Le Silencieux n'eut pas le temps d'en balancer une autre. Vigny se planta devant lui, d'un geste fit tomber la seconde boule prête à être balancée. L'autre se rebiffa.

— Qu'est-c't'as ? C'est pas ta femme.

— Non, mais toi t'as l'air d'être celle du Brisou.

Vexé, Le Silencieux jeta un coup d'œil vers le surveillant. La matraque à la main, la brute se lâchait sur le garçon recroquevillé dans la neige, lui assénait une volée de coups. Les épaules, le dos, les jambes.

Le caïd bomba le torse.

— Pour qui tu t'prends ?

— En tout cas, pas pour un sac à merde comme toi.

Vigny esquiva le coup de poing. D'un geste réflexe, il frappa à son tour. Un direct. Sec. Nerveux. Le nez éclaté, en déséquilibre sur les talons, Le Silencieux partit en arrière. La neige tombait dru et on n'y voyait qu'à quelques mètres mais trop contentes de voir cette salope se prendre une raclée, plusieurs silhouettes manœuvrèrent pour faire écran entre L'Brisou et les combattants. Vigny ne réfléchissait plus. Tant pis pour le mitard. Une semaine minimum pour de la castagne. Il cogna avant que Le Silencieux n'ait eu le temps de se ressaisir. Le crochet au ventre le plia en deux. Sa tête sembla vouloir se décrocher sous le coup de galoche. Cueilli en plein visage, il culbuta dans la poudreuse dans un giclement de sang. Vigny leva son pied au-dessus du visage ensanglanté avec l'envie bouillonnante de l'éclater à grands coups de talons. Un pied sur sa gorge, il se pencha sur lui.

— Si tu veux lécher le cul du Brisou, pas de problème mais tu ne lui donnes pas l'occase de dérouiller l'un de nous. Tu fous la paix à Riguier. Encore un coup de pute de ce genre et tu finiras dans le puits. Tope là.

Vigny tendit la main.

— T'as le pif qui saigne. Avec cette neige, faut faire gaffe, une mauvaise chute est vite arrivée.

Vaincu, Le Silencieux hocha la tête, sortit une pipe de la poche de son bourgeron.

— En signe de paix.

Derrière, à quelques mètres, Lucien ne bougeait plus. Ivre de fureur et d'alcool, L'Brisou lui flanquait des coups de pied, hurlait pour l'obliger à se redresser.

— Lève-toi ! Lève-toi ou je te crève !

Quand le gaffe se retourna, des silhouettes fonçaient sur lui dans le floconnement blanc, le jetèrent au sol, le piétinèrent. Des coups de sifflet retentirent. Des gaffes armés de matraques surgirent des bâtiments. Les colons se dispersèrent dans la cour, reprirent leurs déambulations. Couvert de neige, L'Brisou se releva, récupéra sa casquette. D'un revers de manche, il essuya la bave qui coulait de sa bouche et de rage donna un dernier coup de pieds au garçon toujours à terre.

— Foutez-le moi au mitard jusqu'à ce qu'il crève.

Une main ferme se posa sur son épaule. Il pivota, prêt à cogner, s'arrêta devant le visage dur, fermé de PP.

— Ben quoi ? Il l'a bien cherché. T'inquiète pas, la vermine ça crève jamais.

— C'est pas pour lui que je m'inquiète mais pour toi, L'Brisou. Tu pues la gnole à dix pas.

PP s'agenouilla près de Lucien. Il saignait du nez, de la bouche.

— C'est qu'un gamin. Et il n'avait rien fait, merde !

— Un gamin ? Un voyou ouais !

— Un voyou qui vient de perdre sa mère. Guérin demande à le voir.

— Maintenant ? Mais…

— Tu te démerdes et ne compte pas sur moi pour te couvrir.

— Ça m'étonne pas ! T'as jamais eu de couilles, Pédron.

— Parce que t'en as, toi ? Explique-moi alors pourquoi ta femme s'est barrée.

Furieux et vexé, L'Brisou bouscula son collègue, quitta la cour. Plantées dans son dos comme des poignards, des centaines d'yeux le suivaient en coin. Malgré l'envie d'un remontant, il prit les devants, se rendit aussitôt dans le bureau du sous-directeur.

— Vous avez souhaité voir le pupille Riguier mais il est à l'infirmerie avec de la fièvre et une vilaine toux. La grippe probablement. Alors, je me disais que…

— Vous avez bien fait de me prévenir, pas envie d'attraper la crève de ces vermines. De toute façon, la chose peut attendre. Je le verrai plus tard.

Soulagé, L'Brisou regagna son poste, avala une bonne lampée de gnole. Puis une seconde. Pas eu le temps de voir qui lui avait sauté dessus. Qu'importe, Riguier paierait pour les autres. Quant à PP, il ne perdait rien pour attendre. Pour qui il se prenait ? Sa femme à lui ne risquait pas de le quitter, elle était morte de la grippe espagnole quelques jours avant qu'il soit démobilisé. Il s'était sorti de cinq années d'enfer et elle avait été balayée en quelques jours. Pas de bol.

*

Allongé sur l'un des lits de l'infirmerie, Lucien grelottait violemment, tressautait même. En attendant l'arrivée de La Barbiche, PP ôta ses godillots et ses vêtements trempés. La découverte des sacs enroulés autour des jambes et du torse du garçon lui amena l'esquisse d'un sourire avant que la vue des ecchymoses sur tout le corps ne lui serre le cœur de compassion et de honte. Il le couvrit de plusieurs couvertures, lui tapota les joues. Le garçon rouvrit les yeux. PP sortit sa flasque de rhum, lui en fit boire un peu. L'alcool le fouetta, lui réchauffa le corps. Le fit tousser. Cracher du sang. Rassuré de ne pas voir L'Brisou dans la pièce, il ferma les paupières. Ses doigts lui faisaient un mal de chien… Il rouvrit brusquement les yeux, détailla ses mains. Pas de blessure. L'onglée. Rien que l'onglée. Il bougea les jambes, les bras, les épaules, la tête. Tout fonctionnait. Il pourrait retourner à l'atelier. Il en oublia presque la correction, les douleurs…

Debout près du lit, PP réajusta sa casquette.

— La Barbiche sera là dans vingt minutes. Pour L'Brisou…

Lucien se redressa sur les coudes.

— Vous inquiétez pas, chef, je dirai qu'avec la neige, j'ai roulé-boulé dans l'escalier du dortoir.

PP réprima à grand-peine une grimace de dépit, haussa les épaules dans un geste d'embarras et quitta l'infirmerie sans un mot.

La Barbiche constata les hématomes, la lèvre supérieure fendue. Probablement une ou deux côtes fêlées. Ne posa aucune question sur le comment ni le pourquoi de ce massacre. Il connaissait les réponses.

— Tu peux te lever ?

Lucien opina de la tête, fit quelques pas devant le médecin.

— Très bien. Le mieux, c'est de bouger. Tu seras mieux dehors.

Le garçon fut soulagé. Il remit les sacs de farine avant de passer ses vêtements mouillés. Chaussettes, pantalon, bourgeron. Tout en s'habillant, il s'interrogeait sur la réaction du Brisou après l'intervention de ses camarades du malheur. Sur la façon dont il allait se venger. Car il le ferait.

Dehors, il neigeait toujours à gros flocons. À part deux rassemblements autour du puits des amours et des chiottes, les pupilles déambulaient dans la grande cour, silhouettes courbées, fantomatiques. Toutes se gelaient mais interdiction de se réfugier dans les dortoirs.

Il mit un peu de temps à retrouver Vigny. L'ancien plaisanta en le voyant.

— T'avais trop chaud chez La Barbiche ?

— C'est ça. Paraît que le froid c'est bon pour ce que j'ai.

— On a cru que L'Brisou allait te tuer.

— J'ai préféré faire le mort. C'taré aurait continué à me cogner si j'avais cherché à me protéger. C'est Le Silencieux qui m'a balancé la boule de neige ?

— C'est réglé. Tu veux une pipe ? C'est notre ami qui régale.

Ils la fumèrent au-dessus d'un trou de chiotte.

Lucien souleva le bas de son bourgeron, montra les sacs de farine.

— Je les ai chourés dans la boulange. PP les a vus mais il a rien dit.

— Montre ça à personne. À ta place, je me démerderais pour les ramener au plus vite. L'occase pour L'Brisou pour t'envoyer au mitard. Et avec ce froid, tu vas choper la crève. Pour de vrai. Tu serais pas le premier. Ici on meurt toujours de maladies suite à de mauvais traitements.

*

Le lendemain, dès leur sortie du dortoir, les punis avaient tracé des sentes dans l'épais tapis neigeux avec une priorité pour celle depuis l'entrée de la colonie jusqu'au bâtiment administratif. Un froid vif filait entre les bâtiments, glaçait la surface de la neige. Ce qui faisait dire à la plupart d'entre eux qu'elle allait rester. Le froid aussi.

Lucien fut surpris de voir PP l'attendre à la sortie de l'atelier.

— Le directeur veut te voir.

Une boule noua le ventre du garçon. Être convoqué chez Mauduit, c'était jamais bon signe. Sûrement un coup tordu du Brisou.

PP frappa à la porte du bureau, entra.

— Le pupille Riguier, monsieur le directeur.

Pas de réponse. Pas de regard. Juste un signe impératif de la main.

Ils entrèrent tous les deux, refermèrent la porte et attendirent. La douce chaleur d'un gros poêle en fonte régnait dans la pièce.

Le directeur poursuivit son travail d'écriture pendant quelques minutes. Il adorait arborer sa supériorité, son pouvoir. Il en jouissait. Très apprécié par sa hiérarchie pour son autorité et son impitoyable fermeté, Mauduit s'était imposé sur Haute-Boulogne mais avait également su devenir irremplaçable dans toute l'île. Il disposait d'une main-d'œuvre peu coûteuse qu'il utilisait de temps en temps pour « rendre service » et faire en sorte que ses débiteurs lui soient redevables. Un roi despote et tyrannique suivi par un club de palantins aux ordres dans lequel on trouvait les fonctionnaires et les élus municipaux dont le maire. Adulé par ses pairs, courtisé par le gratin de l'île et bien au-delà, le directeur Mauduit ne voyait en Lucien Riguier qu'un déchet engendré par une vermine. Un bâtard probablement. Sans nul doute. Une racaille qu'il avait pour mission de redresser. Lorsqu'il daigna relever la tête, Lucien se tenait au garde à vous. Il fixa le garçon, ne l'invita pas à s'approcher. Pas envie d'être contaminé par la « grippe » du pupille Riguier.

— Dieu sait reconnaître les hommes justes et droits, récompense la vertu et punit le vice. C'est bien cela ?

— …

— C'est une question, Riguier.

— Je ne… Oui. Certainement, monsieur.

— C'est pour cela que tu es ici. Pour retrouver le chemin de la droiture et de l'honnêteté. C'est pour cela que ta mère, une femme de mauvaise vie, a été envoyée en prison, où elle est morte, Riguier.

Lucien se raidit comme s'il venait de recevoir un coup de lame en plein cœur. Une onde de chaleur l'embrasa. Puis le froid le figea comme une statue de pierre. Un voile obscurcit la pièce autour de lui. Il lui sembla flotter au-dessus du plancher en bois… La voix de Mauduit lui parvenait déformée, caverneuse comme sortie des latrines de Haute-Boulogne. Une bouche à merde. Cela le fit sourire. Un bruit de pas… Une silhouette noire difforme, vaporeuse fondit sur lui. L'instant suivant la bouche à merde se trouvait devant lui, déversait des borborygmes incompréhensibles. Un spasme lui contracta les entrailles. PP eut juste le temps d'ouvrir la porte et de le foutre dehors avant qu'une convulsion ne le mette à genoux et qu'un flot de bile verdâtre ne fuse dans la neige. Une porte claqua derrière lui. Un tremblement incontrôlable l'agita tout entier.

Elle est morte, Riguier. Elle est morte, Riguier. Ta mère…

La phrase s'imposait. Il aurait voulu pleurer. Il hurla. Il hurla le front planté dans la poudreuse. Il hurla la tête levée vers le ciel de fer.

PP jeta un coup d'œil affolé vers la porte vitrée, souleva le garçon et l'éloigna avant que les foudres du directeur ne s'abattent sur lui. Il l'amena jusqu'à l'entrée sur la grande cour.

— Tu attends jusqu'à ce que je revienne.

Le garçon s'adossa au mur, se laissa glisser dans la neige.

Cinq minutes plus tard, Vigny arriva. Ils tournèrent dans la cour. Côte à côte en silence. Lucien de façon mécanique. La tête droite. Le regard mort. L'ancien attentif, empathique. Respectueux de la douleur de son ami. La douleur, lui l'évacuait tout de suite dans la violence. Lucien allait la garder à tout jamais et vivre chaque seconde du reste de son existence dans le deuil et le chagrin. Cette pourriture le détruirait petit à petit. Se ramifierait, gangrènerait son entourage jusqu'à ses descendants. Vigny connaissait cette bile noire qui poisse le cœur, l'âme, noue les tripes. Ronge de l'intérieur jusqu'à la folie. Depuis des générations, pour la combattre ou s'en débarrasser, beaucoup des siens avaient choisi l'alcool, la corde, les puits. D'autres avaient fini à l'asile. « C'est dans les gênes. Faut pas chercher plus loin » disaient ses aïeux.

Ils « tournèrent » jusqu'à la soupe. Sans un mot.

Le froid glacial convenait à Lucien. Peut-être pour ressentir celui de la mort. Peut-être pour atténuer le bouillonnement de haine qui l'irradiait tout entier. Il sortirait de ce bagne et anéantirait les Danfert. Il ne mangea pas. Sa portion fut discrètement partagée avec la tablée. Une chance, pas de Brisou pour lui demander si la bouffe était dégueulasse. Depuis que sa femme s'était barrée, il faisait sa semaine de quarante-huit heures du mardi matin au dimanche soir. Parfois quelques nuits. Sentir le regard bienveillant de PP posé régulièrement sur lui le mettait mal à l'aise. Pas normal chez un gaffe.

Il ne pleura pas devant les autres. Les larmes vinrent sans qu'il puisse les retenir quand il fut seul dans sa cage après l'extinction des lumières. Repasser en boucle ce vendredi 15 septembre, jour de malheur, l'empêcha de dormir. Sa mère n'avait rien volé, il en était certain. Quelqu'un avait mis les boucles d'oreilles dans ses sabots, l'avait surveillée pour la prendre sur le fait, les bijoux dans la main. Ni Arsène ni Louise Danfert n'avaient pas besoin de ce genre de stratagème pour renvoyer une bonniche. Lui n'était d'ailleurs pas là de la journée.

L'autre servante ? Celle qui s'occupait de la cuisine, des repas. Il l'avait vue à midi quand elle les avait servis, lui, sa mère et Ferdinand. Pourquoi aurait-elle fait ça ? Mettre quelqu'un de son entourage à la place de sa mère ? Possible. Elle avait l'air gentille. Léonie par ci, Léonie par là. Cela ne signifiait pas grand-chose. Fallait jamais faire confiance. Chaque seconde passée à Haute-Boulogne lui révélait la nature humaine. Mauvaise. Violente. Ferdinand ? Possible aussi. Des avances repoussées pouvaient déclencher du ressentiment. Il restait Claire et le garçon. Impossible d'oublier le regard venimeux, haineux que ce dernier lui avait lancé quand il tenait la jeune fille dans ses bras. Mettre un visage sur son ennemi l'aurait pourtant soutenu. Qu'importe le responsable ! Il les détruirait. Tous. Il s'endormit au petit jour avec cet objectif. Vivre pour se venger. Une idée presque réconfortante.

*

Pendant plusieurs jours, le nordet emmena un froid humide et de la neige en bourrasques. Elle recouvrait l'île, isolait un peu plus la colonie. Lui donnait un air de forteresse inaccessible. Une île dans l'île.

Le samedi, le vent tourna au sud. Un léger redoux s'installa dans la soirée. Le dimanche matin, lorsque les pupilles sortirent des dortoirs, une brume épaisse et glaciale engluait les bâtiments de Haute-Boulogne. Agrippés aux mains courantes, ils descendirent les escaliers dans un brouillard dense. Ils n'y voyaient pas à trois mètres.

Après une semaine discrète, L'Brisou se sentait bien. La tâche transmise la veille par le directeur lui avait redonné confiance et ravivé dans ses yeux la méchante lueur toute-puissante qui n'augurait rien de bon. Avec cette neige, il fallait du sable. Beaucoup de sable pour recouvrir les allées et autres cheminements qui reliaient les bâtiments entre eux. Rien ne devait gâcher la visite du représentant de l'Administration pénitentiaire prévue en milieu de semaine, le mercredi 21.

Pour remplir sa mission, L'Brisou avait besoin d'un peloton d'une trentaine de vauriens. Ceux du quartier pénitentiaire, les punis au pain sec et quelques autres choisis au « hasard ». Le hasard incluait ses têtes de turc.

Lucien quittait le dortoir lorsque son nom claqua dans la soupente. Le tétanisa en haut de l'échelle. Il se retourna, fit demi-tour. La matraque à la main, sûr de son autorité pleine et entière, L'Brisou se dressait devant sa cage.

— Riguier, c'est quoi ce bordel ?

— Tout est en ordre, chef !

— Tu te fous de ma gueule ?

— Non, chef, j'ai fait comme d'habitude.

La stupéfaction le cloua devant la porte grillagée de son box. Les draps et les couvertures qu'il venait de plier avec soin se trouvaient en chiffon sur le lit.

L'Brisou ne lui laissa pas le temps de se ressaisir. La matraque le cueillit violemment en travers du dos.

— Tu mets tout ça au carré. Ensuite, tu rejoins les autres devant le corps de garde. Je te donne quinze minutes.

La rage au ventre, Lucien grommela un « oui, chef » anémique et entra dans sa cage avec l'envie de trouer ce putain de bâtard !

Quand il se pointa, un bon groupe se trouvait devant le logement de La Tonne, le portier de la colonie. Même les anciens l'avaient toujours vu là. Énorme, les jambes tendues comme des pilons sous un tronc de tonneau et une tête de potiron. Lucien resta à l'arrière, tâta le positionnement des sacs de farine sur ses cuisses. Noués autour de sa taille, des bouts de ficelle de chanvre ramenés de l'atelier de corderie les empêchaient de glisser à ses chevilles. Une semaine que son accoutrement le protégeait du froid. Malgré les conseils de Vigny, il l'avait gardé avec l'idée de s'en débarrasser après la neige.

L'Brisou se pointa, brailla.

— Ordre du directeur. Corvée de sable. Il fait froid, ça va vous réchauffer. La soupe si vous faites six tours pour midi. Sinon, on continue toute la journée.

Autant dire régime sec. Tous savaient qu'il était impossible pour un groupe de faire plus de cinq allers-retours dans la matinée. L'enfoiré devait jouir.

— Les premiers prennent des hottes, il y a des sacs pour les autres. Et une pelle pour deux.

En tête de colonne, la voix aiguë de La Vache se fit entendre :

— Ceux qui souhaitent prendre deux sacs ne se gênent surtout pas.

Corvée de sable. Une première pour Lucien.

Après une cinquantaine de mètres sur le chemin dégagé jusqu'à la pierraille, ils bifurquèrent sur le glacis Est de la citadelle, s'enfoncèrent jusqu'aux genoux dans la poudreuse dans un bruit de neige écrasée. La Vache en tête, équipé de houssiaux – des bottes de pêche –, d'un pantalon et d'une veste de toile cirés à l'huile, comme s'il partait pour la grande pêche en mer d'Islande, ils traversèrent le terrain militaire et s'engagèrent dans le sentier abrupt qui plongeait vers la plage. Une gueulante stoppa la colonne.

— Congères!

Énormes, elles barraient totalement la sente rudimentaire tracée dans les rochers, la faisait disparaître. Dégager un passage étroit de quoi progresser jusqu'à la crique blottie contre la falaise leur prit une heure. La journée s'annonçait longue et douloureuse. Alors qu'ils étaient à peine arrivés à destination, La Vache beugla:

— Les porteurs de sacs, vous vous mettez à deux. Un qui tient le sac, l'autre qui charge. Vous connaissez la règle. Un tour de plus pour tous par sac mal rempli.

Lucien vit les binômes se former autour de lui. Son regard se posa une fraction de seconde sur L'Brisou. Un sourire méchant releva le coin des lèvres du gardien.

— Quoi? Maman n'est plus là pour t'aider? T'es tout seul, tu te démerdes.

Le garçon baissa la tête, se mit aussitôt au travail. Son sac chargé, il le ferma avec un brin de chanvre, l'agrippa pour le soulever. Wouah! Seul, il n'arriverait jamais à le mettre sur ses épaules. Les autres le prenait à deux et d'un mouvement de balancier chargeait les trente-cinq kilos sur leur dos. Une peur panique l'étreignit un bref instant. L'Brisou l'avait bien piégé. Il allait se retrouver au mitard et crever comme un rat. Il ravala les larmes qui lui montaient aux yeux. La force, c'était surtout une affaire d'énergie, de volonté. Il traîna le sac sur l'estran, le hissa sur un rocher. La main gauche sur le nœud qui fermait le sac, il s'accroupit légèrement, pivota le dos à la roche, se positionna sous la charge et se redressa. Bien posé entre son épaule et sa nuque, le fardeau lui parut moins lourd. Le plus dur restait à faire. Remonter sur le plateau. Trois cents mètres dans la neige sur un sentier de chèvre. La Vache en tête, la colonne se mit en mouvement. Pour Lucien, pas de lanières à lui labourer les épaules mais il devait constamment réajuster sa charge. La main droite posée sur sa hanche, le garçon marchait lentement, assurait son pas. Pas question de glisser, de déraper. Au moindre écart, il dévalerait dans la pente enneigée avant de chuter dans les rochers une quinzaine de mètres en contrebas. Au fur et à mesure de la montée, le sac se faisait de plus en plus lourd. Lorsqu'il arriva sur le glacis, ses jambes tremblaient sous l'effort intense. Il poursuivit mécaniquement jusqu'au portail, déversa le sable sur le tas devant l'entrée et recolla à la queue du peloton de punis. Devant, La Vache braillait déjà l'ordre de repartir. Dans la descente, Lucien ramassa une boule de neige, la fit fondre dans sa bouche. Si L'Brisou le vit faire, il ne dit rien. Au-delà de son envie de casser ce morveux de Riguier, il avait une mission d'importance à remplir. Pas question de décevoir le directeur.

Au dernier tour avant midi, La Tonne l'attendait devant le portail. Il s'approcha, chuchota à son oreille.

— Pour qu'un cheval travaille, il faut le nourrir.

La gueule renfrognée, L'Brisou tendit le cou comme s'il n'avait pas compris.

— Et ?

Le portier haussa les épaules ce qui eut pour effet de faire trembler son énorme ventre.

— J'sais pas. Guérin est venu. C'est lui qui…

Tout en râlant intérieurement contre le sous-directeur, L'Brisou se retourna vers la petite troupe prête à repartir.

— C'est l'heure de la soupe. Vous passez les premiers au réfectoire. On y retourne dans une demi-heure. Nuit ou pas, on s'arrêtera qu'après avoir fait six tours.

Il appuya sur les derniers mots pour bien éteindre la joie qui brillait dans les yeux fatigués.

Six tours. Abrutis de fatigue, le regard vide, ils avançaient en rythme, d'un pas lourd dans la trace damée par leurs galoches. Liés entre eux par la même haine, la même rage, la peur aussi de finir au cachot, pas un seul des pénitents ne flancha. Épuisés mais portés par l'espoir de la soupe et d'une nuit de repos, ils firent la dernière montée dans la clarté vespérale. Dernier de la colonne, Lucien vida son sac avec soulagement. Il passait le portail quand les mots du Brisou le nouèrent.

— Riguier ! Ton sac n'était pas plein. Dix jours de trou au pain sec.

Le garçon se figea sur le seuil du grand portail. Avant que le surveillant n'ait le temps de bouger, le garçon courait sur le chemin, dévalait vers Le Palais. Derrière lui, les gueulantes du Brisou résonnaient sur le plateau. Il pouvait toujours brailler.

Des tentatives de fuite, Vigny lui en avait raconté plusieurs. L'île n'étant pas très grande – vingt kilomètres de long de la pointe des Poulains à Locmaria et huit de large du Palais à Kervilahouen – se faire reprendre n'était qu'une question de temps. Il fallait quitter l'île. Voler un canot et vogue la galère en espérant rejoindre Quiberon. Certains avaient péri en mer, leurs corps retrouvés sur la côte ou évanouis au fond d'un canot à la dérive, d'autres encore avaient été repris sur l'île ou sur le continent. Personne n'avait réussi à s'évader de Belle-Île. Pas besoin de murs infranchissables, l'océan suffisait. Depuis des siècles, l'île avait servi de prison à ciel ouvert. Au XIe siècle, les abbés de Redon et de Quimperlé y déportaient déjà leurs serfs fugitifs, la Révolution les conscrits réfractaires.

Lucien courait comme il ne l'avait pas fait depuis des mois. Aucun espoir ne le portait. Juste une réaction instinctive d'animal apeuré se sentant pris au piège. Il avait couru jusqu'au port. Personne. Les quais obscurs et glacés, déserts comme si la vie s'en était allée, coupèrent les fils qui l'animaient. Son monde s'arrêtait là. Ses yeux se posèrent sur la lueur ondulante de la lampe à pétrole qui éclairait la fenêtre d'une maison du port. Imaginer une famille assise autour d'une table ou près de la flambée dans la cheminée lui amena des larmes aux yeux. Ce ne serait jamais plus pour lui. La solitude l'écrasa. Le froid le saisit soudain. La peur aussi. Une horrible peur. Un claquement de porte résonna dans la nuit. Une ombre se détacha de l'obscurité, se figea un instant en le voyant et repartit d'un pas pressé. Lucien la regarda s'éloigner, serra son bourgeron contre lui, croisa les bras pour se protéger au mieux de l'air glacé et reprit le chemin de Haute-Boulogne. Chez lui. Le royaume du Brisou.

Son escapade n'avait duré qu'une bonne vingtaine de minutes. Lorsqu'il arriva sur le glacis, il fut surpris du calme qui régnait devant le portail. Pas la moindre agitation concernant sa fuite. Il cogna sur le portillon, se retrouva face à La Tonne. Énorme mais pas méchant pour deux sous.

— T'aurais pas dû faire ça, petit. Les autres sont au réfectoire avec L'Brisou.

Humilié, L'Brisou n'avait pas encore prévenu la direction de « l'évasion » d'un pupille dont il était responsable. Il regarda l'heure à sa montre à gousset ; dix-neuf heures dix. Déranger le directeur à l'heure du souper allait rajouter à sa colère. Et ces vauriens qui ne touchaient pas à leur gamelle ! Pas grave. Les foutre au pain sec pendant une semaine leur rendrait l'appétit. Tout ça à cause de cette racaille de Riguier. Un fouteur de merde. Un futur caïd. La branlée qu'il allait lui coller lorsqu'ils le choperaient ! La rage le consumait. Quand il en aurait fini avec Riguier, il s'occuperait de chacun de ces petits saligauds de voyous. Il en avait maté des plus coriaces. S'ils s'imaginaient l'impressionner ! Il regarda de nouveau sa montre. Pas d'autre choix que d'appeler le directeur. Ce serait le branle-bas comme à chaque fois, avec les gendarmes et quelques citoyens trop contents de participer à la battue.

La porte extérieure s'ouvrit. L'entrée de Lucien dans le réfectoire le prit au dépourvu. Malgré l'envie de le cogner, il se contrôla. Dans la pièce, la tension était palpable. L'air sentait la poudre. À la moindre étincelle, Haute-Boulogne allait s'embraser. La colonie mise à sac, des surveillants blessés, L'Brisou connaissait. Pas envie d'être à l'origine d'une révolte dont il percevait les prémices.

— Un revenant ! Fais trop froid dehors, Riguier ?

— Oui, chef.

— Tes copains de corvée font grève de la faim. Ils mangeront mieux demain… ou plus tard. Et toi, t'as faim ?

Lucien répondit sans même regarder les autres.

— Non, chef. J'avais perdu mon mouchoir, chef.

Incapable de se contenir, le gardien frappa le mur de sa matraque.

— Ton mouchoir ?

— Le seul que j'avais ramené de la maison, chef.

L'Brisou hurla.

— Montre ! Montre-le !

— Pas trouvé, chef !

— Nom d'Di… Dégagez ! Riguier, tu restes.

L'Brisou enrageait.

Aucun puni ne bougea. Tous le fixaient. Des yeux noirs chargés comme des fusils. Dans un silence de plomb, il jeta un coup d'œil vers ses deux collègues, glissa sa matraque dans sa ceinture.

— Foutez-moi le camp…

Ça lui arrachait la gueule mais il se tourna vers Lucien.

— Toi aussi, Riguier.

Le réfectoire résonna sous le bruit des galoches.

L'Brisou respira mieux. Pas besoin de sonner le tocsin. Il allait pouvoir rentrer chez lui et prendre son jour de repos. Ce p'tit con de Riguier se foutait de sa gueule mais il ne perdait rien pour attendre. Il allait goûter au mitard. Demain, après-demain…

*

Le lendemain, 14 heures

Mauduit prit à peine le temps de saluer La Tonne. Il héla Guérin, le sous-directeur, depuis l'entrée du bâtiment administratif et pénétra dans son bureau sans refermer derrière lui.

La question bloqua l'adjoint sur le seuil de la porte.

— Il m'a été rapporté qu'un pupille se trouvait sur le port hier soir vers dix-neuf heures.

Froncement de sourcils de l'intéressé.

— C'est impossible.

— La personne est absolument certaine. L'uniforme se remarque suffisamment pour éviter une confusion. Faites venir les surveillants des dortoirs d'hier soir et celui du quartier disciplinaire.

— Maintenant ?

— Si je vous dis de les faire venir, ce n'est pas pour demain !

Le sous-directeur s'éclipsa.

Une demi-heure plus tard, Mauduit doutait plus que jamais du témoignage de la mère Granger, patronne de la charcuterie du port. Aucune absence n'avait été signalée la veille. Tant mieux. Deux jours avant la visite du sous-directeur en charge de la Sécurité pénitentiaire, il aurait détesté avoir l'un des pupilles dans la nature. Insatisfait, il quitta son bureau, se rendit au logement du portier.

— Tout se passe bien ?

La Tonne répondit spontanément :

— Bien, monsieur le directeur.

— Le dimanche a été calme ? Rien de spécial ?

— Une belle corvée de sable.

— Aucun problème particulier avec les punis ?

— Aucun, monsieur le directeur. Au dernier tour, y en a un qu'est parti en courant et qu'est revenu un peu après. L'Brisou gueulait comme un âne et…

La Tonne s'arrêta brusquement avant de reprendre.

— L'vaurien a dû prendre une danse avec L'Brisou.

— Le garçon est revenu tout seul ?

— Comme j'vous l'dis. Il a frappé à la porte et il…

Agacé par ce qu'il venait d'apprendre, Mauduit quitta le corps de garde. Laissa le gardien pantois. Il passa par le bureau du sous-directeur.

— Qui accompagnait L'Brisou pour la corvée de sable ?

— La Vache, monsieur le directeur.

— Faites-le venir. Merci.

Être convoqué par le directeur n'enthousiasmait personne. Pas même les surveillants. La Vache entra dans le bureau avec une appréhension certaine d'autant qu'il avait une vague idée du sujet.

— Monsieur le direc…

— L'un de nos pupilles a fugué hier soir. Pourquoi n'ai-je pas été averti ?

— Parce qu'il est revenu aussitôt, mons…

— On l'a vu sur le port ! Sur le port ! Qui était-ce ?

— Riguier, mons…

— Expliquez-moi.

— Au dernier tour de sable, il est parti en courant pour chercher le mouchoir qu'il avait perdu.

— Sur le port ?

— Ben non. J'sais pas. C'est ce qu'il a dit.

— Il est où ?

— En atelier. L'Brisou doit vous en parler demain matin.

— Demain ? Mettez-moi Riguier au trou et au pain sec avant que ça ne donne des idées aux autres. Ces voyous ne connaissent que ça.

*

Bien qu'ayant parfois porté la bouffe aux fortes têtes, Lucien ne connaissait du quartier disciplinaire que le couloir central. Large, ponctué de part et d'autre et tous les deux mètres d'une lourde porte épaisse, sans gueulard. Seul un judas carré permettait aux gardiens de jeter un œil sur la cellule. Les literies complètes posées à même le dallage l'avaient étonné au point de questionner Vigny. L'ancien lui avait répondu « Tu verras quand tu y seras. Surtout l'hiver lorsqu'il pleut ou qu'il neige. »

La Vache poussa le garçon, l'accompagna d'un grand coup de pied aux fesses.

— Celle du fond, Riguier.

Lucien n'avait pas été surpris lorsque le surveillant était venu le chercher dans l'atelier de menuiserie. Il savait. Ce qu'il ignorait, c'était le temps qu'il allait rester au trou. Il prit sa literie en une seule brassée – Un matelas, une couverture marron, une paire de draps grisâtres – et entra dans la cellule. Une sorte de caveau sombre avec des barreaux sur l'ouverture inaccessible qui servait de fenêtre. Des murs et le plafond salpêtrés par l'humidité. Le béton du sol trempé sur un tiers de sa surface. Il venait de comprendre pourquoi les matelas inoccupés demeuraient dans le couloir. Lorsqu'il jeta ses affaires sur le lit, le trait noir qui marquait le pied des murs s'anima. Le garçon s'accroupit. Des punaises agglutinées dans la minuscule fissure entre le sol et les murs ; des centaines n'attendant que la nuit pour grouiller, piquer, se gaver de sang. Des vampires. Lucien connaissait. Malgré l'odeur qui s'en dégageait, il écrabouilla tout ce qu'il put. Pas de quartier. Cette première bataille terminée, il s'assit sur le seul mobilier du caveau. Un haut tabouret en bois. Fabrication maison. Le même que dans les dortoirs avec au-dessous, le même seau de nuit émaillé blanc. L'angoisse l'écrasa. Il pria pour avoir des corvées. N'importe lesquelles pourvu qu'elles le fassent sortir quelques heures de ce tombeau. Au vu du peu de literie dans le couloir, presque toutes les cellules étaient occupées. Vigny lui en avait raconté ! De quoi flipper. Il fit son lit, l'écarta des murs pour limiter les accès aux rescapées suceuses de sang.

La nuit noya lentement la pièce. Quelqu'un frappa à la porte.

— La soupe, Riguier !

Lucien pesta intérieurement. Cela signifiait qu'il faisait partie de ceux qui restaient toute la journée dans leur cellule. De ceux qui n'avaient le droit de voir personne. Pas même celui qui lui apportait le pain sec et l'eau. Interdiction sous peine de prendre une semaine de plus. Il grignota le quignon, mastiqua chaque bouchée. Lentement. Très lentement en se demandant comment il allait se protéger des minuscules vampires. Les démangeaisons des piqûres de punaises le rendaient dingue. Avec ce froid, aucun prisonnier ne devait retirer ses vêtements. Il utilisa les sacs de farine pour se protéger les pieds, le cou. Ces saloperies de bestioles pénétraient partout. Emmailloté du mieux qu'il put, il se glissa entre les draps. Il n'attendit pas très longtemps avant qu'un léger crépitement ne lui parvienne. Elles arrivaient. Il vérifia le boutonnage du col de son bourgeron, ramena ses manches sur ses mains. Pas envie de fermer les yeux, de s'abandonner. Il compta les secondes entre les vagues se fracassant contre la falaise. Cinq à six par minute. Une clarté blafarde dilua l'obscurité, étira sur le sol l'ombre des barreaux. Le garçon s'extirpa de sous les couvertures, jeta son traversin à l'autre bout du lit et s'allongea sur le dos, mains croisées sous la nuque, face à l'ouverture. Face à la lune. Toute blanche, elle jouait à cache-cache avec les nuages filandreux dont elle irisait les contours. Le tintement des cloches de l'église Saint-Gérand domina le grondement de l'océan. Sept heures ! Elles sonnaient toutes les heures du jour et de la nuit. Deux fois de suite. Sans oublier le quart, la demie et les trois angélus. En plus de connaître l'heure, Lucien aimait bien ce lien qu'elles tissaient avec la vie des autres. La vie des autres. La fenêtre éclairée sur le port lui revint en mémoire. Il pensa à sa mère, à leur maison. Sa bouche se dessécha, une boule lui bloqua la gorge. Des larmes coulèrent sur ses joues. Qu'allait-il devenir ? Peut-être aurait-il dû se cacher, trouver un bateau. Fuir. Si l'occasion se représentait, il n'aurait aucune hésitation. Un bruit dans le couloir le ramena prestement dans son lit. Un raclement de bois à peine perceptible fixa son regard sur la porte. Le judas s'ouvrit sur la lueur ondoyante du bec de gaz qui éclairait le couloir. Un œil apparut derrière le grillage en fer. Lucien se tétanisa. Vigny lui avait raconté tant de choses… Le judas se referma. Les pas s'éloignèrent. Il vérifia aussitôt la présence du poinçon en vieux chêne dur comme de l'acier qu'il avait réalisé à la menuiserie. Poing fermé, coincé entre le majeur et l'auriculaire, il devenait une arme redoutable. Il n'en avait parlé à personne, pas même à Vigny. Le jour, il le gardait caché dans son godillot droit. La nuit, il l'enfonçait dans le bout du matelas au niveau de sa tête. À force de répéter le geste, le saisir lui prenait trois secondes.

Au cœur de la nuit, un silence absolu régnait. Ses paupières pesaient lourdement. Il se gratta le cou, les joues. S'empêcha de s'arracher la peau. Il se souleva sur les coudes, tourna la tête vers l'embrasure barreaudée. La lune nimbait la nuit d'une pâle opalescence. Impossible de savoir l'heure qu'il était. Il s'assit, tâta ses paupières enflées. Sentit les cloques sous ses doigts. Ses saletés ne l'avaient pas raté. Désespéré, les nerfs à fleur de peau, il secoua son traversin. À l'idée qu'il allait rester là des jours, des semaines peut-être, l'angoisse le chavira. Les deux coups doublés de la cloche de l'église du Palais rajoutèrent à son désarroi. Six heures avant le lever du jour. Jamais il n'aurait dû revenir. La noirceur l'accapara. Il se sentit mollir. Mourir un peu. Il eut soudain du mal à respirer. Après quelques expirations profondes, il se calma. Il devait s'occuper. Marcher. Penser. Penser pour nourrir la haine dont il avait besoin pour survivre. Il ferma les yeux, laissa son esprit vagabonder au gré de ses pensées et de ses souvenirs. Le sommeil l'emporta.

Il ouvrit brusquement les yeux. Un bruit l'avait réveillé. La silhouette massive au bout du lit le tétanisa, le mit en apnée. Il eut juste le temps de se recroqueviller, de se protéger la tête avec les bras avant qu'une pluie de coups de matraque ne s'abatte sur lui. L'Brisou ! Il reconnaissait son haleine d'hyène, imbibée de gnole. La pourriture !

Le gardien se déchaîna sur le garçon, l'arracha de sous les couvertures comme un fou et le roua de coups de galoches avant que ce dernier ne se réfugie sous le matelas. Le souffle court, il sortit, referma la porte et quitta le bâtiment disciplinaire sans un regard pour le collègue en train de fumer une roulée de tabac gris.

Lucien resta un moment immobile avant de sortir de sous son abri. Il s'allongea sur le lit en grimaçant. Il tâta son visage du bout des doigts, constata qu'il saignait. Il allait dégueulasser ses fringues, peut-être les couvertures. Plus rien à foutre. Lorsqu'il voulut se retourner, les douleurs le figèrent. Le salaud avait dû lui briser des côtes. Et puis, il y avait cette bosse derrière l'oreille. Prostré, les yeux dans le vague, il resta sur le haut du lit malgré le froid glacial. Au bout d'une demi-heure, une violente migraine lui ceinturait le crâne. Les cloches de l'église Saint-Gérand sonnèrent cinq, six puis sept heures. Il entendit un claquement de galoches sur le dallage du couloir.

Quelqu'un frappa à la porte, gueula pour le prévenir.

— La soupe, Riguier.

Frigorifié, dans un état de semi-conscience, Lucien ne bougea pas. Il respirait difficilement. Derrière ses paupières noires et gonflées, une lumière apparut. Puis une ombre. Il espéra seulement que ce ne soit pas L'Brisou.

— Riguier !

Les yeux rivés sur le visage barbouillé de sang, le surveillant ne savait quelle attitude adoptée. Il tapota l'épaule du garçon, posa une main sur son front.

— Merde !

Une voix teintée d'inquiétude. La lumière s'atténua, disparut.

— Distribuez les gamelles et étendez-le sur le brancard. Allez, allez ! On l'amène chez La Barbiche.

Lucien se laissa faire. Trop mal. L'impression que sa tête allait exploser. Être bougé le fit vomir. Trop mal. La peur de la réaction du Brisou altéra un peu le soulagement qu'il ressentit lorsque ses camarades le déposèrent sur un lit de l'infirmerie.

La Barbiche grogna en découvrant le visage enflé, violacé comme un fruit trop mûr. La lèvre supérieure, la pommette droite fendue. Les mains bien à plat serrées contre son côté droit, Lucien se plaignait d'une horrible migraine. Traumatisme crânien. Côtes enfoncées. La gueule éclatée. Des hématomes sur tout le corps.

Un large bandage serré autour de la taille, Lucien fut transporté dans la pièce d'à côté. Il avait besoin d'obscurité et de calme absolu, avec régulièrement des bains d'eau salée sur le visage pour la cicatrisation des plaies.

La Barbiche eut le privilège d'une convocation avec Mauduit. Il n'eut pas le temps d'ouvrir la bouche que la messe était dite.

— J'ai eu vent de la conduite de Riguier. Une bête féroce, ce garçon. Pour le maîtriser, L'Brisou n'a pas eu d'autre choix que d'employer la manière forte. Nous avons de la chance d'avoir des moniteurs comme lui pour mater ces voyous. Ramenez-le en cellule.

Le médecin haussa les épaules.

— Un pupille mort la veille de la visite du représentant de l'Administration pénitentiaire risque de faire désordre.

— Allons, allons, vous êtes trop tendre avec ces vauriens.

— C'est vous qui décidez, monsieur le directeur.

— La violence est le seul moyen de les arracher aux vices. Souvenez-vous ce que disait Vidal, inspecteur général des prisons : « Il y a dans l'enfance, comme dans l'homme arrivé à maturité, des caractères tellement méchants, si foncièrement vicieux, qu'ils sont incorrigibles par les moyens communs, indomptables par les formes ordinaires de l'éducation. Il y a des enfants si enclins au mal qu'ils semblent destinés au crime si on ne les arrête pas dans cette voie par des moyens exceptionnels. » Compte tenu de son comportement rebelle et violent, la place de ce garçon est en cellule. Personne ne nous blâmera, croyez-moi.

— Sans parler du traumatisme crânien, avec ses côtes fêlées voire brisées, il doit garder un bandage entre deux et trois semaines et bien sûr sans faire d'effort.

— Rien de mieux que le mitard. Bonne journée, docteur.

Lucien fut reconduit au quartier disciplinaire dans la soirée. La souffrance des premiers jours l'accapara totalement. Impossible de bouger sans grimacer, gémir. La douleur ne le quittait que lorsqu'il se tenait immobile dans son lit. Un calvaire pour se lever et se coller face au mur lors de la distribution du pain et de l'eau. Le moindre mouvement brusque le clouait de douleur, le laissait pantelant, inondé de sueur froide. La peur ne le quittait pas, le gardait éveillé une partie de la nuit. Quelques bêtes en rut avec l'accord du Brisou ou de La Vache pouvaient en profiter pour l'agresser. Ils ne vinrent pas. Vingt-et-un jours durant lesquels Lucien ne vit qu'un sol, des murs et un pan de ciel. Interdiction de parler, de voir qui que ce soit. Son pot de chambre, il le déposait près de la porte, se retournait pendant qu'on le vidait et le remettait à sa place. Lorsque bouger, respirer ne fut plus une torture, malgré la solitude et les tourments, le ciel gris lui parut bleu. Les cloches de l'église, le souffle du vent, le crépitement de la pluie, le grondement de la mer, les cris le firent piaffer d'impatience. Hâte d'être dehors, de retrouver Vigny et les autres.

Il sortit un lundi matin. Vers sept heures et demie.

Il plissa les yeux sous la clarté d'un ciel de printemps.

Il eut droit à la douche, à la tondeuse, au sermon de Mauduit. Très court le sermon. « Riguier, la prochaine fois vous prendrez six semaines ! »

Il s'étonna d'être reconduit à la menuiserie. Retrouver Totor sans avoir à croiser ce taré de Brisou le combla de bonheur.

*

À Haute-Boulogne, à l'image du pays tout entier, la colonie pénitentiaire avait la fièvre. Le discours de bienvenue dans la cour lors du salut au drapeau – « Conduisez-vous bien et tout ira à merveille. Conduisez-vous mal, il y a toujours, à votre disposition, les quatre planches d'un cercueil et un trou dans la terre. » – soudait les colons, les forgeait dans la colère et la haine alimentées par d'abominables conditions de détention.

Sans le moindre espoir, rivés du matin au soir à leur tâche, corvéables à merci comme des forçats, nourris comme des animaux et dressés à coups de matraques, la plupart des prisonniers vivaient dans l'espoir d'une révolte. La rébellion couvait. Cela se ressentait. Dans le sourire, la posture, les regards menaçants en réponse à une punition, preuves que le châtiment n'effrayait plus. Des émeutes, la colonie en avait déjà connu par le passé. Elles s'étaient faites plus nombreuses les dernières années mais l'administration ne s'inquiétait guère. Toutes avaient été matées. Traqués comme des bêtes par les gendarmes, les surveillants, des marins-pêcheurs et des paysans de l'île, les colons avaient été repris et ramenés au bercail.

Dans cette ambiance orageuse, Lucien s'efforçait d'être invisible. Il se pliait docilement aux corvées de tinettes, de parquet, de pluches. La routine ou presque. Il savait que cela ne suffisait pas pour échapper aux brimades, aux coups, au mitard, mais les gaffes semblaient l'avoir oublié.

L'Brisou n'allait pas bien.

Le directeur lui en voulait depuis la venue du représentant de l'Administration pénitentiaire. Un nouveau. Jeune, zélé, insensible à la flagornerie, il avait souhaité faire le tour de l'établissement y compris du quartier pénitentiaire. Toutes les cellules, même celle du fond. La tête de punching-ball du pupille l'avait figé sur le seuil de la porte. Les sourcils froncés, l'air grave, il s'était approché du puni.

— Que vous est-il arrivé ?

Lucien s'était mis au garde à vous. Une grimace lui avait tordu la bouche.

— Tombé dans l'escalier du dortoir, monsieur.

Le fonctionnaire avait tourné la tête vers le directeur.

— Ce garçon devrait être à l'infirmerie.

— Il en sort. Le médecin n'a pas jugé nécessaire de le garder.

Mauduit entraîna le bureaucrate vers la sortie.

— Ne vous méprenez pas... Un vaurien de la pire espèce. Il s'en est pris à un moniteur après une tentative d'évasion. Un violent !

Élégant, les mains dans les poches de son manteau croisé à revers en pointe, le représentant s'était arrêté.

— Des voix s'élèvent. Certains parlent de ces colonies en termes très durs. Des bagnes. Des bagnes pour enfants. Des enfants du malheur.

— Restez quelques jours et vous verrez. Dès leur arrivée à la colonie, la plupart de ces garçons qui exècrent le travail autant que l'obéissance cherchent à se soustraire à la discipline pourtant bienveillante de la colonie. Tous vous diront pour se défendre qu'ils sont maltraités ou mal nourris ; le mensonge est inné chez eux. Après quelques mois, nous arrivons à leur faire comprendre qu'ils doivent obéir et travailler. Il n'y a pas d'enfant ici. Rien que des voyous. Des nuisibles. De la mauvaise graine. De celle qui pousse de travers et qu'il faut redresser. On nous a confié cette mission. On s'y emploie de notre mieux.

— Naturellement. Je ne mets pas en cause vos méthodes mais depuis quelques semaines, un vent de réforme souffle sur le pays, agite les ministères. Une envie de justice sociale.

Le directeur avait haussé les épaules. Grommelé.

— Encore ces cocos de la CGT !

L'absence de réponse l'avait mis mal à l'aise. Il ne comprenait pas ce discours nouveau. Ces silences réprobateurs. Après trois heures de visite, il avait raccompagné son hôte dans sa Citroën Rosalie flambant neuve. Un sourire forcé aux lèvres, affable, il avait fait bonne figure jusqu'au bateau. Le cœur n'y était pourtant pas. La tête non plus. Qu'avait-il dit de mal ? De la mauvaise graine, des vauriens, des voyous. Qu'étaient-ils d'autres, bon Dieu ?

Jamais la question ne lui avait effleuré l'esprit. Jamais. Pourquoi se la serait-il posée ? Lui et l'institution qu'il représentait n'étaient que le bras armé de la justice qui les avait condamnés. Le rempart qui protégeait les honnêtes gens de ces… vauriens. Les hautes sphères de l'Administration pénitentiaire l'avaient d'ailleurs toujours félicité pour sa rigueur, voire encouragé.

Des enfants du malheur ! Il n'en revenait pas.

Les mots d'un petit bureaucrate influencé par les discours de tous ces bons à rien d'intellectuels de gauche, de ces humanistes à la noix bien loin de la réalité du terrain.

Des enfants du malheur!

Ce soir-là, il était directement rentré chez lui au lieu de repasser par Haute-Boulogne. Besoin de s'embrumer le cerveau avec quelques verres de Byrrh.

L'Brisou ne buvait pas pour noyer le doute car il ignorait l'existence de cet état d'esprit. Lui se ruinait la gueule parce que sa vie était moche et rendre celle des autres pire que la sienne lui faisait du bien. Ça ne le comblait pas de bonheur mais ça le calmait. Il aurait pu s'attaquer aux gens heureux. Trop durs à approcher. Pas son monde. Et puis, c'était facile de se défouler sur plus faible que lui. De ne plus se sentir apprécié dans son travail par le directeur lui faisait mal, lui rongeait la calebasse. Tout ça à cause de Riguier. Celui-là, il ne pouvait pas le blairer. De plus, ce morveux avait pris du galon. Trois semaines de mitard, ça forçait le respect des mignons. Ça attisait aussi des jalousies, des rancunes pas éteintes. Le Silencieux n'avait jamais digéré son humiliation face à Vigny et n'attendait que le bon moment pour se venger. Pour ça, L'Brisou avait son idée. Tous les ans, Mauduit prenait des vacances début mai. Une semaine chez sa famille dans le Jura.

Quelques jours avant son départ, le directeur annonça qu'il serait absent du samedi 29 avril au lundi 7 mai.

Le dimanche matin, au salut au drapeau, L'Brisou fit sortir des rangs une douzaine de pupilles, dont Riguier, pour tenues déplorables. Si certaines laissaient à désirer, celle de Lucien était impeccable. Le gaffe les rassembla dans la salle du grand bal situé près du corps de garde. Il y avait aussi le petit bal. Une piste en terre établie devant le réfectoire où les punis s'époumonaient durant l'heure de la soupe. Celle du grand bal était construite en bois. Vingt mètres de circonférence, cinquante centimètres de large et surélevée d'un bon pied du dallage bétonné. Le grand bal appelé aussi peloton de discipline dans les rapports officiels ou l'Bain chaud par L'Brisou.

8 h 30. Nus pieds, tous se mirent l'un derrière l'autre le long d'une corde installée à l'extérieur de l'anneau ovale et le grand bal commença. Riguier en tête. Le leader. Celui sur qui l'on cogne afin de maintenir les sept à huit kilomètres à l'heure imposés et effectuer les deux mille tours. Le front collé au dos du précédent, les autres suivirent.

Une ronde infernale menée à coups de triques par les gaffes. Au bout d'une demi-heure, « l'bain chaud » du Brisou prenait tout son sens. Les garçons ruisselaient de sueur. De la vapeur d'eau s'échappait de leurs vêtements transformés en serpillière. De la corne aux pieds si dure qu'on aurait pu y planter des clous, les habitués du manège se contentaient de tenir la cadence. Pour les autres, comme Lucien, ce fut rapidement l'enfer. Ampoules. Cloques. L'impression de courir sur du métal brûlant. Chacun s'efforçait de trouver une posture pour souffrir le moins possible. Des déhanchements bizarres. Des foulées sur la pointe des pieds, sur les talons. Les vésicules remplies d'eau ou de sang éclataient, laissaient la chair à nue. Le supplice se lisait sur les visages crispés, larmoyants. À midi, aucun pupille n'avait flanché. Exténués, tremblants, les pieds en sang pour certains mais debout, tous eurent droit à la soupe sauf Lucien. Régime pain sec et à l'eau qu'il but à même un jerrican dégueulasse.

13 heures. Reprise du calvaire. Après une heure de l'abominable manège, l'un des garçons s'écroula lourdement sur le béton. Allongé sur le dos, le visage pâle, les yeux exorbités. Autour de lui, le hangar continuait de tourner. Les gaffes avaient des tronches bizarres. Un coup de galoche dans les côtes lui arracha à peine une crispation de douleur. Il avait perdu connaissance.

Les yeux fixés sur la passerelle teintée de rouge, Lucien comptait ses pas. Compter. Compter encore et encore. Inlassablement. Imaginer combien il lui en restait à faire. Tout son corps n'était que souffrance.

17 heures. Au coup de sifflet du Brisou, les garçons s'effondrèrent les uns sur les autres. Le gaffe arracha Riguier de la salade de corps entremêlés.

— Si tu vas à l'infirmerie, je te colle au trou et j'en connais un qui aimerait bien s'occuper de tes fesses.

Une claque sur le haut du crâne du garçon accompagna la menace.

Le regard dans le vide, Lucien serrait ses arpions meurtris entre ses mains pour calmer les brûlures. Il enfila délicatement ses chaussettes, ses galoches. Marcher jusqu'à la grande cour s'avéra une galère. L'enfer lui brûlait la plante des pieds.

Vigny le rejoignit aussitôt.

— Faut que tu te changes.

— Je tremble de partout. L'impression de tourner encore.

— Tu me retrouves dans les chiottes.

Ils demeurèrent quelques instants près du puits des amours, se mêlèrent aux autres avant de se retrouver dans les toilettes. À l'abri des regards, l'ancien prit un tricot sec de sous son bourgeron.

— Retire le tien et mets celui-là si tu veux pas choper la crève.

— Ça vaudrait peut-être mieux.

— N'importe quoi ! Va à l'infirmerie !

— L'Brisou m'a dit que si j'y allais, il me collait au mitard et que… Que Le Silencieux… Enfin, tu vois…

— Le fumier profite de l'absence de Mauduit. Tes pieds ?

— En sang.

— Tes plaies vont s'infecter. Je m'occupe de trouver du gros sel avec les gars de la cuisine. Tu te serviras de ton pot de chambre pour faire un bain de pieds. T'as du bol, PP est de dortoir cette nuit.

L'idée du sel sur ses blessures horrifia Lucien mais il n'y avait rien de tel pour désinfecter et sécher les plaies.

Vigny le rassura :

— Tu vas douiller mais demain ce sera bien pire si tu le fais pas. Quinze minutes, ensuite tu enroules tes panards dans un linge propre. Je te donnerai le matos juste avant de monter aux cages.

Lucien fit ce que Vigny lui avait conseillé.

Grande inspiration après grande inspiration, centimètre après centimètre, décoller ses chaussettes des chairs à vif s'avéra un martyr. Pour ne pas mettre PP dans l'embarras, il attendit qu'il soit entré dans sa piaule pour vider le sel dans l'eau dont il avait rempli de moitié son pot de chambre et tremper ses pieds. La brûlure l'embrasa. La bouche fermée, les dents serrées, les mains crispées sur le rebord du matelas, il hurla en silence. Des larmes coulèrent sur ses joues. La sueur perla à ses tempes, au creux de ses reins. Il ne sut combien de temps cela dura. Des secondes. Des minutes. Quand les morsures du sel se firent presque douces, quand il décrispa les mâchoires, du sang suintait entre ses lèvres. À part celle de l'âme, jamais il n'avait connu une telle souffrance. La vraie torture du grand bal se trouvait là. L'Brisou le savait. Les indics, les mouchards lui rapportaient tout. Lui interdire l'accès à l'infirmerie, c'était l'obliger au bain d'eau salée.

L'ordure !

Lucien entoura ses nougats dans les linges propres et s'allongea. Le corps chargé d'adrénaline après des heures de grand bal, il eut beaucoup de mal à s'endormir.

*

Les semaines suivantes, L'Brisou, La Vache et les deux ou trois autres brutes invétérées, imbibées de gnole, lui fichèrent la paix. De le voir marcher sur des charbons ardents et boiter pendant des jours leur suffisait dans l'instant et leur permettait de « se disperser », d'épancher leurs délires d'alcooliques haineux sur d'autres pupilles.

Une seule règle pour eux. Cogner. Faire mal. De plus en plus. De pire en pire. Une rage quotidienne, aveugle, proche de la barbarie nullement réprimée par la direction. Pour Mauduit, pas d'enfant du malheur à Haute-Boulogne, rien que des durs à cuire et des vicieux qui ne cherchent qu'une seule chose. S'évader. Ceux qui tentaient de faire la belle connaissaient le tarif. Des semaines de cachot à l'eau et au pain sec. Les intraitables craquaient après quelques jours de camisole de force, les mains ramenées dans le dos jusqu'aux omoplates.

On ne s'échappait pas de Belle-Île. On y mourait parfois.

Haute-Boulogne sentait la poudre. Pas de troubles ni d'emportements mais cela se devinait au comportement des pupilles. Des rictus de rebelles. Une certaine arrogance devant les punitions. Une manière de regarder les surveillants qui équivalait à un doigt d'honneur, à une envie d'en découdre. Cette tension n'inquiétait guère ces derniers. Il n'avait en face d'eux que des gosses ! Et puis, si la révolte couvait, ils seraient avertis suffisamment tôt par leurs mouchards pour l'étouffer avant qu'elle n'éclose.

*

Lundi soir 27 août 1934

Une chaleur lourde, étouffante plombait la grande cour. Pas un souffle de vent.

Le grand Mingant sortait d'une semaine de mitard à la flotte plus ou moins putride et au croûton rassis. Trois séjours en cinq ans, c'était peu. Cette fois, à cause du Grêlé. Le crétin entouré de sa cour de girons avait profité de l'affluence autour du puits des amours pour le charrier haut et fort.

— Alors la d'moiselle, on lit *Au bonheur des femmes* !

— Des dames, pas des femmes, avait rectifié Mingant.

Le Grêlé avait insisté.

— T'voudrais p't'être t'faire pousser des nibards ?

Une voix s'était élevée de l'autre côté du petit édifice.

— Vas-y, L'Grêlé, rentre lui les couilles dans l'cul, ce sera déjà ça de fait.

Un rictus sur son visage tavelé de cicatrices d'acné, Le Grêlé avait ricané :

— Faudrait déjà qu'il en ait, des couilles !

Lui qui ne s'occupait pas des autres, Mingant supportait mal qu'on vienne lui chercher des noises et encore moins qu'on lui balance de « l'demoiselle ». Il n'en était pas une. Et en ce qui concernait son histoire avec Couzeau, le caïd l'avait surtout protégé pour se faire pardonner de son ignominie d'un soir. Et, bonheur immense, lui avait fait découvrir la lecture. Magique. Miraculeux.

Un léger frisson avait hérissé la nuque de l'ancien, ses yeux avaient viré au noir comme deux billes de charbon au milieu d'un masque de craie. Cela se passait toujours comme ça chez lui. À cet instant, plus rien ne pouvait l'arrêter. Il avait légèrement relevé la tête vers le chicaneur. Avec la violence d'une mécanique, le coup de poing l'atteignit au menton, le culbuta dans la pierraille de la cour. La mâchoire déboîtée, du sang plein la bouche, Le Grêlé ne s'était pas relevé.

Sous le ciel d'orage, debout dans le rang, Mingant attendait avec les autres pour entrer dans le réfectoire. Pas faim. Fermé. Le cœur sombre. Retrouver ses habitudes ne l'avait pas déridé. Lui qui s'était construit un refuge autour de l'atelier de Totor, la classe du soir, les livres et regardait ce qui l'entourait comme derrière une vitre épaisse, il n'avait pu pendant une semaine se soustraire à l'abominable réalité de la colonie. Impossible, sauf à se boucher les oreilles. Les gémissements étouffés qui, chaque nuit, traversaient la cloison contre laquelle était collé son lit l'avaient mis en miettes ; il ne connaissait pas bien le garçon qui pleurait mais il voyait qui il était. Un nouveau avec une tête de mignon qui ne comprend rien à ce qui lui arrive. Encore un qui allait en prendre plein la gueule. Lui, les vingt mois qui lui restaient, il les ferait dans la section maritime. La semaine passée au cachot lui avait donné l'envie furieuse de grand large, de terres lointaines. À l'image de Kipling, de Stevenson dont il avait dévoré les romans. Le regard du jeune homme filait entre les crânes rasés de ses frères prisonniers, passait par-dessus le mur de clôture et se perdait dans les nuages noirs massés à l'horizon.

Le coup de sifflet le tira de sa mélancolie.

L'une après l'autre, les rangées se mirent en branle. Le claquement des galoches résonnait contre les murs nus blanchis à la chaux. Installés à leurs tables, les pupilles attendirent. Debout. En silence. Au dernier coup de sifflet, le tintement des couverts emplit la salle. Un ordonnancement millimétré soudain rompu par L'Brisou. Le gardien venait de bondir de son estrade et à son allure, tous savaient que l'un d'entre eux allait dérouiller.

L'Brisou s'arrêta près d'une table, arracha le morceau de fromage que le pupille venait d'entamer.

— P'tit saligaud ! T'veux déjà retourner au trou ?

Les derniers mots interpellèrent Mingant. Il ne voyait pas bien la scène mais il fut certain que ce taré de Brisou en avait après le gamin de la cellule voisine.

Il hurlait comme le dément qu'il était.

— Tu connais la règle. La soupe d'abord. Répète, nom de Dieu !

Mingant tendit le cou pour mieux voir.

La tête dans les épaules, les bras protégeant son visage, le pupille gémissait de terreur. L'Brisou l'agrippa par le bourgeron, l'arracha du banc, le balança au milieu du couloir et le dérouilla à coups de pied, de matraque.

— T'vas y retourner au trou et pas qu'une semaine. Y en a qui vont se marrer !

Le grand Mingant se redressa d'un coup, bondit par-dessus la table, se jeta sur la brute avinée. Tous deux roulèrent sur le sol en béton.

Un pupille cria « la classe », puis un second, puis d'autres dans un tintamarre de gamelles et d'assiettes balancées à la volée.

La Vache se précipita pour porter secours au Brisou. Après quelques pas, il se trouva empoigné de toutes parts, jeté au sol pendant que ses trois collègues tentaient de repousser la horde qui fondait sur eux dans un bouleversement de bancs et de tables. Au cri de « la classe », certains pupilles gagnèrent la cour, défirent les fagots récemment déchargés en vue de l'hiver, en retirèrent les triques et revinrent pour épancher leur rage. Acculés dans un angle, deux gaffes tenaient encore tête aux émeutiers. Une bûche lancée de l'arrière-garde atteignit l'un d'entre eux en plein visage ; un coup de gourdin coucha le second qui se défendait encore.

À plat ventre au milieu de l'allée, L'Brisou braillait sous la grappe de vauriens qui le piétinait, lui flanquait des coups de galoches.

Mingant lui fit les poches, trouva les clés dans sa tunique.

— Pour qui, la classe? cria-t-il.

— Moi!

Une lueur éclaira son regard.

— C'est bien, Riguier; trop tard pour moi. J'attends la quille.

Lucien prit le trousseau, laissa derrière lui la salle dévastée, les gaffes sous la garde d'une cinquantaine de mutins.

Dehors, c'était la pagaille. Surpris de cette liberté offerte, la plupart des pupilles clamaient leur joie, couraient dans tous les sens, se contentaient de briser tout ce qui pouvait l'être. Un petit groupe élevait contre le mur d'enceinte les deux échelles utilisées pour la réfection du toit des chiottes.

Un bâton dans une main, le trousseau dans l'autre, suivi par une dizaine de camarades, Lucien fila dans l'enclos du premier quartier. Tout en courant, il regardait les clés du Brisou. Elles se ressemblaient toutes. Noires en fer forgé. Pour l'avoir maintes fois vue entre les doigts du gardien, il savait que celle du dortoir avait un anneau en forme d'olive et un panneton double. Deux d'entre elles correspondaient. Il poussa la porte en fond de cour, bifurqua sur la gauche vers les dortoirs.

— Qu'est-ce tu fous, Riguier? s'étonna Rabot.

Un apprenti menuisier comme Lucien. À chaque coup de son outil vénéré, le garçon caressait le bois comme s'il s'agissait d'une peau de fesse.

— T'occupe!

Derrière eux, ça gueulait du côté du corps de garde. La Tonne devait se trouver aux prises avec des révoltés. Le brave homme devait lever les bras au ciel, passer par toutes les phases entre la menace et l'appel à la raison. De quoi le perturber durant des semaines.

Lucien avala l'escalier, enfonça l'une des clés dans la serrure, la tourna. La porte s'ouvrit. Celle qui déverrouillait le levier d'ouverture des cages à poules, tout le monde la connaissait. Une petite en laiton. Vingt secondes plus tard, il entrait dans son box, raflait ses fringues civiles, refermait son armoire et ressortait au pas de course sans se préoccuper de ce que faisaient les autres. Son cerveau fonctionnait à toute allure. Reverrouiller les cages, le dortoir pour ne pas laisser à penser qu'un pupille y était venu. Lorsqu'il déboula en bas de l'escalier, il ne restait que Rabot complètement dépassé par la situation.

— T'as fait quoi ?

— J'ai mis le feu !

Rabot tendit le cou vers le bâtiment et se colla telle une bernique aux basques de son compagnon d'infortune. Il régnait une cohue indescriptible devant le logement de La Tonne. Des cris de victoire saluèrent l'ouverture du portillon. Il s'empressa de suivre la troupe, contourna le portier allongé sur le dos avec, sur le ventre, la serrure arrachée à grands coups de pierres. Un filet de sang coulait de son nez mais ça ne semblait pas bien méchant.

Une fois dehors, les mutins s'égaillèrent par petits groupes dans la campagne. Ivres de bonheur, certains chantaient, hurlaient.

Je suis parmi les fortes têtes
À la colonie de Belle-Île-en-Mer.

Lucien s'arrêta, fit demi-tour.

Décontenancé, Rabot colla à un détachement d'une quinzaine d'évadés. Quand il se retourna, Riguier avait disparu.

Le garçon courait à perdre haleine le long du mur sud vers les taillis de prunelliers qui bordaient les abrupts de la côte. À l'abri de l'un d'entre eux, trempé de sueur, il se changea rapidement, planqua son uniforme sous des cailloux et une broussée d'herbes folles. Une chance qu'il ne soit pas récemment passé sous la tondeuse de La Cisaille. Un crâne rasé à blanc l'aurait immédiatement désigné comme étant l'un des vauriens de Haute-Boulogne. Il ignorait encore comment il allait s'y prendre pour s'échapper de l'île mais récupérer les dizaines de fugitifs dispersés un peu partout allait prendre du temps, mobiliser beaucoup de monde. Il lui fallait profiter de ces premières heures d'agitation et d'incertitude pour disparaître. Le ciel s'assombrissait de plus en plus. Au loin, l'océan se fondait dans le ciel ténébreux. Des éclairs zébraient les nuées au-dessus de Quiberon. D'ici peu, l'orage serait sur lui. Mue d'une brusque intuition, il reprit son uniforme, en fit un baluchon dans lequel il rajouta des brins de bruyères, des branches de genêts en fleurs, attacha le tout à son bâton et dévala vers Le Palais avec l'espoir qu'il trouverait le ferry à quai. Espoir perturbé par l'horrible pensée que sans argent pour prendre le vapeur, il allait se faire refouler. Devant lui, la foudre cisailla le ciel d'encre, plongea dans l'océan. L'air vibra sous la déflagration. L'orage éclata au moment où il déboulait sur le port. De grosses gouttes éparses frappèrent les pavés chauds puis la pluie se mit à tomber à verse.

Pendant que Lucien courait sur le quai Gambetta sous un feu d'artifice d'éclairs et les claquements secs du tonnerre, cinquante-cinq de ses camarades s'éparpillaient aux quatre coins de l'île. L'alerte immédiatement déclenchée, déjà la rumeur circulait et semait l'effroi. Une révolte à Haute-Boulogne. Deux gardiens assassinés, d'autres blessés. Une centaine de colons en cavale. Dans chaque port, chaque crique, chaque plage, de Locmaria à la pointe des Poulains et du Palais au port Goulphar, les pêcheurs enchaînèrent leurs barques aux organeaux scellés dans la roche et les quais. Les autos furent sorties pour bloquer les routes, les chemins. Stimulée par une prime de vingt francs par enfant retrouvé, la chasse aux fugitifs s'organisa comme une battue.

Derrière les stries grises d'un déluge de fin du monde, Lucien vit les contours chaloupés de *L'Émile Solacroup* avec sa grande cheminée. Une cloche se fit entendre. Le garçon accéléra sa course. Le claquement de ses galoches sur les pavés de la rue Joseph Le Brix se perdaient dans le fracas de l'orage et du crépitement de la pluie. Des silhouettes engoncées se trouvaient sur la passerelle d'embarquement. Son baluchon à la main, Lucien redoubla d'efforts. Il se présenta au bateau en même temps qu'une dame encombrée de deux lourds bagages. Il lui proposa son aide qu'elle accepta pour entrer au plus vite et échapper à l'averse qui lui cinglait le visage, la trempait comme une soupe de la tête aux pieds.

— Volontiers, jeune homme.

Lucien se chargea de la plus grosse valise et suivit l'élégante vêtue d'un superbe ensemble grège. Une veste croisée à boutons ceinturée à la taille, un tailleur jusqu'à mi-mollets, un petit chapeau à bord. Le salon prévu pour trente personnes en contenait le double. La femme demeura à l'entrée. Elle préférait être saucée plutôt que d'être collée de toutes parts. Lucien s'excusa, passa devant elle.

— Suivez-moi, madame.

Le garçon se fraya un passage, s'arrêta devant l'un des passagers. Complet croisé. Moustache fine. L'allure altière du galant homme. Il se pencha vers lui, lui chuchota quelques mots à l'oreille. Sans mot dire, l'homme retira son feutre noir devant la nouvelle venue et céda sa place assise.

Aussitôt les haussières détachées des bites d'amarrage, la passerelle d'embarquement retirée, le vapeur manœuvra. Le cœur cognant comme une mécanique prête à exploser, Lucien fixait le quai qui s'éloignait. Deux mètres ; dix ; pas de gendarmes ni de gaffes en vue. Tout allait certainement s'arrêter… Le navire pivota lentement. Lorsqu'il doubla les deux petits phares de l'entrée du port, Lucien en aurait pleuré de joie. Avec un peu de chance…

Malgré l'orage, les pluies diluviennes et la nuit tombée, la chasse à l'enfant se poursuivit. Une frénésie s'était emparée de l'île. Feux allumés, les voitures sillonnaient les routes. Des groupes où se mêlaient paysans, commerçants, ouvriers, touristes, gaffes, gendarmes occupaient les chemins, battaient la lande à la poursuite des évadés qu'ils effrayaient par des coups de feu tirés en l'air. L'un d'entre eux pistait une bande de mutins aperçus près du fortin de Port Fouquet alors qu'ils tentaient de fuir par le chemin du bois Vauban. Les phares d'un véhicule éclairèrent leurs bourgerons blancs. Un gendarme cria :

— Rendez-vous !

— Venez nous chercher si vous n'avez pas la trouille !

Une voix d'enfant.

En réponse à la fanfaronnade, l'homme qui n'en était pas à sa première chasse la joua copain.

— Qui veut une cigarette ?

Des pipes ! Deux évadés sortirent des broussailles. Puis trois autres. Finalement la petite troupe se rendit. Les colons furent aussitôt reconduits à Haute-Boulogne où ils furent accueillis à grand renfort de coups. Un à-valoir sur ce qui les attendait dans leurs cellules. Pas grave. Ces deux heures de liberté, ce bouillonnement d'adrénaline, ce sentiment de puissance valaient bien quelques baffes.

Ailleurs, la traque se poursuivait.

Les mutins s'étaient dispersés dans toute l'île. Les poursuivants en dénichèrent dans le bois du Génie, dans une grange à Envague, derrière le moulin de Kerzo. Une dizaine dans la crique de Taillefer. D'autres ne cherchaient même pas à se cacher, ils marchaient vers un ailleurs, profitaient de chaque seconde de ces instants de liberté.

*

Rincée par les pluies torrentielles, giflées par les rafales de vent, la traversée fut pénible et crispante pour les cent cinquante infortunés recroquevillés les uns contre les autres sur les ponts extérieurs de *L'Émile Solacroup*. À l'opposé, il régnait une touffeur oppressante dans le salon passager. Un mélange de sueur, de tabac, d'haleine confinée. Une odeur de tanière.

Dans le passage de la Teignouse, un silence angoissant s'installa à bord du vapeur ballotté par les courants. Ignorant la difficulté que représentait le franchissement du détroit entre Houat et la pointe de la presqu'île, Lucien s'inquiétait surtout d'être arrêté à la sortie du navire. Il avait passé en revue toutes les solutions pour échapper à l'agent contrôleur. Se jeter à l'eau, lui qui nageait comme une enclume, équivalait à un suicide. Il voulait fuir, pas mourir. Lorsque le vapeur accosta à Port Haliguen, de grands îlots de clarté trouaient la noirceur du ciel. Les derniers rayons du soleil irisaient les nuages et la surface de l'océan. Lucien se dressa sur la pointe des pieds. L'idée de profiter de la cohue pour sauter par-dessus le bastingage et fuir à toutes jambes lui parut comme la solution idéale. Il se préparait à sa minute de vérité quand la dame l'interpella :

— Accepteriez-vous de m'aider à porter cette valise jusqu'à ma voiture ?

Sans prendre le temps de la réflexion, le garçon accepta.

— Merci beaucoup, jeune homme. Comment t'appelles-tu ?

— Lucien, madame.

D'un geste du menton, l'élégante désigna les fleurs qui dépassaient du baluchon.

— Tu aimes les fleurs ?

— Oui, madame. Le plant de bruyère pour le jardin, le genêt pour… maman.

La dame hocha légèrement la tête. Se leva pour sortir. Lucien prit la valise. Son cœur se serra en apercevant le contrôleur sur le quai à l'extrémité de la passerelle. Il allait prendre plusieurs mois de cachot et se faire démolir avec L'Brisou. Peut-être valait-il mieux mourir. La dame se présenta devant l'agent de la compagnie, sortit un porte-monnaie en cuir noir.

— Le jeune homme est avec moi.

— Bien, madame de Grandmaison.

Raide comme un automate, le regard droit devant, la gorge sèche, Lucien se mit dans les pas de sa bonne fée sur le quai des Sinagots jusqu'à une superbe Traction-avant Citroën couleur café avec les ailes noires près de laquelle se tenait un chauffeur en livrée. La valise à la main et de l'angoisse plein les veines, il attendit. Quelqu'un allait surgir, le saisir. Il tourna légèrement la tête. Pas d'uniforme en vue.

Madame de Grandmaison ouvrit de nouveau son porte-monnaie, sortit une pièce.

— Qu'avez-vous dit à l'homme dans la cabine ?

Lucien posa la valise.

— Qu'il serait bien courtois s'il vous cédait la place.

La femme prit une seconde pièce et les tendit.

— Le genêt est superbe. Votre maman a de la chance.

Le regard voilé par l'émotion, Lucien prit l'argent.

— Merci, madame.

Le baluchon réajusté d'un geste sur son épaule, il s'éloigna rue Surcouf. Il entendit le claquement des portières, la voiture s'éloigner dans la Grand'rue. Ce n'est qu'à cet instant qu'il ouvrit les doigts. Vingt francs ! Du pain et du beurre pour plusieurs jours.

Arrivé par le train, il jugea que la meilleure façon pour rejoindre Vannes sans se perdre était de suivre le chemin de fer. Le voile de la nuit s'installait lorsqu'il sortit de la bourgade. Il chercha un endroit pour se débarrasser de sa tenue de bagnard. Il enterra le pantalon dans un fossé boueux et le bourgeron plusieurs kilomètres plus loin.

Quand L'Brisou et toute sa clique comprendraient qu'il avait peut-être réussi à quitter l'île, lui serait loin. À cette idée, il força le pas. Celui qui avait fait le grand bal de Haute-Boulogne ne craignait pas de marcher des heures durant.

*

Mauduit préparait sa défense. Les lendemains s'annonçaient rudes. Plus que d'habitude. La campagne médiatique contre les « bagnes d'enfants » s'accentuait. Les nombreux articles de presse dans *Paris Soir* où Alexis Danan prenait la défense des enfants martyrs des colonies pénitentiaires – dont le seul crime pour certains était d'être orphelins ou abandonnés – émouvaient l'opinion. Le journaliste y décrivait avec détails les journées de forçats, les corvées incessantes, la nourriture déplorable, les cages à poules, la brutalité des gaffes, les abus sexuels. Les cachots infâmes, humides et remplis de vermine. Comme lui avait dit le représentant de l'Administration pénitentiaire, un vent de changement soufflait sur les conditions d'incarcération des enfants. Encore une fois, la violence du Brisou allait le mettre sur la sellette.

Pour sa défense, le surveillant avait accusé le grand Mingant d'être le responsable de l'émeute. Lui n'y était pour rien, il n'avait fait que se défendre.

Le directeur l'avait regardé dans les yeux.

— Nettoyez-vous le visage. Pour l'instant, l'urgence est de les ramener. Tous et sans brutalité ! Quand l'ordre sera revenu, je vous veux dans mon bureau. Est-ce clair ?

— Oui, monsieur le directeur. La règle, c'est quand même la soupe d'abord…

Mauduit frappa son bureau du plat des mains pour ne pas cracher les grossièretés qu'il avait au bord des lèvres.

— Dehors !

À une heure du matin, la chasse aux enfants fut suspendue. Toutes les barques enchaînées ou surveillées, certains qu'aucune fuite n'était possible par la mer, les habitants rentrèrent chez eux, se barricadèrent en attendant la levée du jour. Sur les cinquante-six, quarante évadés se trouvaient entassés pêle-mêle dans les cachots. Mingant avait eu le privilège d'occuper l'un d'entre eux pour lui tout seul. Il ignorait quel sort allait lui être réservé. Il s'en moquait. Il se sentait bien. Apaisé. Allongé sur sa couche pleine de punaises, il écoutait la plainte de Haute-Boulogne. Un mélange de cris, de hurlements. D'exaltation pour les colons encore dans l'euphorie de leur rébellion, de colère pour les gardiens.

Seize pupilles manquaient à l'appel.

Dont Lucien Riguier. L'Brisou fulminait. La rage suintait par tous ses pores. Le surveillant ne dormit pas. Il attendait l'aube pour se remettre en chasse.

Au milieu de la nuit, trois gamins cognèrent au portail de la colonie. Trempés, frigorifiés, ils n'avaient qu'une hâte, trouver un toit et mettre des vêtements secs. On les laissa grelotter dehors jusqu'au lever du jour avant de les conduire au trou à coups de matraque.

L'Brisou et quatre autres gaffes retrouvèrent une trentaine de chasseurs attisés par les vingt francs de primes et quelques gendarmes. Par petits groupes, à vélo ou à pied, ils ratissèrent les quatre-vingts kilomètres de côtes, fouillèrent les bois, les villages. La journée de battue ramena neuf fugitifs supplémentaires. Des gosses perdus et effrayés, la bouche barbouillée d'avoir mangé des mûres à pleines poignées. Ils ne faisaient plus peur à personne.

Le soir du mardi 28 août, il manquait quatre pupilles.

Une seule chose apaisait un peu la colère du Brisou. Aucun bateau, aucune barque n'avait été volé. Riguier se trouvait donc toujours sur l'île.

Le mercredi, deux furent retrouvés dans la grotte de l'Apothicairerie. Le dernier à la pointe du Skeul. Malade comme un chien après avoir mangé des baies de sureau noir. Des cinquante-six évadés, le seul qui importait pour L'Brisou n'avait pas été retrouvé. Lucien Riguier.

La mutinerie de Haute-Boulogne avait fait trois blessés légers parmi les gaffes. Quarante des rebelles jugés comme des vicieux et des fortes têtes furent transférés dans l'infâme maison de correction d'Eysses.

Présent sur l'île au moment des faits, scandalisé par tous ces « braves gens » transformés en chiens de meute lancés aux trousses de quelques gosses désespérés, Jacques Prévert écrivit *La Chasse à l'enfant*.

Bandit ! Voyou ! Voleur ! Chenapan !
Au-dessus de l'île on voit des oiseaux
Tout autour de l'île il y a de l'eau
Bandit ! Voyou ! Voleur ! Chenapan !
Qu'est-ce que c'est que ces hurlements
Bandit ! Voyou ! Voleur ! Chenapan !
C'est la meute des honnêtes gens
Qui fait la chasse à l'enfant
Il avait dit
J'en ai assez de la maison de redressement
Et les gardiens à coups de clefs
Lui avaient brisé les dents
Et puis ils l'avaient laissé étendu sur le ciment
Bandit ! Voyou ! Voleur ! Chenapan !
Maintenant il s'est sauvé
Et comme une bête traquée
Il galope dans la nuit
Et tous galopent après lui
Les gendarmes les touristes les rentiers les artistes
Bandit ! Voyou ! Voleur ! Chenapan !
C'est la meute des honnêtes gens
Qui fait la chasse à l'enfant
Pour chasser l'enfant pas besoin de permis
Tous les braves gens s'y sont mis
Qu'est-ce qui nage dans la nuit
Quels sont ces éclairs ces bruits
C'est un enfant qui s'enfuit
On tire sur lui à coups de fusil
Bandit ! Voyou ! Voleur ! Chenapan !
Tous ces messieurs sur le rivage
Sont bredouilles et verts de rage
Bandit ! Voyou ! Voleur ! Chenapan !
Rejoindras-tu le continent

Rejoindras-tu le continent
Au-dessus de l'île on voit des oiseaux
Tout autour de l'île il y a de l'eau.

Lucien marcha toute la nuit. Auray. Ploeren. Arradon. Le Petit Molac. Vannes.

La rue de Calmont-Haut. Chez lui.

La porte de sa maison entrouverte. Une vague d'émotion, un fol espoir le submergea. Le fol espoir d'y trouver sa mère. Un enfant sortit en courant puis un second. Tous deux dévalèrent vers le port. Le désespoir lui broya le cœur. Chercher à en savoir plus alerterait les cognes. Désormais sa vie se trouvait ailleurs.

Loin. Très loin.

Paris lui vint à l'esprit. Facile de s'y perdre…

11

2013
Samedi 9 mars, 10 h 30

Le Maoût salua le policier en faction, poussa la porte de la chambre. Assise dans un fauteuil, ridée comme une pomme reinette à la fin de l'hiver, madame Robert regardait par la fenêtre.

— Bonjour. Lieutenant Le Maoût. Police judiciaire.

La vieille dame tourna la tête vers le policier. Plutôt grand, mince, le teint mat, les cheveux courts bruns, les lèvres pulpeuses, les yeux noisette.

La mélancolie qu'elle lut dans son regard cachait sans nul doute une blessure ou quelques sombres pensées au fond de son âme.

— Un nom bien breton, Le Maoût !

Une voix haut perchée, presque aiguë.

— En effet. J'aimerais que vous me racontiez votre découverte de ce matin.

— Seigneur ! Les portes de l'autel de Notre-Dame étaient ouvertes, je me suis avancée pour les refermer, c'est là que je l'ai vu. Ça m'a retournée ! J'ai fait demi-tour. Je me demande comment mes jambes m'ont portée jusqu'à la sortie. J'avais la gorge si nouée que je n'arrivais plus à parler. Un homme m'a demandé si j'allais bien et il m'a ramenée dans l'église pour que je puisse m'asseoir sur l'une des chaises.

— Il était comment, cet homme ?

— Grand. Costaud. Il portait une veste noire avec une capuche.

— Vous lui avez dit ce que vous aviez vu ?

— Oui ! Il est ressorti pour téléphoner.

— Il n'est pas allé voir ?

La vieille dame secoua la tête.

— Il était quelle heure ?

— Neuf heures. J'y vais chaque matin. Je récite le chapelet. Ce vendredi, je venais pour réfléchir aux mystères douloureux de la vie de Jésus.

Le policier n'en avait rien à faire mais il s'abstint de toute réflexion.

— J'ai quatre-vingt-seize ans vous savez ! Et vous ?

— Trente-cinq.

— Un bien bel âge… Asseyez-vous donc !

Le Maoût posa une fesse sur le bord du lit.

— Il existe quatre ensembles de mystères. Le dernier, les lumineux, a été ajouté par le Pape Jean Paul II en 2002. Les mystères joyeux, douloureux et glorieux ont été créés il y a des siècles. Aujourd'hui, j'avais prévu de prier pour la flagellation de Jésus et le couronnement d'épines. La mortification des sens, jeune homme…

Le policier connaissait trop bien celle de l'esprit. Il préféra s'écarter d'un sujet qui l'aurait plongé dans la mélancolie.

— Le père Cauchet…

— Un homme de foi, bon et généreux. Il côtoyait tout le monde, les pratiquants comme les agnostiques de la paroisse. Vous le connaissiez ?

Une moue d'ignorance aux lèvres, le policier se leva.

— Non. Vous habitez le quartier Saint-Similien ?

— Rue Sarrazin. En face de l'église. La fenêtre de ma cuisine donne sur la grande rosace.

— Vous n'avez rien vu de particulier ce matin ?

— Avec les travaux sur la couverture, il y a beaucoup d'allées et venues. Les ouvriers arrivent avec un camion-benne et un gros fourgon blanc à galerie. Aujourd'hui, une camionnette s'est arrêtée un peu avant huit heures et elle est repartie dix minutes plus tard. D'habitude, ils ne travaillent pas le samedi.

— Ils étaient plusieurs ?

— Pas ce matin. Rien que le chauffeur.

— Vous l'avez vu ?

— Non. Le fourgon était tourné vers le rond-point et garé en face de la porte du transept. Il a souffert ?

L'image des lèvres et des paupières cousues à l'esprit, le policier répondit par une question.

— L'abbé Cauchet était originaire de Nantes ?

— Vannes. Quartier Saint-Patern. Des parents d'origine très modeste. Parfois il me faisait part de ses souvenirs. Son père travaillait dans une grosse imprimerie de Vannes, sa mère était couturière à la maison.

Le policier regarda l'heure à son portable.

— Je dois vous laisser. Merci beaucoup. Reposez-vous bien.

Le Maoût quitta la chambre. Il avait le temps de faire un crochet avant l'arrivée du légiste.

Dès son retour de son périple sanglant à Ostende[9], il avait vendu à vil prix son appartement situé à l'angle des rues Bonne-Louise et Bertrand-Geslin. Même s'il s'agissait de l'héritage de ses parents, penser qu'il le devait à Stanko Parski lui donnait envie de vomir. Les cinquante mètres carrés à deux pas du cœur historique de Nantes lui avaient permis d'acquérir un logement plus vaste dans un immeuble récent rue de Pontereau. Un nid douillet pour lui et Rita. Un grand lit fut son premier achat. Lui qui avant se consacrait jour et nuit à son travail ne s'était pas empressé de retrouver le chemin du commissariat central. L'arrivée de Rita dans sa vie apaisait ses grands moments de solitude et d'isolement profond. Comblait ses fantasmes, ses désirs inavoués et douloureux. Ses frustrations d'homme. Il conjuguait le mot amour avec un P comme passion. Quant au sexe, dont il n'avait aucune expérience, il en goûtait les plaisirs. N'en était jamais rassasié. Une sorte de boulimie pour rattraper le temps perdu, vivre ce qu'il n'avait pas vécu. Peut-être aussi par crainte que cela lui échappe. Deux mois d'une passion brûlante. Avec la certitude que tout connaître de l'autre les protégerait du mensonge, ils s'étaient tout dit, livrés ; offerts nus, vierges de toute zone d'ombre. Pas de jardin secret. Pas de prise pour le doute. L'assurance qu'ils allaient s'imprégner l'un de l'autre. Grandir

9. *Voir* La stratégie des ombres, *même auteur, même collection.*

côte à côte. Devenir l'autre. Une vérité brute, totale, déballée dans l'intensité, la folie du moment et qu'il faudrait digérer. Tôt ou tard.

Après sa cure de désintoxication forcée au centre expérimental de Chacal, Rita se reconstruisait après des années de déchéance, de misère trompée par l'alcool, la beuh, les amours froides et passagères. Dès la reprise de Ludo à la PJ, elle s'était fixé de refaire la déco de l'appartement. Blanc du sol au plafond. L'impression d'être dans une salle d'opération. Elle n'avait jamais touché un pinceau ni un rouleau mais elle avait envie de chaleur. De miel. D'ocre rouge.

Ludo l'inondait de messages. L'attente de chaque réponse le mettait dans une angoisse folle. Ne pas savoir ce qu'elle faisait lui prenait la tête. Il se tourmentait tout le temps. Peur de ceci. Coupable de cela. Ils étaient au lit quand son portable avait sonné. Avant même de prendre l'appel, il avait su que leur week-end était foutu. Il lui avait expliqué le corps trouvé dans l'église… Son haussement d'épaules contrarié, son sourire déçu l'avaient mis à mal. Elle s'était blottie contre lui avec « Pas grave. On fera les magasins un autre jour. Ils vont pas se barrer les canaps. » Rien sur son boulot. Ça l'avait énervé. Le temps de prendre sa douche, de s'habiller, elle s'était rendormie. Wouah ! Comment pouvait-elle ? Lui se serait levé, aurait déjeuné avec elle. L'alchimie de l'amour ne suffisait pas pour vivre un quotidien. Il avait quitté la maison le cœur lourd, en colère aussi. Contre elle. Contre ce qu'il était. Rita le mettait sens dessus dessous. La jalousie le rendait dingue.

Pris dans la circulation, Le Maoût regrettait de ne pas être retourné directement à l'église.

Encore sept ou huit cents mètres… Un coup d'œil sur l'horloge digitale du tableau de bord l'énerva un peu plus. Qu'est-ce qu'il foutait là, nom de Dieu? Plus le temps de s'arrêter, d'aller la voir. Juste un passage dans la rue. Un coup d'œil sur les voitures garées devant la résidence. Il les connaissait toutes ou presque. Il aurait l'air de quoi si elle le voyait! Son comportement tournait au délire. Il accéléra. Impossible de faire demi-tour, chierie! Énervé, il rejoignit le périphérique. Sortie porte d'Anjou. Direction le centre-ville. Circulation de plus en plus dense, le long du bras de la Madeleine. Il hésita à la sortie du pont Tbilissi – l'ouvrage portant le nom de la capitale de la Géorgie en raison de son jumelage avec Nantes –, s'engagea sur l'avenue Carnot. Il demeura bloqué un bon moment devant le pan de mur de l'ancienne usine de la biscuiterie Lefèvre-Utile, portant le logo LU. Vingt minutes au pas. La galère. Complètement à la bourre! Coup de chaud. Le stress. Les nerfs. Il frappa le volant. Un grand malade! Voilà ce qu'il était. Sonnerie de portable.

— Ouais, Arnaud. Et merde! J'arrive. Rue Jeanne d'Arc.

De les voir sur le parvis à l'attendre l'agaça. Il avala les marches.

— Désolé, ça bouchonnait dur.

Le père Christian désigna le sac à scellés que tenait Sans Sucre.

— L'icône n'est pas de chez nous. Il s'agit d'une représentation de saint Patern. Je peux savoir si elle vient de là-bas.

Le policier fut incapable de masquer sa mauvaise humeur.

— De là-bas où ?

— De l'église Saint-Patern à Vannes. Je connais bien l'abbé Anselme, le curé de la paroisse. J'ai ses coordonnées.

Le prêtre sortit un smartphone dernière génération de la veste de son clergyman.

Le Maoût jugea utile de le tempérer.

— Ne parlez pas de tout ça, cantonnez-vous à la découverte de l'iconographie.

Le curé porta le mobile à son oreille.

— Anselme ? Christian. Tu sais déjà. Une abomination. Une iconographie de saint Patern a été retrouvée près du corps. Ah ! Justement. Un policier souhaiterait te parler. Je te le passe.

— Lieutenant Le Maoût. Quand vous êtes-vous rendu compte de sa disparition ?

— Hier soir quand je suis allé fermer l'église. L'ouverture au public occasionne beaucoup de passage et…

— Rien d'autre n'a disparu ?

— Je ne crois pas.

— Très bien. Elle vous sera restituée dès que possible. Merci.

Le Maoût rendit le portable à son propriétaire, s'équipa pour entrer dans l'église. Surchaussures. Charlotte. Gants en latex.

Des flashs de lumière éclairaient le transept Est pendant qu'il traversait la nef. Le flic demeura en retrait pour ne pas gêner le technicien de l'IJ. Les photos terminées, il s'approcha.

— Alors ? demanda-t-il.

— Le corps a été lavé.

— Tu l'as passé au Polilight ?

— Ça n'a rien donné. Pas plus que les examens préliminaires du légiste. Pas de blessure apparente. Une ecchymose à la base du crâne. L'autopsie déterminera la cause de la mort.

Lampe frontale allumée, le second technicien de la Scientifique décolla le corps adossé au bas-relief.

— On a affaire à un original.

Le Maoût le rejoignit. Écarquilla les yeux.

Fixé à même la chair par un fil très fin, un panneau de grillage léger de vingt centimètres au carré superposait le dessin d'un petit visage maigre et défait, le crâne rasé, les lèvres minces et tombantes. Les yeux ronds exprimaient une absolue tristesse. La peur aussi.

Le policier se pencha pour tenter de déchiffrer les trois mots tracés au feutre noir en bas de la grille.

— Tu sais ce qui est écrit ?

— *Lasciate Ogni Speranza !* Ça signifie *Abandonner tout espoir*. J'ai pris des photos. Je te les envoie. On a fini ici. Tu peux faire transporter le corps à l'IML.

Le Maoût hocha la tête, s'éloigna.

Sans Sucre discutait toujours avec le prêtre lorsqu'il sortit de l'église. Énervé, il les ignora, retira ses protections, descendit les marches vers sa voiture. Respira à fond pour retrouver son calme et oublier tout sauf ce qu'il venait de voir. Mise en scène élaborée. Pas de trace ni d'empreinte. L'assassin faisait preuve de maîtrise et de sang-froid. Le genre à se mesurer à la police. Ça tombait bien. Il adorait les défis. Il fit signe à Sans Sucre de le rejoindre.

— Un bavard, le père Christian.

— Il m'a dit que l'abbé Cauchet a été enfant de chœur à l'église Saint-Patern.

— Ça fait un bail. En même temps, si le tueur a pris la peine de placer l'icône sur le corps, c'est sûrement pas pour la déco.

— T'en a mis du temps à l'hosto !

— La petite vieille a vu un fourgon blanc s'arrêter devant la porte du transept Nord ce matin un peu avant huit heures et repartir dix minutes plus tard. Si le mec de la moto et le chauffeur du fourgon sont une même personne, il n'a pas eu le temps d'aller très loin pour être de nouveau sur place à 9 heures.

— S'il ne voulait rien rater, le mieux pour lui était de rester sur place. Il pouvait très bien avoir mis la moto dans le fourgon.

— Putain ! J'ai vraiment la tête dans le cul.

Les policiers traversèrent le giratoire au pas de course, descendirent la rampe d'accès au parking. Ils repérèrent aussitôt le fourgon blanc. Pendant que, le dos collé à la carrosserie, Le Maoût poussait la portière latérale mal fermée, resté en retrait, Sans Sucre se tenait prêt à tirer. Le dépit se lut dans ses yeux, ses épaules s'affaissèrent.

— Et de deux ! grommela-t-il en abaissant son arme.

Le buste droit, le port de tête altier, les bras tendus en diagonale avec un plateau de la balance de la justice suspendu à chaque main, une grande tunique noire masquait un corps tout entier et l'assise sur laquelle la victime était attachée.

D'un regard, Le Maoût vérifia l'intérieur du Peugeot Boxer et souleva la cagoule aveugle nouée autour du cou de la victime.

— Un mannequin ! Putain !

Sans Sucre rangea son flingue.

— C'est quoi ce bordel ?

— Je ne sais pas mais le meurtrier a son idée sur l'équité de la justice.

Le policier se pencha, renifla le vêtement.

— Imprégné de sueur.

Sans Sucre sentit à son tour.

— Wouah ! Encore un taré.

— Barge mais minutieux. Il a tout brossé et lavé au jet avant d'installer le mannequin. Je parierais que le curé se trouvait à la place du mort pendant le trajet.

— On dirait une robe d'audience avec l'épitoge et le rabat plissé blanc.

— Un avocat, un magistrat…

Le Maoût pointa un doigt vers les insectes posés sur le plateau de la balance.

— Et des insectes…

— Des punaises de lit. Souvenir d'un camp de vacances quand j'étais gamin. D'y penser, ça me gratte déjà.

Le portable de Le Maoût bipa. Bernay, le substitut du procureur. Le policier ouvrit le message.

— Autopsie à 17 heures. Ça ne traîne pas.

Sans Sucre haussa les épaules.

— La sainte Église doit être dans tous ses états et mettre la pression.

Le Maoût jeta un coup d'œil à sa montre. 11 h 50.

— Je m'occupe des collègues de l'IJ et du proc. Appelle le chef. Fais-lui un topo et demande-lui des renforts. Je crois que c'est foutu pour le déjeuner.

— Rita va t'attendre.

— Ouais. Une première depuis qu'on est ensemble.

Devant l'air préoccupé de son équipier et ami, Sans Sucre rajouta.

— T'inquiète, elle va s'y faire.

— Ou pas. Je vais la prévenir.

12

Vendredi 8 mars

17 h 50. Follet éteignit la lumière, ferma la porte à clé sur l'abbé endormi pour au moins deux heures. Il s'empressa jusqu'au hangar, jeta un coup d'œil sur la structure suspendue à la charpente. Tout était prêt pour recevoir son honneur le juge Favre. Il allait le faire trotter là-haut jusqu'à ce qu'il en crève. Son regard se posa sur un biclou rouge couvert de poussière suspendu à un crochet contre la cloison près de la porte. Il visualisa aussitôt la dernière courbe sur la route du Grand Mont avant d'arriver à l'aire de stationnement de la pointe rocheuse. Beaucoup de maisons secondaires aux volets fermés. Une bruine glaciale. La nuit tombante. Idéal pour ne croiser personne. Il décrocha la vieillerie. Les pneus dégonflés, les chromes rouillés ne se verraient pas dans la pénombre. Cela changeait son timing. Sa moto et le vélo chargés dans le fourgon, il roula pied au plancher sur la D198 sans se préoccuper des limitations

de vitesse sauf dans la traversée de Kerguet. Personne ou presque dans Saint-Gildas. À 18 h 20, il bifurquait dans le chemin du Charnial et entrait dans la cour de la première résidence inoccupée. Bien à l'abri des haies de pyracantha et des sapins, il sortit le vélo, courut le planquer derrière les conteneurs de poubelles entreposés à l'entrée du chemin. Il lui restait vingt-six minutes pour ne pas rater la sortie de Favre. La sueur coulait sur ses tempes lorsqu'il enfourcha sa moto. Il roula en douceur pour ne pas attirer l'attention et poussa les gaz à fond dès la sortie de Saint-Gildas.

Dans le centre-ville de Vannes, la circulation était dense. Il se posta place de la République. Celle-ci était ceinte de bâtiments publics : le tribunal, la Poste principale, les services de la Préfecture… Le clignotement d'un gyrophare de portail attira aussitôt son attention. Ce ne pouvait être que celui du parking du palais de justice. DS5 grise en visu. Pile à l'heure. Le magistrat ne changea rien à ses habitudes. Follet suivit discrètement la berline de luxe jusqu'à la rocade et la doubla avant la bretelle vers Sarzeau.

*

Le juge roulait lentement.

Il téléphonait depuis sa sortie du tribunal. Cela lui arrivait souvent. Il ne déconnectait de son travail que lorsqu'il sortait de sa voiture chez lui dans le garage du sous-sol. Marche après marche, il se dépouillait de ses dossiers, se vidait l'esprit. Il écrasa brusquement la pédale de frein. Un vélo abandonné au milieu de la route. Un homme assis sur le bas-côté, une blessure au visage. Il posa le portable, s'arrêta, mit ses warnings, sortit.

— Pas trop de mal ?

N'obtenant pas de réponse, il s'approcha, se pencha sur le cycliste blessé.

Paralysé par les 5 000 000 de volts du shocker pointé sur sa gorge, le magistrat s'écroula sur la chaussée. Avant qu'il n'ait eu le temps de réagir, il se retrouva dans sa voiture. Une seconde décharge électrique le cloua à demi-inconscient sur le siège passager.

*

Le vélo balancé derrière la haie voisine, Follet s'installa au volant de la DS5. Il ne la ramènerait pas à Vannes. Une idée venait de germer dans son esprit. La berline garée près du fourgon, il prépara son prisonnier. Pas envie qu'il ameute le quartier. Une forte dose de somnifère, un chiffon dans la bouche et les poignets et les chevilles liés entre eux, son honneur le juge Favre allait lui foutre la paix jusqu'à son retour à la ferme du Matz. D'un geste, il le hissa dans la caisse du Peugeot Boxer. Coup d'œil dans la voiture. Le portable sur la console entre les sièges. L'attaché-case… Après trois secondes de réflexion, la mallette rejoignit son propriétaire. Follet ferma la porte latérale, releva la capuche de son K-way et se dirigea au pas de course vers la pointe du Grand Mont. Il cogitait. Il n'aurait pas dû balancer le vélo. Trop tard pour revenir en arrière. Une bruine épaisse voilait la lumière blafarde du seul lampadaire. Il courut jusqu'au GR. S'arrêta au bord du précipice. Le vent s'était renforcé. Les vagues emplissaient la nuit de leur fracas. Pas de voiture ni âme qui vive sur le site. Il ne pouvait espérer de meilleures conditions. Il fit demi-tour à grandes foulées. Essoufflé, il tendit l'oreille vers le fourgon. Silence profond. Sans perdre une seconde, il sortit la DS de la propriété. Un tambour dans la poitrine, il s'engagea sur la plateforme du petit héliport. Les phares braqués sur l'entrée du GR34, il ouvrit la portière, accéléra. Trois mètres de passage. Pas le droit à l'erreur… Lancée à 30 à l'heure, la voiture cahota sur les abords rocheux du chemin. Follet glissa sur le siège, agrippa la rive du toit, se jeta en arrière dans les bruyères pendant que la voiture basculait, disparaissait dans les flots tumultueux frangés d'écume. Il se releva aussitôt. Une douleur à l'épaule lui arracha une grimace. Un regard circulaire le rassura. Le fracas des rouleaux avait couvert celui de tôle tordue et de verre explosé.

Hâte de se retrouver en tête à tête avec son honneur le juge Favre.

La pluie claquait sur le pare-brise lorsqu'il se gara entre les bâtiments du Matz.

Il s'assura que le père Cauchet n'avait pas rejoint son créateur. S'étonna de le voir assis sur une chaise devant la cheminée.

Le vieux prêtre garda les yeux fixés sur les braises.

— L'homme qui est venu me voir ce dimanche de septembre 1933 avant la messe n'était pas Danfert. Lui, je l'ai vu plusieurs fois après la mort de sa femme et de sa fille. Il venait à la messe tous les dimanches et un jour plus personne. J'ai appris plus tard qu'il s'était suicidé.

— Des salauds en moins ! Comment sont-elles mortes ?

— Empoisonnées.

— Je comprends mieux pourquoi je ne les ai pas retrouvés. On connaît les circonstances de la mort de Louise et Claire Danfert.

— La police aurait découvert de la digitaline dans la chambre de l'un des domestiques. Il a été guillotiné en 1935 dans la cour de la maison d'arrêt de Vannes.

— Dommage que votre mémoire ne soit pas aussi vive pour ce qui est de vous souvenir de la personne qui vous a payé pour mentir. Si c'est pour gagner du temps…

— Du temps ! Je me bats contre un cancer depuis plusieurs mois. J'aimerais ne pas souffrir. Peut-être m'accorderez-vous cela ?

— Ma grand-mère Léonie Riguier est morte en prison à trente-huit ans sans avoir revu son fils. Sans même une lettre. Un mot. Imaginez sa souffrance, curé ! Des mois d'horreur absolue avant que la folie ne la ronge totalement. Ils étaient innocents ! Innocents !

Trop en colère pour rester en présence du prêtre, il sortit. Il traîna le juge dans le hangar, lui retira ses vêtements qu'il entassa près de la scie à ruban et lui fit les poches en attendant la fin des effets du Rivotril. Pas envie de le treuiller inconscient sur la passerelle. Pas envie qu'il tombe et se pende avant qu'il sache pourquoi il se trouvait là. Il trouva un portefeuille dans la poche intérieure de son manteau. Papiers d'identité. Photos d'une jeune femme. Sûrement Anaïs, sa fille. Un peu d'argent liquide. Une carte bancaire du Crédit Mutuel de Bretagne. Rien d'intéressant. Il s'étonna en découvrant un portable dans l'une des poches du pardessus en laine. Celui qu'il avait laissé dans la DS5 devait être celui de boulot. Il alluma le portable. Après une courte hésitation, il entra le jour et le mois de naissance d'Anaïs Favre trouvés sur le compte Facebook de la jeune femme. Tout le monde fonctionnait à peu près de la même manière. Le code de déverrouillage de son propre portable était la date de naissance de Lucille. L'écran d'accueil s'afficha. À l'image des SMS, les contacts étaient peu nombreux. Anaïs. Mémaine. Maison. Coiffeur. Toubib… Son honneur le juge Favre ne croulait pas sous les relations privées. Un frisson le parcourut soudain, lui hérissa la chair. Il se retourna d'un bloc, regarda autour de lui, scruta les recoins les plus ténébreux. Bizarre, cette sensation d'être épié. Il mit l'illusion sur la tension des dernières heures et se reconcentra sur ce qu'il faisait avec malgré tout une petite raideur dans la nuque, les épaules. Il éteignit le portable, le replaça dans la poche du manteau. Peut-être lui serait-il utile. Peut-être le laisserait-il là pour que la police le géolocalise et trouve son honneur le juge Favre. Il verrait. Il avait vingt-quatre heures devant lui.

13

Samedi 9 mars, 10 h 30

Après le cimetière, Follet roula jusqu'à Sarzeau fit un arrêt minute à la maison de la presse « La mouette à la page », acheta le *Ouest-France* et regagna la ferme du Matz. Sa moto à l'abri sous l'auvent près des billes débitées en planches épaisses, il ôta le K-way rouge enfilé par-dessus sa parka pour brouiller les pistes en cas de signalement. La rapidité de déduction du flic lui plaisait. Probable qu'il avait trouvé l'utilitaire dans le parking souterrain. Que son cerveau en proie à toutes les supputations frôlait l'ébullition. Il jeta un coup d'œil sur les titres du quotidien. Aucune évocation sur la disparition d'une éminente personnalité vannetaise. Pas étonnant. Il fit un rapide calcul. Prochaine marée basse vers 14 heures. Il poussa la porte du hangar, releva la tête vers le faîtage. Partant du sol, un faisceau de lumière blanche traversait le centre d'une coursive ovale suspendue à six mètres du sol, l'enveloppait d'un halo blafard, fantomatique, constellé de poussière en suspension.

Sur l'étroite passerelle en bois longue d'une dizaine de mètres, une silhouette marchait. Son pas lourd, fatigué, cognait sur les planches, résonnait dans la bâtisse. Solidement fixée à une poutre inaccessible, une laisse en cuir était rivetée autour de son cou. Une chasuble en plastique transparent noirci d'un texte à l'écriture serrée en pattes de mouche masquait sa nudité jusque sous ses fesses. Sous la lumière du projecteur, chaque mot se projetait sur la peau laiteuse de l'inconnu. Le ceinturait de la douleur, de la colère, du désespoir, de l'injustice qu'ils exprimaient. Les mots de Lucille. Les mots écrits avant qu'elle entoure son cou d'un drap attaché à l'armature métallique du lit de sa cellule.

Follet les connaissait par cœur. Il aurait voulu que chaque lettre, point, virgule, écrit sur le vêtement rudimentaire brûle les chairs de ce charognard tel un fer rouge. Il s'avança jusqu'au banc de scie à ruban, prit le podomètre relié à l'un des poignets du marcheur. Dix-neuf mille cinq cents pas. Moyenne trois kilomètres neuf cents mètres. À cette allure, il faudrait vingt heures à cette pourriture pour parcourir les quarante bornes et mériter un bol de soupe au navet. Le grand homme manquait de rage. De volonté. Peut-être n'était-il jamais tombé à terre, n'avait-il pas eu, comme lui, besoin de se relever.

Le juge Favre aurait pu être en pole position sur sa liste noire. Les Favre étaient dans la magistrature comme d'autres, de père en fils, faisaient carrière dans l'armée.

Après des semaines de surveillance, Follet connaissait tout ou presque des habitudes du juge. Un routinier. Sortie du tribunal à 19 heures. La rue Thiers, les avenues Jean Monnet et Georges Pompidou, la N165 jusqu'à la sortie Port du Crouesty. Il contournait Sarzeau, traversait Saint-Gildas-de-Rhuys, prenait la rue du Grand Mont. À dix-neuf heures trente-cinq, il virait à gauche sur une voie privée et déclenchait aussitôt l'ouverture d'un portail en alu noir enchâssé entre des piliers de granit. Un rituel ou presque. Trente-cinq minutes. Pas une de plus pour faire disparaître son honneur le juge Favre. Le faire disparaître et créer le doute sur sa disparition. Au moins pendant quelques heures.

La veille, lorsqu'il avait quitté Cauchet anesthésié au Rivotril, il ignorait toujours comment il allait procéder. Avec la caméra sur le portail d'entrée de la propriété, le système de vidéoprotection urbain jusqu'au bout de la rue Thiers et ensuite trop de vitesse et de circulation pour bloquer la voiture du magistrat, il n'avait d'autre choix que de prendre des risques.

14

Samedi 9 mars, 14 h 05

Après une matinée d'attente, dévorée par l'angoisse, Anaïs appela l'assistante de son père.

— Madame Leclerc ?

— Oui.

— Bonjour, c'est Anaïs Favre. Je viens de rentrer de Paris, j'attends mon père depuis une heure. J'aurais voulu savoir s'il devait retourner au bureau ce matin ?

— Pas que je sache. Il a quitté le palais hier soir vers 19 heures avec un dossier qu'il avait prévu d'étudier chez lui.

— Merci. Désolée de vous avoir dérangée. Bon week-end.

La communication coupée, elle s'avança devant les baies vitrées, laissa son regard dériver sur l'océan. Des pas s'approchèrent derrière elle. Une main se posa son épaule.

— Chérie. Tu dois contacter la gendarmerie de Sarzeau.

Anaïs composa le numéro trouvé sur Google.

— Bonjour, Anaïs Favre. Je suis sans nouvelles de mon père et je suis inquiète.

— Bonjour. Maréchal des logis-chef Jagu. Pas de nouvelles depuis quand ?

— Hier soir.

— C'est dans ses habitudes ?

— Jamais !

— Vous habitez où ?

— Route du Grand Mont à Saint-Gildas-de-Rhuys.

Le gendarme regarda la fiche posée par son collègue sur le bureau.

13 h 46 – La carcasse d'une voiture signalée au pied de la falaise du Grand Mont – Saint-Gildas-de-Rhuys – Contact 06 75…

— Des éléments devraient vous inquiéter ?

— Je ne comprends pas.

— Des traces de lutte, du sang… Un courrier ?

— Non. J'ai contacté tous les services hospitaliers de la région. Aucune admission concernant un Pierre-Olivier Favre.

— Vous parlez du juge ?

— Oui, c'est mon père.

— Quel modèle de voiture ?

— DS5 grise.

— Bien. Je me renseigne et vous rappelle dès que possible.

Anaïs remercia le gendarme qui l'avait dispensée de l'éternel blabla sur les trente pour cent de réapparitions au bout de quarante-huit heures. Elle posa le portable sur la table.

Ses épaules s'affaissèrent. Elle s'effondra en pleurs. Quelque chose de grave était arrivé. Jamais son père ne l'aurait laissée ainsi sans lui dire où il se trouvait.

15

Le gendarme appela le numéro de portable joint à la fiche d'appel.

— Maréchal des logis-chef Jagu, gendarmerie de Sarzeau. Bonjour. C'est vous qui avez découvert le véhicule à la pointe du Grand Mont ?

Une voix de femme parasitée par le souffle du vent lui répondit.

— Oui. Une voiture grise. Il y a des traces de pneus sur le sentier côtier. Des éclats de verre plus bas dans les rochers. À mon avis, c'est récent.

— OK. Nous arrivons.

Le gendarme passa dans le bureau voisin.

— Major, la voiture signalée à la pointe du Grand Mont est probablement celle du juge Favre. Je viens d'avoir sa fille. Elle est inquiète. Aucune nouvelle de son père depuis hier soir.

Quinze minutes plus tard, un fourgon de la gendarmerie s'immobilisait sur la plateforme de l'héliport. Le major et Jagu en descendirent. Équipée de pied en cap pour la randonnée, la femme réfugiée à l'abri d'un taillis d'épineux salua les deux hommes d'un signe de tête.

— Bonjour. Ce sont les traces qui ont attiré mon attention.

Sans attendre, elle se dirigea vers l'endroit.

Le major connaissait très bien le GR34 et en particulier le tronçon d'Arzon jusqu'à la pointe de Saint-Jacques. Au rythme de sa course, il se délectait du paysage de la presqu'île et des îles, des couleurs changeantes de l'horizon. Il ne s'arrêtait jamais, même quand son regard se perdait entre ciel et mer. Il revenait par les terres. Le Bas Bohat. Botpenal.

Remontée des profondeurs, une rafale d'air humide balaya leurs visages quand ils s'avancèrent dans les bruyères jusqu'aux premiers éperons rocheux. Impossible de mettre un modèle sur l'épave disloquée, sans cesse submergée par les vagues.

Le major Pohin appela les pompiers, contacta la société Gruest équipée de matériel de levage. Hâte de savoir si le corps du juge Favre s'y trouvait.

Une heure plus tard, stabilisé sur ses patins, l'énorme camion-grue déployait sa flèche télescopique au-dessus du vide. Le treuillage fut rapide.

DS5. Grise. Celle du juge. Aucune trace de sang. Pas de corps. Ni dans le véhicule, ni ballotté par les vagues au pied de la falaise.

La tête passée par les vitres brisées des portières, les gendarmes inspectèrent la carcasse. Coincé sous le siège passager, un gros dossier rouge baignait dans l'eau. Pas de portable en visu.

Le front soucieux, Jagu s'adressa à son chef :

— Vous en pensez quoi ?

Pohin avait son idée, une certitude même. Pas de corps au volant. La ceinture de sécurité ramassée sur l'enrouleur. « L'accident » près de la maison. Suicide. Malgré cela, il se contenta d'une moue d'incertitude accompagnée d'un haussement d'épaules.

— Vous le connaissiez ? reprit Jagu.

— On s'est croisés quelques fois. Un homme discret. Il vit avec sa fille. Et puis, il y a Germaine. Vingt ans qu'elle travaille chez eux. Elle fait partie de la famille. Ici, tout le monde la connaît.

D'un signe de tête, le major désigna les pavillons voisins.

— Le juge habite là, à deux cents mètres. Je vais y aller. Tu t'occupes de bloquer l'accès au parking.

16

Pohin marcha jusqu'au portail d'entrée de la propriété, appuya sur le bouton de l'interphone. Un « oui ? » chargé de stress lui parvint.

— Major Pohin de la brigade de Sarzeau.

Silence.

— C'est pour monsieur le juge ?

Une voix de femme d'un certain âge. Une voix brisée par l'angoisse, la peur.

Léger déclic. Le portillon s'ouvrit.

17

Germaine s'essuya les joues d'un revers de main, marcha vers Anaïs qui se tenait debout devant la baie coulissante, le regard perdu sur l'océan. La jeune femme ne se retourna que lorsque la sexagénaire fut juste derrière elle.

— C'était pour papa ?

— Un gendarme de Sarzeau. Il arrive.

La jeune femme se tassa, éclata en sanglots. Elles se prirent dans les bras l'une de l'autre, pleurèrent.

La sonnette de la porte d'entrée tinta.

Germaine s'écarta lentement, traversa la cuisine pour aller ouvrir.

Un incontrôlable tremblement secouait Anaïs tout entière. Le regard plein de larmes, morte d'inquiétude, elle regarda le sous-officier s'avancer.

— Mademoiselle Favre ?

Hochement de tête. Les yeux dans ceux de la jeune femme, le major résuma la situation.

— Une DS5 grise a été retrouvée au pied de la falaise du Grand Mont et remontée sur le parking.

Personne dans la voiture. La plaque d'immatriculation est au nom de Pierre-Olivier Favre.

Le nom de son père résonna chez la jeune femme comme s'il faisait partie de la liste des victimes d'un crash d'avion. Perdue dans les sombres profondeurs de la douleur, le regard vide, la gorge nouée, elle fut incapable de prononcer un mot.

Tout à sa conviction d'un suicide, le chef de brigade orienta sa question.

— Comment allait votre père ces derniers jours ?

Plus à même de s'exprimer sur le sujet, Germaine répondit en forme d'excuse.

— Anaïs est rentrée hier soir de Paris après trois semaines d'absence.

La jeune femme compléta.

— Mon père ne souffrait d'aucun problème psychologique. Aucune tendance suicidaire si c'est cela l'objet de votre question.

— Mademoiselle, cette hypothèse ne peut être écartée.

— Si vous le connaissiez, c'est pourtant ce que vous feriez. Impossible qu'il puisse me laisser…

Chevrotante, la voix se disloqua. Les derniers mots se perdirent dans les sanglots.

— Nous allons poursuivre les recherches. On vous tiendra informée. Bon courage, mademoiselle.

Embarrassé, le gendarme les salua d'un petit signe de tête et sortit.

Il faut garder espoir.

Les mots restèrent cloués à ses lèvres. Un flash de lucidité venait d'effacer sa certitude première et lui faire partager celle d'Anaïs Favre. Le juge ne s'était pas suicidé.

La trajectoire de la voiture ! Pourquoi passer par la petite plate-forme de l'héliport, chercher le passage idéal pour accéder aux abrupts de la falaise. Pire qu'un parcours de voiture-école. Ça ne collait pas. Il imaginait plutôt le pied écrasant l'accélérateur au bout de la ligne droite de la route du Grand Mont. La voiture lancée à cent à l'heure. Le léger talus du fond de parking servant de tremplin. L'envol assuré. Le grand plongeon. D'après les traces et les débris de verre, la voiture avait parcouru quelques mètres dans les bruyères avant de basculer. Tout à sa réflexion, il se retrouva sur la route. Son regard glissa sur l'épave. Il marcha vers le bas du parking. Pas de végétaux ni de terre arrachés au talus. Aucune trace de gomme sur l'enrobé. Une empreinte de pneu sur le sable détrempé du GR. Quelques branches d'épineux sauvages couchées. Les bruyères aplaties au droit du passage des roues. Non, ça ne collait pas. À grande vitesse, la voiture aurait décollé sur le talus pour le grand saut directement dans l'océan sans même toucher les rochers de la falaise.

Non, le juge ne s'était pas suicidé.

Le major prit son portable, appela le directeur de la police municipale de Vannes qu'il connaissait bien.

— Salut. Bien et toi ? J'aimerais jeter un œil sur les vidéos de surveillance d'hier soir. Sortie du tribunal. Un peu avant 19 heures. Une DS5 grise. On en parle tout à l'heure. Ciao.

18

Samedi 9 mars, 17 heures

Le Maoût se gara sur le petit parking devant les marches d'accès à la chapelle de l'Hôtel-Dieu, attendit que son coéquipier termine son coup de fil à sa femme. Lui s'était contraint à ne pas appeler Rita. L'absence de réponse à ses deux derniers SMS envoyés à 12 h 33 et 13 h 22 le bouffait pourtant tout entier.

Elle les avait pourtant lus. Que faisait-elle ? Avec qui était-elle ?

Mal en point, il quitta la voiture, se dirigea vers l'entrée du service mortuaire. Des mois qu'il n'avait pas assisté à une autopsie.

Sans Sucre le rejoignit dans l'escalier. Deuxième étage. Long couloir. Service Médico-Légal.

Les policiers saluèrent la secrétaire.

— Allez-y. Le docteur Baudouin vous attend.

Les protections réglementaires étaient prêtes dans les vestiaires. Lorsqu'ils entrèrent dans la salle d'autopsie, le corps de l'abbé reposait sur la table de dissection. Le légiste les salua d'un geste de ses mains gantées.

— Le Maoût ! Bon retour parmi nous. Vous avez l'air fatigué. Vous avez repris trop vite. Pas bon pour avoir les idées claires.

Le policier s'immobilisa, se mordilla la lèvre inférieure.

— Vous vexez pas… Si ça peut vous faire sentir moins responsable, laissez-moi vous dire que même si vous aviez tout de suite remarqué qu'il était encore en vie, ça n'aurait absolument rien changé. Cet homme serait mort de toute façon. Alors… aucune blessure visible après avoir libéré les lèvres et les paupières. Une ecchymose sur la partie gauche de l'os frontal. Couleur rouge livide. Je dirais moins de vingt-quatre heures. Je viens de recevoir les premiers résultats de l'analyse toxicologique. Injection de pancuronium. Un curare utilisé lors de longues interventions chirurgicales. À la fin de l'opération, on vérifie qu'il n'y a plus de curare dans le sang. En cas de test positif, l'anesthésiste utilise un "antidote" qui décurarise le malade pour qu'il soit complètement autonome sur le plan respiratoire à son réveil. Si ce protocole n'est pas respecté, la probabilité d'un syndrome de détresse respiratoire est très fortement à craindre.

— C'est ce qui s'est passé ?

— La victime est morte d'une insuffisance cardiaque à la suite d'une détresse respiratoire. Son meurtrier le savait. Une finalité inéluctable d'autant plus avec une personne très âgée et atteinte d'un cancer en phase terminale.

Le légiste prit un minuscule sachet en plastique posé sur la desserte en inox.

— Je l'ai trouvé dans la bouche de la victime, il contient des punaises de lit.

Les policiers se regardèrent.

— Les yeux ? demanda Le Maoût.

— Paupières cousues par un fil de cuivre très fin. Même chose pour les lèvres et le grillage attaché dans le dos. Le dessin et l'inscription *Lasciate Ogni Sperenza* ont été réalisés par un feutre indélébile noir pointe fine.

— On peut se procurer facilement de ce pancuronium ?

— Non. Sauf dans les pharmacies d'hôpitaux et de cliniques.

— Pourquoi l'avoir laissé en vie ?

— Pour qu'il ait conscience de ce qui se passait autour de lui jusqu'à la fin.

— Enfermé dans son corps, les paupières et les lèvres cousues, il a dû se croire sauvé quand je me suis approché de lui. Terrible.

— Flagellez-vous si vous aimez ça mais vous ne pouviez rien faire pour sauver cet homme. Bonne soirée, messieurs. Prenez soin de vous, Le Maoût.

Les policiers quittèrent l'IML, attendirent d'être dans la voiture pour débriefer.

— Un pentagramme inversé. La bouche et les paupières cousues. Un bout de grillage devant un visage de gosse. Une balance de la justice en déséquilibre… énuméra Le Maoût. On va fouiller dans le passé du prêtre pour voir s'il n'a pas été mêlé à une affaire sordide qui aurait été étouffée.

— Pour tuer un vieillard prêt à claquer et l'exposer ainsi, il faut avoir la haine.

— Il suffit d'un évènement pour qu'elle réapparaisse. La plupart des gamins abusés réagissent trente, quarante ans plus tard. Ce qu'ils ont refoulé durant des décennies ressort un jour. Et bam !

— Et puis, l'exposition médiatique de l'affaire Détré a dû réveiller des traumatismes.

— Il a écopé de dix-huit ans, il sortira au bout de douze. Lui reprendra sa vie pendant que certaines victimes ne se reconstruiront jamais. Saloperie de pédo ! grommela Sans Sucre. Je te jure que si…

— T'inquiète, les filles ne sont pas les proies favorites des soutanes.

— Ouais… Et les punaises de lit ?

— Aucune idée. Pas plus que pour la combinaison trempée de sueur. Avec le profil ADN, on saura si c'est celui du père Cauchet ou de quelqu'un d'autre.

Un portable vibra. Le Maoût prit l'appel.

— Où ça ? OK. Merci.

Le policier coupa la communication.

— Le fourgon, volé à Vannes dans la nuit du mercredi au jeudi.

— Ça nous ramène encore à Vannes…

19

Le centre de vidéo surveillance était installé au sous-sol de l'hôtel de ville. Une salle hypersécurisée, protégée par alarme. Une captation en direct 24 heures sur 24 des vingt-neuf caméras installées principalement en centre-ville.

Dès son arrivée, le major Pohin compléta le registre avec son nom, sa fonction, l'heure d'arrivée. Le directeur de la police municipale l'accompagna dans un bureau où se trouvaient deux agents rivés sur les écrans de contrôle.

— La DS5, c'est celle du juge Favre ?

Pohin répondit sans hésiter. Dans quelques heures, l'information serait de toute manière relayée par tous les médias.

— Disparu depuis hier soir. Sa voiture a été retrouvée au pied des falaises du Grand Mont. À deux cents mètres de chez lui.

— Suicide ?

— Pas de corps dans la voiture. Ça donne quoi les vidéos ?

Le directeur fit signe à l'ASVP – Agent de surveillance de la voie publique – de lancer l'enregistrement. Ils suivirent la berline jusqu'au bout de la rue Joseph Le Brix.

— Pas de caméra au-delà du centre administratif municipal. On a regardé les vidéos de la semaine. Même heure de sortie à cinq minutes près. Même vitesse. Même trajet. Un métronome, le juge.

— Je peux avoir une copie de celle d'hier ?

— Non. Tu la visionnes tant que tu veux mais rien ne sort d'ici sauf sur…

— Réquisition judiciaire, compléta Pohin. J'aimerais la revoir.

— Pas de problème. Tu signes le registre en partant.

— OK. Merci.

Le major demanda à ramener l'enregistrement cinq minutes plus tôt et à garder un champ de vision large sur toute la place de la République.

— On verra peut-être s'il y a une synchronisation de mouvements entre un véhicule présent dans le périmètre et la sortie de la voiture du juge.

L'agent hocha la tête.

— Je prends l'écran de gauche. Il correspond à la caméra sur le tribunal et vous le droit pour la caméra située à l'angle de la place. Lorsque la DS5 s'engagera dans la rue Thiers, je reboote et on change d'écran.

L'idée était bonne. Chacun se concentra.

À la fin des visionnages, l'agent nota quelques mots sur un post-it.

— Alors ?

— Une Peugeot 308 blanche quitte sa place de stationnement, file vers la barrière du parking payant à l'instant où la DS sort de la cour du tribunal. Les deux voitures remontent ensuite la rue Thiers. Une moto démarre de l'autre côté de la rue en face de la Société Générale. Et vous ?

— Même chose. Vu le nombre de véhicule à passer, il y en a obligatoirement qui sont synchros avec le déplacement du juge.

Le téléphone du major bipa. Coup d'œil sur le SMS. Le gendarme se leva, se dirigea vers la sortie.

— Je dois y aller. Je vais déposer une réquisition pour que les vidéos soient conservées. Essayez d'obtenir les immatriculations de la 308 et de la moto. Demain, je peux vous contacter directement ?

— Vous appelez le CVU[10]. Demandez Gilles.

Le major nota le numéro de téléphone du centre et sortit.

10. Centre de vidéoprotection urbain.

20

Samedi 9 mars, 17 h 50, Nantes.

L'heure de pointe. Pare-chocs contre pare-chocs. Chacun dans sa bulle, les policiers demeurèrent silencieux jusqu'au commissariat central. Le Maoût laissa Sans Sucre faire son rapport au chef et monta directement à son bureau. Ses doigts frôlèrent la coccinelle en bois aux élytres rouges posée près de son écran d'ordinateur. Ingrid. Impossible de se souvenir de son visage ailleurs qu'à la morgue de l'hôpital psy Saint-Jean-de-Dieu à Dinan[11]. La mort ne lui avait rien enlevé de son extraordinaire beauté froide de déesse inaccessible. L'objet en bois était le seul élément de décoration de l'univers dépouillé, rangé avec une rigueur maniaque, du policier. Pas de photo de Rita. Trop personnel. Trop intime. Avant même de s'asseoir, il regarda ses SMS. L'absence de réponse le mit dans une détresse indescriptible. Peut-être ne

11. *Voir* La stratégie des ombres, *même auteur, même collection.*

l'aimait-elle déjà plus. Ne l'avait-elle jamais aimé. La douleur le noua tout entier. Pourquoi lui faisait-elle ça ? Des cendres plein la tête, le cœur noir charbon, l'idée de se coller une balle dans le crâne le tourmenta. En finir avec les souffrances. Une fois pour toutes. Croire au bonheur n'était qu'un leurre. Ce ne serait jamais pour lui. Jamais. Il prit une grande bouffée d'air pour ne pas pleurer. Il aurait dû la rappeler. Peut-être n'attendait-elle que ça. Il ne voulait pas non plus la harceler de messages, d'appels. Comment allait-elle le recevoir s'il l'appelait maintenant ? Sa froideur pouvait le réduire en miettes. Les lèvres sèches, le cœur battant la chamade, il composa le numéro du fixe.

— Ça va ? Comme t'as pas répondu à mes messages, je m'inquiétais…

— Avec la radio à fond, je n'ai pas entendu et puis j'étais concentrée par mes préparations. Tu ne rentres pas maintenant ?

— Je ne vais pas tarder. On a un débrief avec le chef et je file. T'as avancé un peu ?

— Surprise, chéri !

— OK. Baisers, trésor. À tout à l'heure.

Il coupa la communication, appuya sur une touche du clavier pour rallumer l'ordinateur. Plus envie de mourir. Hâte de rentrer chez lui. La porte de son bureau s'ouvrit sur Sans Sucre.

— T'as vu le topo sur la disparition du président du TGI[12] de Vannes ?

Devant la mine inexpressive de son équipier, Sans Sucre poursuivit.

— Le mannequin dans la fourgonnette !

12. Tribunal de Grande Instance.

Soudain intéressé, Le Maoût se redressa.

— C'est qui, le juge ?

— Favre. Sa voiture a été retrouvée en vrac au pied d'une falaise près de Saint-Gildas-de-Rhuys. Comme l'icône de saint Patern, ça nous ramène aussi à Vannes…

— Il en pense quoi, le chef ?

— Il nous attend.

Les cheveux blancs très courts, les joues creuses, des yeux noisette cerclés de lunettes marron, le commandant Perrot avait passé quinze ans dans le Val d'Oise dont cinq comme chef de groupe au GIR – Groupe d'Intervention Régional – avant d'être nommé à l'antenne de Nantes de la police judiciaire. Il commença le débrief dès l'entrée des deux policiers.

— Le juge Favre a quitté le palais de justice à dix-neuf heures. Depuis, personne ne l'a revu. Sa fille a alerté la gendarmerie en début d'après-midi. Favre est veuf. Une fille de vingt-trois ans, Anaïs. La jeune femme perpétue la tradition familiale en poursuivant des études de droit à Paris.

Un clic sur une touche du clavier d'ordinateur et une vue aérienne s'afficha sur l'écran plat accroché à l'un des murs du bureau.

— Le juge habite la rue du Grand Mont. Exactement ici. À 13 h 40, un promeneur a repéré la DS5 à cet endroit au pied de la falaise. Les pompiers ont profité de la marée basse pour treuiller le véhicule. Je n'en sais pas plus. Arnaud est convaincu que le meurtre du prêtre et la disparition du juge Favre sont liés.

Le commandant regarda Le Maoût.

— Et toi, Ludo ?

— La mise en scène dans la camionnette est claire. Le tueur en veut à la justice tout comme il en voulait visiblement à l'Église. Arnaud a certainement raison, la disparition de Favre correspond trop au message laissé par le tueur pour que ce soit une simple coïncidence. Il nous faudrait l'ADN du juge pour comparer avec…

— On ne s'emballe pas. J'ai eu Jeannès au téléphone. Il maintient la saisine de notre service pour poursuivre nos investigations sur le meurtre du prêtre et par conséquent, sur les affaires qui y seraient liées. Je ne pense pas qu'il soit prêt à valider une demande de prélèvement d'échantillons chez le juge Favre. Pour l'instant, on ne parle que de disparition.

— On va encore perdre du temps, grommela Le Maoût.

— Peut-être… ou pas. Le *Ouest-France* de Vannes nous a avertis qu'elle a reçu une photo du corps du père Cauchet à l'intérieur de l'église. L'évêché est déjà intervenu auprès de la direction du journal. Le quotidien ne se risquera pas à publier une information qui porterait atteinte à l'église ou du moins laisserait planer une nouvelle affaire sordide sans l'avoir vérifiée au préalable. Donc motus et bouche cousue sur toute la ligne.

Les lèvres pincées, Le Maoût se frotta le menton.

— À propos de ce matin, je…

— Le curé serait mort de toute façon. En revanche, ta réaction nous permet d'avoir un premier signalement du tueur. Tu te concentres sur l'enquête. Bonne soirée.

Les policiers maugréèrent un « pareil chef », quittèrent le bureau. Ils se séparèrent sur le parking.

— À quelle heure demain ? demanda Sans Sucre.

— 9 heures.

— Pour toi, le tueur veut braquer les projecteurs sur une affaire dans laquelle Cauchet et Favre ont été impliqués ou les institutions qu'ils représentent ?

— Il n'a pas choisi ses victimes au hasard sinon, pour l'Église, il aurait trouvé un serviteur plus médiatique qu'un vieillard agonisant. J'y vais. À demain.

— T'embrasses Rita. T'oublies pas, c'est moi le parrain du premier p'tit Ludo.

— C'est ça.

21

Le Maoût gara sa voiture devant la résidence, s'empressa de monter à l'appartement, entra sans frapper.

— Chérie !

— Oui ! Dans le salon…

Le policier s'arrêta à l'entrée de la pièce. La vue d'un homme avec sa femme le déstabilisa un court instant. Rita vint vers lui, l'embrassa sur la bouche. Un baiser léger.

— Chéri, Antoine habite la résidence. J'avais besoin d'un escabeau alors j'ai frappé à quelques portes. Antoine a eu la gentillesse de me prêter le sien et un peu de matériel.

Antoine. La quarantaine, les yeux marron, les cheveux poivre et sel. Pas très beau mais un charme indubitable. Le genre de mec qui devait plaire aux femmes. À Rita. Le policier fit un effort pour tendre la main au voisin serviable.

— Ludovic. Je vais acheter le matos et je passerai restituer le vôtre. Vous êtes dans quel appart ?

Le ton était froid. Agacé.

— Ce n'est pas urgent et si Rita a besoin de conseils… Avec votre métier, vous devez être souvent dérangé.

Si Rita a besoin de conseils.

Connard !

Le Maoût fut incapable de masquer sa mauvaise humeur. Un horrible nœud lui nouait l'estomac. S'il s'était écouté, il l'aurait foutu dehors avec son putain d'escabeau.

— Comment ça, mon métier ?

— … Je ne sais pas. Je disais ça comme ça.

— Dérangé, on peut l'être de multiples façons.

La colère faisait vibrer sa voix. Il s'effaça de la porte.

— Merci encore. Bonne soirée.

Le voisin s'éclipsa. Le policier ferma la porte sous le regard effaré de Rita.

— Wouah ! T'as vu comment tu l'as remercié ?

— Quoi ? J'ai rien dit de désagréable.

— T'as pas besoin. Y a qu'à te regarder. T'as passé une mauvaise journée ?

— Pourquoi tu lui as parlé de mon boulot ? Les gens n'aiment pas les flics.

— C'est pas écrit sur ton front.

— Maintenant si. Pas grave. On ne va pas se disputer. Alors, la surprise ?

Rita lui prit une main.

— Tu fermes les yeux.

Paupières closes, il la suivit. Elle le conduisait vers la chambre. Sa mauvaise humeur se dissipa. Ils s'arrêtèrent. Il reconnut le léger couinement de la poignée. Une odeur de peinture et de dissolvant flottait dans l'air.

— Tu peux regarder.

Il demeura ébahi. Un rouge profond carmin recouvrait le mur de la tête de lit.

— Il paraît que le rouge possède des vertus excitantes et que notre cerveau, dans une pièce peinte en rouge, estime qu'il fait trois ou quatre degrés de plus que dans une pièce peinte en bleu !

— La couleur de la passion, mon amour.

— Je le sens, chérie. Le pouvoir, la force, la sève qui monte en moi.

— Tu peux me montrer ?

Brûlant de désir, il l'enlaça, la porta sur le lit poussé au milieu de la pièce. Après quelques minutes, la chambre s'emplit de leur passion. Le lit glissa sur le parquet, buta contre le mur, cogna de plus en plus fort contre la paroi écarlate au rythme de leurs étreintes. Essoufflés, ils s'effondrèrent côte à côte, sur le dos, les jambes emmêlées. Les yeux perdus dans le blanc du plafond, ils restèrent un long moment silencieux tandis que leur plaisir refluait lentement.

Rita se redressa, posa son visage sur la poitrine de son amour.

— Tout à l'heure, j'ai cru que tu allais buter le voisin.

— Il va me prendre pour un taré. Désolé, je…

— Si t'as pas confiance…

— C'est pas ça !

— Bien sûr que si. Tu te dis que si je l'ai fait pendant des années, je pourrais le refaire. Ce n'est pas parce que je discute avec un homme que je vais coucher avec lui. Je t'aime, Ludo. J'adore être avec toi. Pourtant t'es chiant.

— Chiant ?

— Tes petites manies. Toujours inquiet, à calculer. À te faire des films pour rien. Tout le temps l'air d'avoir avalé un parapluie.

Bien qu'irrité par la tirade, Ludo se tut. Il la serra contre lui. Ils étaient différents. Très. Il s'en rendait compte chaque jour un peu plus. Mais, il l'aimait tant. Pas que son corps. Entièrement. D'une force qu'il puisait au fond de son cœur, de ses tripes. Il l'aimait tant que ça lui faisait mal en dedans, en dehors. Elle avait pris possession de lui. L'impression de tomber, de partir en morceaux quand elle n'était pas là.

— Je pensais qu'on aurait pu se faire un resto... proposa-t-il.

— Chinois, alors.

— Comme je ris souvent jaune, ça tombe bien.

Rita ne répondit pas. Chez Ludo, ce n'était pas que de l'humour. Ils allaient finalement se prendre la tête. Elle lui déposa un baiser sur le bout du nez.

— On va à la douche ?

— Vas-y. Faut que je téléphone à Arnaud.

— Il va bien ?

— Il t'embrasse.

— Vous bossez sur quoi ? Ça sonne.

Le policier roula sur le lit, prit son portable dans son blouson jeté à même le parquet, appuya sur une touche.

— T'es rentré ? OK, j'y serai. C'est ça, elle t'embrasse. Bonne soirée.

Rita eut une petite moue de dépit.

— Je croyais que tu pouvais gérer tes permanences depuis la maison.

— Pas quand on est sur une affaire de meurtre.

Surtout quand c'est un « killlller » qui découpe les p'tites brunes au hachoir. Allez hop, à la douche et c'est moi qui frotte.

Plus de noirceur dans l'esprit de Ludo. Brusquement dissipée comme si un simple échange avec son équipier s'apparentait au soleil. Rita ne s'en offusqua pas. Trop contente. Il y avait tant de douleur chez lui. Même dans sa gaieté.

22

Samedi 9 mars, 20 heures

Follet sortit de la maison, traversa la cour vers le hangar. La même désagréable sensation d'être observé l'arrêta, le fit se retourner. Il devenait parano depuis qu'il avait entamé cette chasse. La pression des dernières quarante-huit heures lui jouait des tours. Qui s'aventurerait dans les bois et les tourbières en cette nuit d'encre ? Qui le surveillerait ? Ridicule.

Depuis six jours qu'il était là, il n'avait vu ni croisé personne. La lumière de l'ampoule dégueulasse était ténue et le rideau ne laissait filtrer aucune lueur par la petite fenêtre. Impossible de deviner que quelqu'un habitait le taudis abandonné depuis des années. Même si les traces des véhicules sur le chemin ou la fumée s'échappant de la cheminée pouvaient trahir une présence.

L'idée d'acquérir une arme lui traversa l'esprit. Cela le rassurerait.

Une brume épaisse s'ajoutait à la profondeur de l'obscurité, bloquait tout horizon. En apnée, totalement immobile, il décortiqua les bruits. Seul l'écho assourdi des pas de Favre troublait le silence.

Il entra dans le hangar, ferma la porte derrière lui.

Le souffle court, le juge était agrippé à l'un des étriers en métal qui stabilisaient la passerelle établie à six mètres de hauteur. Au claquement de la porte, il reprit sa ronde infernale. Son corps lui faisait mal. Ses jambes et ses pieds surtout. Son dos aussi. Après quelques pas, il s'immobilisa. S'assit.

— Qu'est-ce que je vous ai fait ?

— Je pensais que vous auriez eu la curiosité de lire le texte écrit sur la housse en plastique.

— Rien à foutre ! Si vous imaginez me faire peur. Vous finirez en prison.

— En tout cas ce n'est pas vous qui m'y enverrez. Dans deux jours, vous serez moins arrogant, monsieur l'applicateur zélé des textes.

— Applicateur ! Je juge en mon âme et conscience.

— Et comment se portent-elles, votre âme et votre conscience ?

— Bien. L'une est la sœur de l'autre et l'essence de ce que je suis et de ce que je représente. La justice.

Follet s'énerva.

— La justice ! La cour et son honneur Favre ! Puissant. Inattaquable. Les avis concernant votre disparition sont partagés. L'hypothèse du suicide semble la plus probable selon les médias.

Follet s'avança, jeta un œil sur le podomètre.

— Quarante-deux mille pas ! Vingt et un kilomètres en douze heures ! Vous êtes une grosse feignasse, une larve Favre. Pas de soupe aux navets.

S'il vous venait l'idée de vous jeter et de vous pendre, je finirais l'expérience avec Anaïs.

Favre gronda entre ses dents.

— Si vous la touchez…

— Vous allez faire quoi ? Vous avez tué ma fille. Tuée, en votre âme et conscience. Aujourd'hui, je vous condamne pour meurtre avec préméditation. Aujourd'hui, je rétablis la peine de mort. Assassin !

— Comment osez-vous ?

— Excusez-moi d'oser, votre honneur. Il est vrai qu'à vos yeux, je suis une merde, le genre qui doit obéir, baisser la tête et fermer sa gueule. Vous avez un peu de lecture. J'aimerais que vous sachiez pourquoi vous allez mourir.

— Je n'ai tué personne ! Jamais.

Les doigts écartés avec l'envie de les serrer sur la gorge de son prisonnier, Follet leva les mains, hurla comme une bête. Vibrant de rage et de douleur, il quitta le hangar, ferma la porte à clé. Lucille lui manquait tant. Trop injuste. Il s'empressa vers la maison. S'arrêta sur le seuil avec encore cette perception d'être observé. Perplexe, il saisit fermement la poignée, entra dans la maison en prenant soin de verrouiller derrière lui. Tout en se dirigeant vers la cheminée, il colla le dessus de sa main droite sous son nez – un geste habituel lorsqu'il réfléchissait – et respira son odeur. Subtil, à peine perceptible, le parfum sur sa peau lui rappela celui de la crème hydratante de Martine, sa femme. Elle s'en enduisait les mains matin et soir. Été comme hiver. À ses moqueries, elle répondait invariablement « Tu devrais faire pareil. Dans quelques années, tu auras une peau de crapaud ». Il ne l'avait jamais écoutée.

Il pivota brusquement, jeta un coup d'œil circulaire sur la pièce avant de s'attarder sur l'épais rideau tendu devant la fenêtre et de s'avancer sur la pointe des pieds jusqu'à la porte. Il éteignit la lumière, s'accroupit. Aucune odeur sur la béquille intérieure. Le seul moyen pour ne plus flipper, c'était d'affronter le film tissé par son imagination. Il se traita de crétin en pensant à la torche restée sur le siège passager du fourgon. Le tisonnier en fer forgé bien en main, il disséqua les bruits. La peur palpitait dans ses veines. Peur de quoi, putain ? Quand on est mort, on n'a plus peur. Sans se relever, il ouvrit discrètement la porte, colla son nez contre la poignée extérieure. Il s'en dégageait un léger parfum… Le curé ! Comment n'y avait-il pas pensé ! Bien le genre à s'enduire à l'huile d'Argan ou d'amande douce. Soulagé, il respira un grand coup, se redressa face aux ténèbres. Rassuré, il ferma la porte, actionna le déverrouillage centralisé du fourgon et marcha vers le véhicule. Aucun bruit ne parvenait du hangar. Favre devait être en train de lire la lettre de Lucille. Un raclement, là devant. Celui d'une pierre déplacée. Sa chair se hérissa. Il grimpa prestement dans le fourgon, démarra. Il roula lentement jusqu'à la départementale, fit demi-tour et se gara sous l'auvent sans avoir vu quoi que ce soit qui puisse alimenter ses peurs. Le véhicule fermé, il retourna à la maison. La porte entrouverte le figea, lui arracha un frisson. Trop sûr de l'avoir fermée. Peut-être pas, ou mal… Le cri strident d'une chouette effraie rajouta à son angoisse. Ses doigts tâtèrent l'ébrasement, trouvèrent l'interrupteur. Tendu, prêt à se battre, il poussa violemment l'ouvrant, balaya la pièce d'un regard.

Aucune ombre menaçante. Aucune trace de pas humides. Soupir de soulagement. Follet ferma derrière lui, donna un tour de clé.

Pas question de craquer. Ces salauds devaient payer.

Peut-être lui faudrait-il accélérer ce qu'il avait planifié depuis des semaines.

23

Ludo n'avait pas choisi le « Nantes Asie » par hasard. Situé dans une rue peu attirante, le resto sans déco flashy ne payait pas de mine mais la cuisine y était excellente. Un accueil chaleureux et un service efficace. Une petite salle idéale pour un repas en amoureux. Suffisamment intimiste pour ne pas risquer de se prendre la tête.

Le visage de Ludo était un livre ouvert. Ses émotions s'y lisaient dans la seconde. Un banal regard d'un inconnu vers Rita suffisait à le fermer comme une huître, d'autant que la jeune femme ne passait pas inaperçue.

Un visage rond, une chevelure en carré dégradé noir corbeau, des yeux hardis bleu électrique, la jeune femme avait une manière bien à elle de bouger, de se déplacer. Une ondulation des hanches un rien vulgaire, un léger balancement des épaules fluide et gracieux qui attiraient les regards. Son aisance et son assurance naturelle charmaient. Une poupée brune incendiaire.

L'amour, la tendresse. Des mots pour Ludo. Rien d'autre avant Rita. En tout cas, il ne s'en souvenait pas. Ces moments-là se trouvaient cachés dans un repli de son cerveau. Mélangés, refoulés avec les autres. Ceux de l'horreur. Il préférait l'oubli total de son enfance et de son adolescence plutôt que de revivre certaines images. Elles surgissaient parfois en flash, en trompe-l'œil, le laissaient ruiné, consumé de l'intérieur. Des cendres plein la tête. Ce qu'il vivait avec Rita reléguait ce cauchemar au plus profond de sa mémoire. Embarqué dans le torrent de la passion amoureuse dont il ignorait tout, après deux mois et trois jours, bien que ballotté, secoué, il ne lâchait rien. Trop beau. Trop grand. Trop fou. Violent, douloureux aussi… Tant pis, qu'importe. L'intensité de certains instants hors du commun ne laissait aucun doute sur la grandeur de ce qu'il vivait. Cela n'existait pas que dans les romans ou les films. Il ignorait si cela allait durer mais il la désirait en permanence, ressentait un manque obsédant en son absence, le besoin à chaque seconde de savoir ce qu'elle faisait.

Ils avaient dîné sans cesser de se toucher. Les mains, les pieds… Besoin d'un contact. Et puis ces regards chargés de désir, l'impression d'entrer dans l'âme et la peau de l'autre, de ne faire qu'un. Un sentiment si fort qu'il en oubliait le reste.

Son regard se perdit un instant quand il repensa au père Cauchet en train de claquer, à son détour jusqu'à son quartier au lieu d'assister à la levée du corps par le légiste. Dingue! Rita le rendait dingue.

Une légère pression sur sa main le ramena à la réalité. Ses yeux se figèrent dans les siens qu'elle avait bleu vert. Il se releva, se pencha au-dessus de la table, posa sa bouche sur la sienne, sentit la caresse de la langue sur ses lèvres. Il se rassit lentement avec un léger sourire.

— Et si on rentrait chez nous ?

24

À genoux, le cou maintenu en extension par la laisse en cuir, son honneur le juge Favre, retira la chasuble en plastique par-dessus sa tête, arracha les agrafes qui la fermaient dans son dos. Agité de tremblements irrépressibles, il l'étala difficilement sur les planches de la passerelle et commença la lecture avec l'envie dévorante d'en connaître davantage sur son ravisseur.

L'écriture était fine, serrée en script. Précise et appliquée, posée pour être lue sans la moindre hésitation.

Monsieur le juge, je jure sur la tombe de ma mère d'avoir dit la vérité, rien que la vérité. Pas la peine que je le fasse sur la Bible, je ne crois plus en Dieu. Ni en la justice. En rien, à vrai dire. Ce bâtard de Lucas a prêté serment et a menti comme une hyène.

Quelques mois après la mort de ma mère et de ma sœur, mon père et moi sommes revenus en France, à Vannes. Aux ORIGINES comme il me disait tout le temps. Au début, je croyais qu'il parlait de ses racines pour finalement comprendre qu'il s'agissait des origines du Mal. Là où le malheur s'était penché sur sa famille, bien avant sa naissance. Changer de bahut en cours d'année de troisième m'angoissait mais ras le bol de pleurer. Trop de souvenirs, trop d'émotions. Je n'ai pas kiffé le collège Antoine de Saint-Exupéry. Pas facile de débarquer comme ça et de se faire des amis. Peut-être que je n'en avais pas vraiment envie. J'ai rencontré Lucas à la sortie du collège. Il était en 1ère au lycée Charles-de-Gaulle. Le bahut d'en face. Il était cool. Je me sentais bien avec lui. En septembre 2009, je suis entrée en seconde dans son lycée. On se voyait tout le temps. Au fil des semaines, il est devenu pressant. Il voulait coucher ! Une obsession ! Même si j'y pensais, à quinze ans, je ne me sentais pas prête. La veille des vacances de Noël, il a essayé de me forcer. Je lui ai dit non. Ni lui, ni un autre pour l'instant. Il s'est énervé « T'abuses. C'est rien de mal. » Je lui ai dit que s'il ne comprenait pas, il valait mieux qu'on ne se voie plus. Il a pété un plomb, menacé de me la mettre de force. On s'est quittés là-dessus. L'année scolaire s'est achevée sans qu'on se parle. Fin août, un samedi soir, j'ai reçu un texto. Genre mignon. « C'est trop con de se faire la gueule. J'ai des excuses à te présenter. J'aimerais bien te revoir ». J'ai accepté. Il m'a donné rendez-vous. Je ne connaissais pas l'endroit. J'y suis allée en scoot. Il m'attendait tout sourire avec un paquet dans les mains. Des chouquettes. J'adore ! Il m'a dit qu'il y avait un banc derrière les bâtiments en construction. Qu'on serait mieux pour discuter. Je l'ai suivi sans méfiance. Je me suis retrouvée dans un terrain vague devant cinq autres garçons. J'en connaissais un de vue. Je le voyais parfois avec Lucas en dehors du lycée. Plus âgé. Un visage à la peau bizarre. Des yeux froids. Il me faisait peur. Quand ils m'ont entourée, j'ai regardé Lucas. Il m'a juste dit « T'es coincée du cul mais tu vas voir ». Ils m'ont jetée à terre. J'ai crié. Son pote m'a saisie à la gorge, menacée avec un cran d'arrêt. Quand il a eu fini, il m'a murmuré à l'oreille. « Toi et moi, on va se revoir. » Une voix étrange à l'image de sa gueule de dégénéré… Sur les six, cinq m'ont violée. Je ne disais ni ne sentais plus rien. Comme sortie de mon corps. Ils m'ont laissée là… Je me suis relevée, j'ai mis de l'ordre dans ma tenue, pris mon scooter et je suis rentrée à la maison. Je n'ai rien dit à mon père. Je me sentais incapable de raconter. Je voulais juste être seule. Oublier. Là, tout de suite. Pendant des jours, des semaines, j'ai cessé de parler. Complètement bloquée. Je vivais avec la peur que ça recommence. Mon père a essayé de savoir. Je lui ai parlé d'une peine de cœur. Je n'allais vraiment pas bien.

Le juge suspendit sa lecture.

L'affaire Lucille Riguier.

Tout lui était revenu. D'un bloc, sans émotion particulière. Il avait jugé en âme et conscience et condamné la jeune fille pour coups et blessures. Les faits, rien que les faits. Rien n'accusait Lucas Fréville. Aucune trace de violence sexuelle. Aucun témoignage. Tandis qu'elle…

Favre interrompit le flot de souvenirs. Se mit en apnée. La sensation d'être l'objet d'un regard intense lui arracha un frisson qui courut de sa nuque au creux de ses reins. Sûrement l'autre taré qui prenait son pied en le matant. De crainte de représailles, il se retint de ne pas lui gueuler dessus. S'il avait voulu le tuer, il l'aurait déjà fait au lieu de monter toute cette mise en scène. À quoi ça rimait ? Quel était le lien avec ce texte ? Des lettres anonymes, il en avait eu des centaines. Des insultes. Des menaces. Jamais, il n'avait été agressé physiquement. Ici, c'était différent. Il ne s'agissait pas d'une réaction impulsive mais de la mise en œuvre d'une idée mûrie, planifiée. Pour construire la structure circulaire à cette hauteur, il fallait plus que de la volonté. De la rage. De la haine ancrée dans une douleur profonde et nourrie de larmes. Des torrents de larmes.

Favre pivota sur la pointe des pieds, fit un tour complet. S'immobilisa avec un froncement de sourcils, se tourna de nouveau jusqu'à ce que ses yeux se rivent sur une forme noire immobile, perchée à la jonction d'un poteau et de deux bras de force de la charpente. Une sorte de corbeau géant avec la tête rentrée entre les ailes et dont il ne voyait que les yeux blancs et un bec jaune monstrueux. Le juge baissa la tête, ricana intérieurement contre lui-même. Se laissa aller à des ressentis contradictoires. Certainement des sacs plastiques pliés comme il y en avait dans tous les coins du bâtiment. Bizarre qu'il n'ait pas remarqué la chose plus tôt après plusieurs milliers de tours effectués sur cette maudite passerelle. Malgré l'envie de percer le mystère, il s'efforça de ne plus regarder dans cette direction. Pas envie de réveiller une quelconque diablerie. Le visage inexpressif du père de Lucille Riguier dans le tribunal lui revint en mémoire. Un taiseux. Pas un mot ni un geste de contestation à l'annonce du verdict concernant sa fille. Lui avait pris cela pour l'acceptation d'un jugement équitable. Il se pencha, reprit sa lecture avec à l'esprit des noms, des visages.

Deux mois plus tard, la rumeur a circulé dans le lycée. J'étais une pute qui aimait les tournantes, tous les mecs pouvaient se « vider » avec ou sans préservatif. Le lendemain, je ne suis pas allée en cours, j'ai pris une hachette dans l'atelier de mon père et je suis partie à la recherche de Lucas Fréville. S'il n'avait pas changé ses habitudes, je le trouverais au bar « Les Valseuses ». J'ai attendu qu'il soit seul près de sa voiture. Au moment où j'allais le frapper, quelqu'un m'a agrippée par derrière ; le coup de poing en plein visage m'a balancée contre la voiture. Quand je me suis relevée, des gens arrivaient en courant. J'ai vu Lucas effondré au sol, le visage tailladé. Je me suis enfuie.

D'après les experts, son casque audio lui avait sauvé la vie. Faut croire qu'il y a un dieu protecteur pour les salauds.

Il m'est insupportable de penser que je vais passer dix ans dans cette prison alors que lui va vivre normalement ; peut-être même refaire la même saloperie à une autre fille. Je ne regrette qu'une chose : ne pas être allée directement à la police porter plainte. Trois mois plus tard, plus d'hématome, de trace d'abus sexuel. Aucune preuve pour accuser ces pourritures.

Je ne compte pas sur Dieu pour les punir, il ne reconnaît pas toujours les siens. Je ne crois pas non plus à toutes ces conneries « Dans la vie rien ne se perd, tout est vu, entendu, écouté, enregistré, écrit sur le Grand Livre de la Vie… On paie toujours pour le mal qu'on a fait. On récolte toujours ce que l'on a semé. ». C'est nul, tout ça. Il n'y avait que vous pour que justice soit faite. Hélas ! Mon père m'a toujours dit « La justice penche rarement du côté des petites gens ». Il avait ses raisons. Je crois savoir que vous avez une fille. Priez pour qu'elle ne croise jamais un Lucas Fréville ou l'autre taré d'albinos. Monsieur Le juge, je vous laisse en tête à tête avec votre conscience. Moi, je vais mourir avec la mienne sans crainte et sans honte. Légère car innocente.

Les termes de la lettre reprenaient les propos qu'elle avait tenus au tribunal. « Elle voulait tuer ce salopard mais quelqu'un l'en avait empêchée ».

Favre demeura prostré. Des questions plein la tête… Il rejeta le doute qui germait. La machette appartenait à Lucille Riguier, portait ses empreintes. Rien que les siennes. Plusieurs témoins l'avaient vue s'enfuir. Là était la seule vérité. Arrêtée alors qu'elle venait de rentrer chez elle, la jeune fille fut aussitôt mise en examen pour tentative de meurtre. Ce qu'elle ne nia jamais. Au tribunal, Lucas Fréville l'accusa, jura que c'était bien elle qui l'avait frappé.

À la question de l'avocate de Lucille, il s'était senti agressé.

— Comment a-t-elle pu vous frapper après avoir reçu un coup qui lui a éclaté la bouche et qui, selon elle, l'a projetée au sol ?

— Projetée au sol ? Pas du tout !

— Malgré la violence du coup de poing, aucune ecchymose n'a été relevée sur vos phalanges. Vous n'avez pourtant pas des mains de bûcheron. Comment expliquez-vous ça ?

— Je peux lui en coller un autre à cette salope, comme ça, vous verrez. Une hystérique, une tarée de nympho !

Il s'était énervé avant de s'excuser auprès de la cour et de s'effondrer en montrant les cicatrices sur son visage.

— Elles vont me suivre toute ma vie comme la marque de honte d'une horreur que je n'ai pas commise. Un châtiment que je n'ai pas mérité.

Favre resta longtemps immobile avec les mots de l'avocate à l'esprit. « Pas la moindre contusion aux phalanges. » Ils résonnaient en lui comme ils l'avaient fait lors du procès.

S'il ne l'avait pas frappée, pourquoi affirmer le contraire ? Non, ça ne tenait pas. Elle l'avait attaqué avec la volonté de le tuer. Tout le reste n'était qu'affabulations. Dix ans pour tentative de meurtre avec préméditation, Lucille Riguier s'en sortait bien. Très bien, même.

Il se retrancha derrière ses certitudes.

Dans le doute, pas de condamnation possible.

Un frisson lui hérissa les chairs. Son regard erra dans le bâtiment. L'étonnement riva ses yeux sur le coin sombre où nichait le « gros oiseau noir ». Toujours là. Pourtant quelque chose avait changé. La tête. Elle semblait avoir disparu. Il chercha à retrouver les yeux. Rien. Un autre frisson le secoua tout entier. Un vertige l'obligea à s'agripper aux planches. Froid. Hypoglycémie. Il allait finir par tomber et se pendre au collier de cuir qui lui ceinturait le cou. Terminé le petit jeu de Riguier. Plus rien à foutre de ce que voulait ce taré.

Pas de sa faute si la fille s'était suicidée.

Le juge tenta de calmer ses tremblements. La sueur se glaçait sur sa peau. Il se releva brusquement, tira sur la lanière de cuir, tenta de la retirer. De l'arracher du crochet fixé au faîtage. Finalement, il se remit à marcher, hurla pour se donner du courage. Pour ne pas crever de froid.

— Riguier ! Riguier !

Il cria jusqu'à ne plus avoir de voix. Sa gorge se noua. Des larmes lui brouillèrent la vue.

Pas de sa faute... Tout accusait la jeune fille. Jusqu'au sang de Lucas Fréville retrouvé sur sa main droite. Il l'avait jugée en son âme et...

Il fronça les sourcils, chercha à mieux définir la silhouette noire qui venait d'apparaître sur la passerelle. Venait vers lui. Riguier ! Absorbé par la lecture de la lettre de Lucille, il ne l'avait ni entendu, ni vu. Son regard glissa sur l'échelle encore appuyée contre le poteau accolé à la piste en bois.

— Riguier ! Si vous imaginez me...

Il s'interrompit. Ce n'était pas Riguier. Plus petit. Plus mince. Des yeux clairs presque blancs luisaient dans les trous de la cagoule noire qu'il portait. Il sentait une odeur poisseuse. Un mélange d'huile d'amande et de sueur. Sa voix semblait sortir d'un laminoir. Grinçante. Métallique.

— Riguier te veut toi. Moi, je le veux lui.

L'inconnu masqué s'approcha jusqu'à le toucher, chuchota quelques mots à son oreille. Favre se figea. Son sang reflua de son visage. Une boule lui serra la gorge, lui noua l'estomac. Un horrible froid venait de l'envahir. Le glaçait de l'intérieur. Un coup de genou dans l'entrejambe le plia en deux. La lumière de l'halogène l'aveugla lorsqu'il bascula dans le vide.

25

Follet mangea au coin du feu. Du pain et du fromage qu'il arrosa copieusement d'une bouteille de beaujolais. Depuis la mort de Lucille, il buvait plus que de raison. Se fracassait parfois pour ne pas penser. Il avait vendu la maison rue Claude Monet. Trop grande. Pas envie de jardin. De tourner en boucle dans une bulle de souvenirs. De bosser. De toute façon, l'envie, le goût de faire les choses l'avait quitté. Plus rien ne comptait que laver sa famille des horreurs qu'elle n'avait pas commises et faire payer les salauds qui les avaient injustement condamnés. Parfois, l'idée que tout cela le dépassait, qu'une malédiction planait sur eux, les Riguier, et qu'il ne lui restait plus qu'à courber l'échine et à attendre qu'une nouvelle merde lui tombe dessus le soustrayait à ses idées de vengeance. Cela ne durait que quelques instants. Penser à Lucille le rendait fou. Le désir de détruire, de tuer l'embrasait. Il n'avait pas encore décidé de l'avenir du juge. Déjà, lui faire prendre conscience des conséquences de ses jugements sans forcément le tuer. Tout dépendait de la manière dont il réagirait. Fallait surtout pas qu'il s'avise de le prendre de haut. L'arrogance, il détestait.

L'attaché-case qu'il avait glissé entre la tête de lit et le mur attira son attention comme s'il s'agissait d'un élément nouveau dans le décor. Il avait bougé. ON l'avait bougé. Certainement l'abbé Cauchet. Et pourtant…

Follet vida la bouteille. Des gueulantes et des bruits de tonnerre lui parvenaient, assourdis. Son honneur Favre avait dû terminer sa lecture. Il avala son verre cul sec, se leva et sortit. Les appels du juge retentissaient dans le hangar, s'échappaient dans les alentours. Ce raffut allait attirer l'attention. Soudain, le silence. Net. Dans l'obscurité, la lourde chaîne vibrait étrangement au-dessus de lui. Pas de vent. Pas même un souffle. Intrigué, Follet traversa la venelle en courant, ouvrit la porte du hangar. Son regard se porta aussitôt sur le corps pendu dans les airs au milieu du faisceau de lumière. Si ce salopard n'avait eu que ce qu'il méritait, de le voir ainsi râlant, gesticulant au bout de la laisse en cuir comme une larve hameçonnée le troubla plus qu'il n'aurait dû. Le temps de prendre la grande échelle, de la poser, tout serait terminé. Frustré, Follet dégueula son mépris.

— Fumier ! Vous lisez la lettre et bye-bye. Même pas eu le temps de discuter sur nos pères. Le mien s'appelait Lucien. Le vôtre l'a condamné, lui et sa mère aussi. Lucien au bagne de Belle-Île-en-Mer, à tout juste treize ans. Sa mère à la prison où elle est morte sans avoir revu son fils. Des innocents, Favre. Votre famille d'assassins a détruit la mienne. Je voulais vous raconter tout ça. Vous êtes lâche. Incapable de vous battre. De négocier, de plaider même pour sauver votre vie, revoir votre fille ! Comptez pas sur moi pour vous détacher. Les chacals de votre espèce pourrissent sur place.

Sous les derniers spasmes du corps, la chasuble en plastique tomba de la passerelle. Légère malgré le poids des mots, elle tournoya et s'échoua avec un bruissement léger sur l'antique scie à ruban.

26

Favre n'entendait rien. Avant de perdre conscience, il se forçait à garder la tête vers le haut. Dans une ultime supplication, ses yeux exorbités fixaient la forme noire, chimérique tapie dans l'obscurité de l'édicule où se trouvait le palan. La lumière du projecteur s'atténua, disparut comme les mots que le diable venait de lui souffler à l'oreille.

27

Follet en aurait pleuré de n'avoir pas eu le temps de parler, de faire germer le doute, de pénétrer l'armure de certitudes du juge forgée par des années de victoires. Son honneur Favre le laissait seul, privé de sa vengeance.

Il chercha un projectile pour libérer un peu de sa haine. S'immobilisa. On l'observait. Son regard fila vers le trou d'ombre de la guérite suspendue au pignon, se heurta au rempart de lumière du projecteur. Il s'avança jusqu'au tableau électrique, arracha le câble d'alimentation de la prise, alluma sa torche et la pointa vivement vers le faîtage. Le trou d'encre, tout entier, semblait l'observer avec une acuité féroce. Il en fut mal à l'aise. Plus encore lorsqu'il lui sembla distinguer une forme, des courbes. Peut-être même des yeux. Blancs.

Il devenait barge. L'idée de mettre le feu au hangar lui traversa l'esprit. Tout le patelin allait rappliquer et les flics avec. Il devait garder un peu d'avance sur eux s'il voulait mener à bien sa quête purificatrice.

La mort du magistrat le désignait comme l'ennemi public n° 1. L'homme à abattre. Plus de repentance, ni de retour possible. Pas grave, il ne voulait pas moisir en prison.

Il ouvrit l'arrière du fourgon, chargea la moto, la fixa à l'un des flancs de la caisse. Deux minutes plus tard, il jetait un grand sac de sport, la mallette, sa literie rudimentaire dans le véhicule et démarrait.

28

Follet retourna chez lui. Il habitait dans l'un des immeubles qui formaient le square de la Bourdonnaye à deux pas de la gare de Vannes.

Perdu dans la masse d'une diversité fabuleuse, chaleureuse et plutôt paisible, il ne fréquentait personne ou presque, se contentait de quelques amabilités avec tous, même avec les dealers ; poli, disponible, pour aider les vieilles dames à porter leurs sacs dans les escaliers. Même si, depuis quelques mois, le trafic de plus en plus intense créait un climat de tension et d'insécurité. À vrai dire, Follet s'en fichait. Ils pouvaient tous crever. Chacun sa merde. Lui habitait un appartement au quatrième et dernier étage d'un des immeubles. Un deux-pièces meublé qu'il louait et payait au black.

Le fourgon garé sous les platanes qui arboraient le square, il chargea le gros sac de sport sur ses épaules et se dirigea vers l'entrée de sa cage d'escalier. Il remarqua deux points lumineux à l'autre bout du parking. Des silhouettes près d'un véhicule, veilleuses allumées, moteur au ralenti. Certainement un deal en cours. Il poursuivit comme s'il n'avait rien vu, disparut dans l'immeuble, entama la montée des volées de marches.

L'image de Favre pendu ne le quittait pas. L'enfoiré de bâtard ! Sa mort le privait de ce qui était peut-être le plus important pour lui. Expliquer son acte. Se justifier.

Il s'arrêta devant la porte de son appart, inséra la clé et entra. Une impression de froid le saisit aussitôt. Plusieurs jours sans chauffage avaient suffi pour transformer le logement en frigo. Il passa dans la chambre, jeta son sac sur le lit. Appuya sur l'interrupteur du convecteur électrique. L'envie d'un verre le ramena dans la cuisine. Il se versa une bonne rasade de whisky, l'avala cul sec, s'en servit une autre. Une sensation de chaleur se diffusa dans ses veines. Il se sentit mieux. Pas grave pour son honneur le juge Favre ! Cet enculé ne méritait pas de vivre, pas plus que d'entendre son histoire.

Il prit un feutre noir et traça une droite entre les cercles où étaient inscrits Cauchet et Favre sur la feuille A3 clouée au dos de la porte d'entrée.

Il éclusa la gorgée de Johnnie Walker, posa le verre sur la table et récupéra son sac de voyage. Le flyer avec les horaires de traversée vers Belle-Île depuis Quiberon pour le mois de mars se trouvait dans la pochette extérieure. Il sortit tout ce qu'elle contenait. Son regard se fixa aussitôt sur un emballage de yaourt qui n'avait rien à faire là. Le retourna.

Cher monsieur Follet, puisque c'est ainsi que vous vous êtes présenté à moi, l'homme qui m'a remis les pièces dans la sacristie n'était pas Danfert mais de Chorand, imprimeur et patron de mon père. Un autre nom à rajouter sur votre liste noire. Vous savez ce que j'en pense mais vous avez également le droit de connaître la vérité sur votre histoire. Je n'ai jamais su pourquoi cet homme en voulait à Lucien Riguier. Ce devait être important car je suis persuadé que l'évolution soudaine de mon père dans l'imprimerie est liée à ça. Ne vous laissez pas aveugler par la vengeance. Vous n'êtes pas un tueur. Seulement prisonnier de votre colère. Pardonnez le mal que j'ai fait par inconscience. Émile Cauchet.

Maudit curé !

Peut-être n'aurait-il pas dû laisser la chasuble dans le hangar. Une fois identifié, les flics allaient le traquer. L'empêcher peut-être d'aller jusqu'au bout de sa quête. Les images de Lucille allongée dans son cercueil l'assaillirent ; des larmes coulèrent dans sa barbe. Il ferma les poings, serra les mâchoires pour ne pas hurler. Il se servit un autre verre d'alcool. L'avala d'un trait.

Il alluma son ordinateur. Tapa « de Chorand ».

Au début du XIXe siècle jusqu'en 1935, l'imprimerie installée entre le château de l'Hermine et la rue Saint-Vincent est le plus gros employeur de Vannes avec deux cents salariés. Une époque où l'enseignement catholique s'affirme pour rivaliser avec le public. De Chorand devient éditeur et fournisseur quasi exclusif de manuels scolaires pour l'enseignement catholique.

De Chorand. D'où il sortait, celui-là ? L'emprisonnement de sa grand-mère Léonie concernait un vol chez les Danfert, alors pourquoi ce de Chorand, l'un des hommes les plus influents de Vannes à cette époque, aurait fait enfermer Lucien ?

Un gamin ! Il ne comprenait plus. Quel lien existait entre les Danfert et de Chorand ? Cauchet le savait peut-être. Il aurait dû le cuisiner davantage.

Au sujet de Danfert, Follet trouva quelques lignes dans la thèse d'un étudiant vannetais concernant les *Pilhaouaerien* et *Pillotous*, chiffonniers de Bretagne.

Ils parcouraient la campagne à la recherche de chiffons de tissus usagés, de chanvre ou de lin, principalement pour la fabrication du papier, mais pas seulement. Tout était bon à récupérer. Les soies de porcs et queues de chevaux servaient à faire des brosses, des blaireaux ou des pinceaux ; les peaux de lapins, de taupes, de chiens, de chats, de sauvagines à fabriquer des manteaux ; les os de toutes sortes pour la colle ; l'étoupe, filasse grossière de lin ou de chanvre pour calfater les navires…

S'ensuivait l'histoire du métier mentionné à Paris dès 1292 sous le nom de « loquetier ». Il parcourut les pages jusqu'à une liste d'établissements où figurait celui des Danfert.

Après quatre générations successives à la tête de l'entreprise, elle cesse son activité en janvier 1934 avec la mort d'Arsène Danfert…

Suicidé ! Sa femme et sa fille mortes et enterrées. Une sorte de punition ou de malédiction. Un peu comme chez eux, les Riguier. Peut-être que, depuis le début, son père faisait fausse route à propos des Danfert.

Follet stoppa ses recherches à deux heures avec l'idée d'aller dans la matinée faire un tour dans le quartier Saint-Patern. Les bars en particulier.

29

Le silence depuis la découverte de la voiture. Dur, assourdissant. Des heures d'angoisse. Oppressantes. Apnéiques.

Comme un feu intérieur, une douleur vorace les dévorait toutes les deux.

Germaine était restée avec Anaïs. Impossible de la laisser passer seule la nuit dans un tel état de stress.

L'attente. Horrible.

Pas faim. Café. Des litres de café.

Impossible de se concentrer sur quoi que ce soit. Impossible de dormir. Impossible de vivre dans l'instant.

Minuit vingt. Le portable dans la poche, elles sortirent sur la terrasse.

La respiration de l'océan. Dans les trouées du voile nuageux, des éclats de lune parsemaient la mer de reflets d'argent. Tout naturellement, elles prirent l'allée centrale vers le portillon donnant sur le GR34. Déclenchement de l'ouverture magnétique. Anaïs prit à droite avec l'envie de marcher jusqu'à l'endroit où la voiture de son père avait plongé dans la mer. Ses certitudes s'effritaient. Et s'il s'agissait malgré tout d'un suicide ? Son père était-il bien l'homme sans la moindre fêlure qu'elle imaginait ? Elle ne savait plus quoi penser.

Le crissement de la pierraille sous leurs pas, le souffle du vent sur leur visage, elles marchèrent côte à côte le long du mur de la propriété. Après une trentaine de mètres, une sonnerie lointaine immobilisa la jeune femme. Le téléphone fixe de la maison. Elle lâcha le bras de Germaine, rebroussa chemin, s'élança. La baie coulissante de la salle à manger légèrement entrouverte en visuel, elle s'arracha sur le terrain escarpé. L'arrêt de la sonnerie à l'ancienne l'éteignit d'un coup. Jambes coupées, vidée, le souffle court. Des larmes aux yeux, elle s'immobilisa, jambes fléchies, mains sur les cuisses. Peu de gens connaissaient ce numéro en liste rouge. Des proches uniquement. L'espoir que la personne allait rappeler l'amena jusqu'à la terrasse.

Sans chercher à suivre la jeune femme, Germaine revint aussi sur ses pas. Surgie de l'obscurité, une silhouette sombre la tétanisa près du portillon. Le direct en plein visage lui brisa le nez. Elle tituba en arrière, s'écroula dans les bruyères. Terrifiée, elle rampa comme une folle vers les broussailles pour échapper aux coups. Bascula soudain. Dans un geste réflexe, ses doigts agrippèrent une touffe d'épines noires. Elle leva les yeux sur l'ombre qui se tenait debout, les bras levés, une pierre dans les mains. Elle lâcha prise. Le vide la happa, l'écume, les remous l'engloutirent.

Anaïs entra dans le séjour, retira le combiné de son socle, regarda le numéro du dernier appel. Le portable de son père ! La stupeur lui dessécha la bouche. Le pouls en accéléré, elle appuya sur la touche rappel. Entendre la sonnerie la fit espérer. Elle insista. Se déplaça jusqu'à la baie entrouverte.

Elle ne les entendit pas tout de suite, quatre notes de piano perdues dans le roulement des vagues. Avec une lenteur infinie, elle s'avança sur la terrasse. Son regard se fixa sur le portillon. Les massifs du jardin lui semblèrent soudain plus sinistres, malveillants. Presque hostiles.

La jeune femme appuya sur un interrupteur encastré dans la façade en pierre du pavillon. Le parc s'éclaira. Un univers d'ombres et de lumières douces. À peine plus accentuées sur les allées larges, sinueuses, pavées de petits blocs en béton rouge bordeaux.

Elle cessa de respirer, décortiqua les bruits environnants. Plus de sonnerie. Elle porta le combiné à son oreille. La respiration rauque sifflante qu'elle entendit lui serra le cœur.

— Papa !

Un bruit ramena son attention sur le portillon donnant sur le GR. Une forme entravait le seuil. Un corps allongé, immobile, un vêtement beige à carreaux.

Elle fronça les sourcils, plissa les yeux. Le manteau de son père ! Elle posa le combiné sur le meuble, dévala les quelques marches de la terrasse, coupa à toute allure à travers le parc. Un massif de rhododendrons lui bloqua la vue. Trois ou quatre secondes. Cinq peut-être. Le corps, le manteau…

Disparus. Rien qu'une porte grande ouverte sur la nuit, l'océan. Encore quelques foulées…

Mamy Germaine ! De l'angoisse plein les veines, des larmes dans les yeux, elle déboula sur le sentier côtier. Un mouvement à sa droite. Pas le temps de se protéger. Sa tête ballotta sous la frappe. Elle s'écroula, inconsciente.

30

Follet dormit peu.

Il se leva à 8 heures, prépara un café bien fort. En attendant qu'il coule, il regarda les infos sur son portable. Plusieurs articles parlaient de la disparition du juge Favre, de la découverte à marée basse de la DS5 au pied des falaises du Grand Mont, de l'absence d'indice. Aucune déclaration de sa fille, Anaïs. Pas d'hypothèse retenue par la police. En clair, le flou le plus total entourait l'affaire.

Parfait. Ça lui laissait du temps pour réfléchir. Danfert suicidé ! Il n'en revenait pas. Loin de l'homme froid comme un pic à glace que son père lui avait décrit. Bien plus à l'image des propos de Ferdinand. « Monsieur et madame sont des gens bien. Pas le cas de tout le monde… »

Peut-être que la racine du Mal se trouvait ailleurs.

Peut-être même n'existait-elle pas, n'avait existé que dans sa tête.

Peut-être avait-il modifié l'histoire et la haine de son père pour les faire siennes.

Peut-être n'était-ce qu'un cauchemar. Ou un karma de merde qui ne cesserait qu'à l'extinction de la lignée des Riguier.

Peut-être. Le doute sapait ses certitudes.

Qu'importe si son père avait fait fausse route. Lui ne s'était pas trompé sur Cauchet ni sur son honneur le juge Favre.

Il tapa *de Chorand*. Au bout d'une heure, il avait bu toute la cafetière et rien trouvé sur le Net qui reliait Danfert et de Chorand. Maudit curé ! Ça ne changeait rien à ses plans.

Un rapide coup d'œil au ciel l'incita à descendre à pied. Un petit kilomètre jusqu'au quartier Saint-Patern. Le plus ancien de Vannes, cœur de la ville romaine. Il parcourut l'avenue Saint-Symphorien, foula les pavés de la rue de la Fontaine, ceux de la ruelle du Recteur. Il laissa sur sa droite l'église Saint-Patern, poursuivit rue de la Tannerie jusqu'à la rue du Maréchal Leclerc.

Ses yeux se posèrent aussitôt sur l'ancien hôtel particulier de la famille Danfert. La demeure n'avait probablement pas changé. Il imagina son père dans l'ancienne rue du Roulage, le cœur plein de haine et de rage, frappant ses galoches sur les pavés.

Il remarqua la plaque de médecin fixée près de la porte. Son regard fila par-delà le portail en fer forgé à barreaux, glissa sur une cour gravillonnée, un jardin d'ornement avec des poteries en céramique émaillée bleu nuit. Des images de Ferdinand raccompagnant Lucien lui vinrent à l'esprit. De l'imaginaire. Rien que de l'imaginaire.

Il entra dans le Bar de la Préfecture, s'installa au comptoir, commanda un chardonnay.

Tenta d'engager la conversation avec le patron :

— Bonjour, vous êtes originaire du quartier ?

— Pas du tout.

Follet poursuivit malgré tout :

— Mes grands-parents ont habité rue de la Fontaine et je cherche quelqu'un qui pourrait me parler du quartier.

L'homme se tourna vers le fond de la salle, héla quelqu'un :

— Crazu !

Une tête dégarnie se redressa à une table près de la fenêtre. L'interpellé se leva, s'avança vers le bar.

— Si c'est pour un godet, c'est pas d'refus.

La voix éraillée par la clope, petit, chétif, Crazu s'accouda au zinc.

Follet le salua.

— Le godet, c'est pour moi. Vous êtes originaire de Saint-Patern ? Mon grand-père travaillait à la tannerie.

— Chez Danfert ?

— Ouais. Ça remonte aux années trente. Qu'est-ce que vous prenez ?

— Comme d'hab.

— J'écris un peu. Enfin, je rassemble des trucs sur la famille. Excusez-moi, je ne me suis pas présenté. Claude Follet.

— Les années trente ! Faut voir le tonton Célestin. Quatre-vingt-onze ans mais toute sa tête. Il vit à la maison de retraite de Beaupré Lalande, près du parc de Valembois.

Follet eut une moue d'ignorance. Crazu prit le verre qu'on venait de lui servir, trinqua.

— Vous avez un GPS sur votre voiture ?

— Je suis à pied.

— Pas grave, c'est facile. À la sortie du bar, à gauche jusqu'au boulevard de la Paix.

À grand renfort de gestes, le pilier de comptoir détailla la route à suivre.

— Là, vous prenez à droite et ensuite à gauche avenue du Général Delestraint. Le tonton sera ravi. Il a pas beaucoup de visites et il adore parler du vieux temps.

— Même aujourd'hui ?

— Le matin, le personnel n'aime pas trop. Mais pour une fois…

Crazu avala son godet cul sec.

Follet lui en proposa un autre qu'il accepta.

— Alors comme ça, vous écrivez ?

— Une thérapie genre « qui suis-je, où vais-je »

— Dans quel état j'erre, où cours-je ? Ben moi, j'me pose pas de questions existentielles. Aujourd'hui, j'suis là. Demain, on verra.

— Moi, je serai au boulot. Bercy. Ministère des finances.

Léger flottement. Le sentiment d'infériorité créait souvent ça.

— Vous êtes sûr que ça ne va pas déranger le tonton ?

— Certain. Chambre 36 au premier étage.

— Génial. Merci encore.

Follet régla les tournées, salua le patron d'un geste de la main et quitta le bar.

31

Violent mal de crâne.

Anaïs ouvrit les yeux. Noire, envie de vomir. Elle ferma les paupières, porta une main à sa tempe gauche.

Quatre notes de piano. Le manteau pied-de-poule… Les souvenirs l'assaillirent. La décharge d'adrénaline la submergea. Picotements dans la bouche, tachycardie. Elle rouvrit les yeux, ne vit rien. Une obscurité profonde l'entourait. Elle palpa son corps, reconnut sa doudoune au toucher. Des sangles, en travers de la taille, autour du cou. Une troisième lui ligotait les chevilles. Impossible de bouger. Ses doigts suivirent la structure en métal. Des tubulures. Le galbe d'une roue… Elle était attachée à un brancard à roulettes dans sa position haute. Elle tendit les mains, les promena autour d'elle. Ne trouva rien. Pas même le sol.

Le souvenir du manteau de son père posé au milieu du GR34 la fit éclater en sanglots. Que lui était-il arrivé ? Et à mamy Germaine ?

Que se passait-il autour de sa famille? Où se trouvait-elle?

Un léger bruit la mit en apnée. Elle tendit l'oreille. Cela provenait d'au-dessus d'elle. Un roulement lent, très lent.

Silence. Impossible de percer les ténèbres. Une odeur, ou plutôt un parfum subtil, imprégnait l'endroit.

Une musique puis une voix d'homme au timbre grave, aux intonations sirupeuses lui parvinrent assourdie. La chanson passa en boucle sans qu'elle puisse en comprendre le moindre mot. L'air ne lui rappelait rien si ce ne fut peut-être un rythme ancien. Elle devait se trouver dans le sous-sol d'une maison. Une cave sans ouverture.

Ses doigts suivirent la lanière qui lui ceinturait le corps, cherchèrent une boucle, un nœud. L'extrémité de son majeur sentit le froid d'une pièce de métal. Les yeux fermés, elle tendit les bras à s'en faire mal.

Une lueur blanchâtre traversa ses paupières closes. Elle ouvrit brusquement les yeux. Une silhouette se découpait dans l'embrasure de la porte éclairée par-derrière. Une ombre mince vêtue de noir. Ses yeux clairs pour ne pas dire blancs brillaient comme des gemmes dans les trous du masque de cuir qui recouvrait sa tête. La lumière s'éteignit. Les ténèbres se refermèrent sur eux. Une peur indicible emprisonna Anaïs. Terrorisée, elle se mit à geindre. De ses mains libres, elle balaya l'espace autour d'elle pour repousser son ravisseur. Elle l'imaginait là tout à côté. Peut-être voyait-il dans le noir. Peut-être… Personne ne l'approcha. Personne ne l'agrippa. Elle cessa de fendre l'air de ses bras, de gémir. Elle laissa pendre ses bras le long de la structure du chariot et pleura sans bruit.

Les premières notes de l'intro musicale lui parvinrent cette fois plus nettes. Probablement grâce à la porte ouverte ; puis l'envoûtante voix de velours s'éleva :

Quoi de plus doux, de plus tendre,
Que le cœur d'une maman !
Qui donc sait mieux nous comprendre
Et calmer tous nos tourments.
Vers celle qui m'a donné le jour
S'en va mon refrain d'amour
Maman, c'est pour toi seule que, ce soir, je chante !
Maman, toi dont la grâce et la douceur m'enchantent !

La sienne les avait quittés quand elle avait six ans. Un samedi ensoleillé. Ensoleillé ou pas, le samedi, son père ramenait toujours des gâteaux en revenant du bureau. Son premier poste comme juge au tribunal d'instance de Créteil. Il travaillait beaucoup. Tout le temps. Parfois le dimanche. Pour faire son trou comme il disait. Sa mère restait à la maison, ne s'occupait pas de grand-chose. L'ennui lui prenait beaucoup de temps. Ses vies ne lui plaisaient pas, ni sa vie de femme, ni celle de mère. Ses espoirs d'une existence dorée avaient disparu aussi vite qu'une goutte d'eau dans le désert. Sa toquade d'étudiante passée, elle vivait avec des regrets. Le jeune et brillant avocat l'avait bercée d'illusions. Après quelques mois de vie commune, l'homme trop sérieux, trop étriqué, sans étincelles dans le regard ne la faisait plus rêver. Même plus rire. À vrai dire, il l'ennuyait à mourir. Toujours le travail, les dossiers. Imaginer que sa vie ne serait que le recommencement du rituel de la veille, que le samedi serait le jour sacré de la récompense ultime. Un éclair au chocolat pour elle, au café pour lui. L'horreur. Elle voulait vivre avec un grain de folie dans la tête.

Ce samedi-là, elle avait ouvert le carton de pâtisseries… Anaïs s'en souvenait. À six ans, on ne se rappelle pas de tout mais certains moments restent gravés dans la mémoire de manière indélébile. Jusqu'aux détails. Sa mère avait lentement ouvert la boîte pâtissière rose sur les côtés, blanche avec des tartelettes aux fraises sur le dessus, l'avait refermée avec la même lenteur. Le visage fermé, les yeux inexpressifs comme s'ils fixaient le vide, elle avait regardé son père. Quelques secondes. Quatre ou cinq tout au plus. Son regard avait glissé sur elle, puis elle était sortie. Sans rien prendre. Magnifique dans sa robe courte à boutons en vichy rouge et blanc.

Partie pour un éclair au chocolat. Une envie de légèreté, d'un brin de folie. Pour un homme dont elle ignorait tout ou presque, qu'elle n'avait rencontré que peu de fois. Pas besoin de plus, une évidence. Il s'appelait David. Un peintre, un artiste, haut en couleur. Intuitif, libre, excessif. La folie passagère. L'une des figures importantes du courant néoexpressionniste de la scène new-yorkaise. Célèbre, mondain, riche.

Plus rien n'avait d'importance. Ni sa fille et encore moins son mari. Elle les avait quittés. Comme ça. Un choc, une séparation brutale, douloureuse, très mal vécue par son père. Il avait tenu pour Anaïs. Des mois de souffrance avec pour décompensation des journées interminables qu'il poursuivait chez lui, la nuit, le week-end. Le travail, les dossiers et Anaïs. Pas de femme. Bannie de sa vie jusque dans ses pensées.

De sa mère, tous deux n'en parlaient jamais. Pas de photos pour s'en souvenir. Parfois, son visage s'estompait, s'évaporait dans les méandres de sa mémoire. Elle fermait les yeux, se concentrait pour la faire renaître un court instant comme un mirage.

Elle ne lui manquait pas. Sauf à cet instant. Sûrement les mots de la chanson. Sans se souvenir du nom du chanteur, elle savait qu'elle avait déjà entendu cette voix. Les instruments, les accords, la voix sirupeuse lui firent penser à une chanson d'avant-guerre. Après quelques minutes, le chant s'atténua pour ne plus être qu'un brouhaha assourdi dont les vibrations se répercutaient dans le plancher béton qu'elle avait brièvement vu quand la porte était ouverte. Le même que dans sa maison.

La migraine lui cadenassait la tête. Elle se boucha les oreilles avec ses index, s'efforça de respirer lentement, de se calmer, de contrôler la peur qui l'étreignait, la rendait folle. Cela dura quelques secondes avant qu'une nouvelle vague d'angoisse ne l'étreigne. Elle tenta fébrilement de desserrer la sangle qui lui ceinturait le cou. S'énerva. Désespérée, elle frappa du poing sur les rebords du matelas et éclata en sanglots.

32

Dimanche 10 mars 2013, 8 h 45

Sans Sucre raccrocha le téléphone à l'instant où Le Maoût se pointa dans son bureau avec deux cafés. Il en déposa un sur le bureau de son équipier.

— Salut ! La nuit a été bonne ?

— La tienne aussi, apparemment. Ça fait plaisir.

— Ben quoi ?

— Ben rien. Ça fait plaisir. Aucune nouvelle de Favre. Je suis sûr que c'est le suivant après Cauchet. Il faut identifier son ADN et le comparer à celui retrouvé sur la combinaison du fourgon.

Le Maoût hocha la tête, regarda sur son portable.

— J'ai reçu la liste des paroisses où le père Cauchet a exercé son ministère. Elven de 1948 à 1954, Theix jusqu'en 61, Blain jusqu'en 73 et ensuite Saint-Similien pendant trente ans jusqu'à sa retraite. S'il a des cadavres dans les placards, les langues devraient se délier.

— Pas sûr. C'est douloureux de parler de ça. Honteux même.

— On verra ce que la rumeur ramènera. Il n'y a jamais de fumée sans feu.

Sans Sucre prit son gobelet de café.

— Je reste convaincu que l'iconographie a été posée sur le cadavre pour nous indiquer que c'est à Vannes dans le quartier de Saint-Patern qu'il faut chercher.

— Il n'y a jamais été prêtre.

— Enfant de chœur d'après le curé de Saint-Similien.

Le Maoût fit défiler ses contacts sur son portable, appuya sur une touche.

— Donc plutôt du côté des victimes que des prédateurs… Allô ! Le Maoût, DIPJ… Bonjour, monsieur le substitut. Les analyses ? Rien pour l'instant. C'est à ce propos que je vous appelle. Avec le lieutenant Longuet, nous aimerions effectuer un prélèvement d'ADN chez le juge Favre. Ah ! Très bien, j'attends votre appel.

Le policier éteignit le mobile, avala une gorgée de café.

— Le chef l'avait appelé hier soir à ce sujet mais il veut l'aval de Jeannès.

— Comment va Rita ?

— Elle s'est mis en tête de refaire la déco de l'appart. Elle a commencé par la chambre pour se faire la main. Couleur sang de bœuf.

— Vous allez être excités comme des bêtes.

— C'est juste un panneau. On s'est fait un chinois hier soir ; Le Nantes Asie, tu connais ?

— Non. Avec les filles, c'est Mac Do. On a dû les faire tous. C'était bien ?

— Sympa. En attendant la réponse de Jeannès, je me rencarde sur les affaires instruites par Favre.

Sans Sucre se leva.

— Moi, je file au Bon Pasteur.

33

La maison de retraite du Bon Pasteur se trouvait dans le quartier Saint-Donatien à cinq minutes du commissariat central. Sans Sucre prit la rue du Haut-Moreau à sens unique. Dans une trouée de l'enceinte en pierre qui entourait la propriété, un portail métallique bleu ciel avec un panneau « Accès véhicules » était ouvert.

Le policier se gara sur le parking et marcha vers un mur-rideau vitré abrité sous une large casquette en béton. Une porte automatique s'ouvrit devant lui. Le hall d'accueil était vaste, haut de plafond, très haut, comme une chapelle. Lumineux. Très lumineux. Pas de place à l'obscur dans un lieu d'accueil pour des hommes d'Église. Un havre de paix et de sérénité avant la vie éternelle. Le regard de Sans Sucre glissa sur les fauteuils, les canapés taupe et prune disposés autour de la table basse en verre. Les tableaux sur les murs blancs, les objets décoratifs et les livres posés sur leurs étagères. Une porte s'ouvrit dans son dos.

— Bonjour, monsieur. Vous cherchez ?

Grand, le crâne dégarni, des lunettes à monture fine en acier sur un visage éthéré, l'homme portait un costume gris bien taillé. Sans Sucre pensa qu'il collait parfaitement au décor. Il sortit sa carte de police.

— Bonjour. Lieutenant Longuet, police judiciaire. J'aurais aimé voir quelqu'un de la direction.

— Gilles Quéré, directeur.

— Enchanté. Puis-je accéder au logement de l'abbé Cauchet ?

— Bien sûr. Quelle sinistre affaire !

Le policier se retrancha derrière son droit de réserve, demeura silencieux. Après une seconde de flottement, le directeur bougea.

— Je vous accompagne.

— Rien n'a été touché depuis hier ?

— Pas que je sache. Pierre, son frère, y est en ce moment.

— Dans le logement ?

— Exactement. Le mobilier reste à la communauté mais la famille peut, si elle le souhaite, récupérer le reste. Nous recevons un autre résident dès demain.

— Sauf si nous jugeons devoir mettre des scellés pour les besoins de l'enquête.

L'ascenseur les conduisit au second étage face un long couloir impersonnel. Sol PVC vert pomme, murs coquille d'œuf. Un petit dégagement au droit de l'entrée de chaque logement. Le directeur frappa à la porte et entra sans attendre une réponse.

Le frère de l'abbé ne s'y trouvait pas. Il s'en excusa presque.

— Monsieur Cauchet connaît plusieurs de nos pensionnaires et…

— J'aimerais beaucoup lui parler.

— Il doit passer à la direction pour signer quelques papiers, je le lui ferai savoir si vous ne l'avez pas croisé entre-temps. Je vous laisse.

Sans Sucre remercia d'un signe de tête.

La chambre faisait une vingtaine de mètres carrés. Coincé dans un angle, le lit, recouvert d'un coussin à l'effigie du drapeau breton et d'un ourson en peluche, laissait la plus grande place au bureau installé devant la fenêtre, à la commode avec les photos sépia, la radio posée sur le dessus et la petite table de salon ronde et ses deux fauteuils club. Une chambre d'EHPAD comme celle qu'avait occupée sa grand-mère. Plus propre, l'odeur de vieux en moins. Le directeur avait certainement raison, il ne trouverait rien qui puisse le mettre sur une piste. Qu'espérait-il ? L'antre du diable !

Il s'approcha du bureau, ouvrit l'album photo qui se trouvait sur le haut de la pile. Un léger frottement derrière lui le fit se retourner. Il eut l'impression de se retrouver en face de la victime tant la ressemblance était frappante.

Le policier referma l'album, se présenta.

— Arnaud Longuet, police judiciaire. Monsieur Quéré m'a autorisé et…

— Pierre Cauchet. Le frère cadet.

D'un geste de la tête, le vieil homme désigna les albums.

— Vous pouvez les prendre si vous le souhaitez à condition de me les rendre. Il faisait beaucoup de photos. Des films aussi. C'était un peu la mémoire de la famille. Enfin de la mienne puisque lui n'en a pas fait. J'ai été averti de sa mort par l'évêché, hier soir. En arrivant ce matin, on m'a dit que je ne le verrais pas, qu'il n'était pas décédé de mort naturelle. Peut-être allez-vous m'en apprendre un peu plus? Sans Sucre l'invita à s'asseoir dans l'un des fauteuils.

— Votre frère a été retrouvé mort dans l'église de Saint-Similien.

— Comment ça?

— Assassiné.

Des larmes brouillèrent les yeux du vieil homme. Il extirpa difficilement un mouchoir en tissu à carreaux de l'une des poches de son anorak noir, se moucha. Le policier hésita à poursuivre.

— Je ne suis pas certain que vous raconter cela est nécessaire.

— Je veux savoir. Une mauvaise rencontre?

— Compte tenu de la mise en scène autour du corps, il ne fait aucun doute que c'était votre frère qui était visé.

— Ça veut dire quoi?

Sans Sucre raconta en éludant les derniers instants de l'abbé. Le vieillard ne l'interrompit pas une seule fois. Son regard passait au-dessus du policier, fuitait par la fenêtre.

Sans Sucre enfonça le clou.

— Savez-vous si votre frère a été mêlé à une sordide histoire de pédophilie?

Incapable de répondre, Pierre Cauchet secoua la tête.

Le policier poursuivit:

— Le juge Favre vous rappelle-t-il quelque chose?

Nouveau mouvement de tête.

— Pour le meurtrier, votre frère est l'expression du mal, du diable.

D'une pâleur mortelle, le vieillard cligna plusieurs fois des paupières, se racla la gorge. Il marmonna comme pour lui-même les mots qui venaient de le toucher en plein cœur.

— Le mal, le diable…

— Est-ce que le visage d'un enfant terrorisé derrière une grille ou des punaises de lit vous ferait penser à quelque chose ?

Silence.

— L'église Saint-Patern ?

— Nous habitions ce quartier. Pourquoi ?

— Une iconographie de saint Patern était posée sur le corps de votre frère. Chaque détail de la mise en scène est un morceau de l'histoire que veut nous faire découvrir le meurtrier.

— On a quitté le quartier en juin 1934. Émile n'a plus fréquenté Saint-Patern. Il est parti en pension au petit séminaire d'Auray et revenait rarement à la maison. On s'est perdus de vue. De toute façon, on n'avait rien en commun. J'ai passé mon certificat d'études et je suis entré à l'imprimerie de Chorand où travaillait mon père.

— Son meurtre a pourtant un rapport avec l'église de Saint-Patern.

Le policier sortit un carnet, l'ouvrit au niveau du marque-page.

— *Lasciate Ogni Sperenza !* Ça signifie A*bandonner tout espoir*. C'est ce qui était écrit sous le visage d'enfant dessiné sur le dos de votre frère. Dessin que le meurtrier a recouvert d'un bout de grillage.

Le vieil homme ferma les yeux, renifla.

— Ça ne me dit rien. Pas plus que les punaises de lit. En juin 1934, Émile allait sur ses onze ans et moi je venais d'en avoir huit. Des gosses. Vous êtes venu pour quoi ?

— Chercher un indice qui nous orienterait.

— Une chose est sûre, mon frère n'aurait jamais fait de mal à un enfant. Et encore moins abuser de lui. Je vous laisse. J'habite Vannes et je veux rentrer avant midi. Vous trouverez mon adresse dans l'enveloppe glissée dans le premier album. Émile était un homme prévoyant.

L'octogénaire se leva, posa une main maigre et parcheminée sur la pile d'albums.

— Prenez en soin. J'y tiens beaucoup.

Le policier acquiesça d'un hochement de tête.

— Promis. Merci.

Il attendit d'être seul pour commencer la fouille. Elle ne donna rien. La piaule d'un vieux passionné de lecture. Des bouquins de curés : *Jésus. Le Christ, cet inconnu. Quand Jésus vivait parmi nous.* Lui lisait *Ça m'intéresse* ou *Sciences et vie.* Un peu déçu, il repartit avec la dizaine d'albums.

34

Follet mit une bonne demi-heure pour arriver à l'EHPAD de Beaupré Lalande. Avec le numéro de chambre, il n'eut pas besoin de questionner qui que ce soit. Il grimpa directement au premier. Chambre 36.

Assis dans un fauteuil roulant, le tonton Célestin écoutait la radio.

Follet ferma la porte, s'approcha, toussa pour signaler sa présence.

— Bonjour, Célestin.

Le vieil homme mit sa tête sur le côté pour distinguer le nouvel arrivant dont il ne reconnaissait ni la silhouette, ni la voix.

— Bonjour, Célestin, je viens de la part de Crazu, votre neveu.

— Ce bon à rien ! Qu'est-ce qu'il veut encore ? Des sous !

La voix aiguë du vieillard était légèrement tremblotante.

— Rien. J'effectue une recherche sur mes ancêtres et votre neveu m'a conseillé de venir vous voir. Peut-être avez-vous connu mon grand-père. Auguste Tréguer. Il a travaillé à la tannerie Danfert.

— Tréguer, vous dites ? Non, ça ne me dit rien.

— Il nous parlait toujours de l'odeur aigre et...

— C'est sûr que ça fouettait les narines. Mais c'est comme tout, à la fin on ne sentait plus rien. Moi, j'y ai travaillé jusqu'à la fermeture en janvier 1934. Monsieur Arsène ! Triste fin. Ça me fait encore mal au cœur. Votre grand-père est parti quand de la tannerie ?

— J'sais pas trop. Je crois qu'il n'aimait pas beaucoup son patron.

— C'était pourtant un sacré bonhomme et un bon patron. Il s'est suicidé le soir de Noël 33 et l'usine a fermé deux semaines plus tard.

Follet joua l'ignorant.

— Suicidé ?

— Après la mort de sa femme et de sa fille. Empoisonnées soi-disant par un type qui était à leur service. Ferdinand. Un blessé de 14. Arsène et lui avaient servi dans le même régiment d'infanterie. Il a perdu une jambe en sauvant la vie de son lieutenant.

— Danfert était son lieutenant ?

— Ouais. À la fin de la guerre, Arsène l'a embauché comme homme à tout faire. Nous qui le connaissions, nous n'avons jamais cru qu'il ait pu faire un truc pareil. Quinze ans qu'il vivait chez eux ! Il se serait fait cul-de-jatte pour Arsène.

— Ça s'est passé quand ?

— Je m'en souviens très bien. Une horreur pareille, ça vous colle au cerveau. Le 18 septembre 1933.

Elles sont restées malades dans la soirée du lundi. Ferdinand est allé chercher du secours chez les voisins. Elles sont mortes quelques heures plus tard à l'hôpital avant le retour d'Arsène. Parti deux jours pour ses affaires. Pauvre homme !

— Et ce Ferdinand ?

— Guillotiné un an plus tard à la maison d'arrêt de Vannes. Les gendarmes ont trouvé un flacon de digitaline dans sa chambre. Quand ils l'ont arrêté, paraît qu'il pleurait, gueulait que c'était l'œuvre du démon. Sûr que c'était pas lui le coupable. Un pauvre diable unijambiste, un fracassé de la guerre. Pas de famille… Il ne devait même plus se rendre compte de ce qu'il lui arrivait.

— Empoisonnées comment ?

— Dans un clafoutis aux mirabelles. Comme c'est elle qui avait fait le gâteau, la cuisinière a été aussi suspectée. Une sale histoire. La mort de Louise et Claire Danfert a bouleversé tout le quartier, je n'ai jamais vu autant de monde à des obsèques. Et votre grand-père n'aimait pas Arsène Danfert ?

— Il avait quinze ou seize ans. Il n'est pas resté très longtemps. Ensuite, il a passé quelques mois dans une imprimerie…

— Chez de Chorand ?

Follet hocha la tête.

— C'est ça.

— En 33, de Chorand et Danfert faisaient partie du petit cercle des hommes les plus riches et les plus influents de Vannes. En plus de l'imprimerie, de Chorand avait fait construire rue du Mené le premier « grand magasin » à l'image de ceux de Paris. De Chorand et Louise se voyaient souvent. Trop, selon certains. Il est vrai que vingt ans séparaient Louise et Arsène. Si sa fortune lui ouvrait toutes les portes et lui donnait accès aux cercles mondains de l'époque, Arsène restait un *pilhaouer* pour la plupart des gens qu'il fréquentait. De Chorand était plus jeune, cultivé, bel homme, quarante ans comme Louise. Béatrice de Chorand avait une bonne trentaine. Brune, magnifique. La beauté du diable. Eugène de Chorand l'a épousée contre l'avis général de sa famille. Un coup de foudre et puis la petite lui avait fait croire qu'elle était enceinte. Comme il était amoureux fou…

— Pourquoi la petite ?

— Béatrice avait à peine dix-huit ans.

Une nouvelle photographie de la famille Danfert et de leur environnement proche se révélait à Follet.

— Danfert aurait pu tuer par jalousie ?

— Je ne crois pas. Sur un coup de sang, il s'en serait pris à Louise, jamais à sa fille. Fallait les voir tous les deux. Quatre-vingts ans après, je reste convaincu que ni Ferdinand, ni Arsène n'auraient pu les empoisonner. Le poison c'est froid, rampant. Tout le contraire de ces deux-là.

Follet resta un instant silencieux avant d'exprimer le fond de sa pensée.

— Quand on est gosse, on peut interpréter bizarrement ce qu'on nous raconte. Mon grand-père m'avait, me semble-t-il, décrit un patron dur, tyrannique et vous, vous avez le souvenir d'un homme droit, généreux.

— Ce qu'il était.

— Qu'est devenu de Chorand ?

— Comme presque deux millions de soldats, il a été fait prisonnier en 40. Il est resté cinq ans en captivité dans un Oflag[13]. Quand il est revenu, Jules s'occupait des affaires. Vous prendrez peut-être un café ?

— Je ne veux pas abuser.

— J'ai rarement l'occasion de parler de cette époque.

— Quel âge avait le garçon ?

— Jules ? Comme moi, né en 21. Tout comme Claire Danfert. Tous les garçons en étaient amoureux. Seul Jules avait le privilège de la côtoyer.

— Eugène et Louise. Jules et Claire.

— C'est ça. Jules ne s'est jamais marié. Il est toujours resté avec sa mère.

— Et le père ?

— Mort. Début 47, je crois. Un accident de chasse. Une bénédiction pour la mère et le fils. C'était connu de tout le monde, les deux supportaient très mal son retour à la maison comme à la tête des affaires. Plus encore quand il s'est affiché en public avec la directrice d'un de ses magasins. En cas de divorce, Béatrice de Chorand perdait tout ou presque. Elle repartait comme elle était arrivée avec sa culotte et vingt-cinq ans de plus. Tout appartenait à Eugène. Sa mort les arrangeait tellement qu'il est étonnant que seule la thèse de l'accident ait été retenue par la police. Je suis persuadé qu'ils l'ont tué. Le Jules, je le connaissais à peine mais je le détestais. Un sale type. Des petits yeux noirs et froids de serpent. Et puis…

13. Camp réservé aux sous-officiers et officiers dans le nord-est de l'Allemagne.

Célestin s'arrêta, but une gorgée de café.

Depuis quelques minutes, Follet acquérait la certitude que quelqu'un avait manœuvré dans l'ombre pour faire renvoyer sa grand-mère et son père de chez les Danfert. Il attendit la suite du vieil homme.

— La mère et le fils se comportaient comme un couple. Il se disait qu'à l'extérieur de Vannes, ils se présentaient en tant que Monsieur et Madame de Chorand. Pendant la guerre, lorsqu'ils montaient sur Paris, ils allaient au Ritz. L'un des rares hôtels de luxe à être resté ouvert durant l'Occupation. Des officiers de la Wehrmacht, des collabos, des privilégiés de la jet-set y grenouillaient dans le confort des suites et des salons.

Au fur et à mesure de ses révélations, Célestin s'enflammait.

— Des pourris ! Béatrice et Jules de Chorand, la mère et le fils, couchaient ensemble et pactisaient avec l'ennemi.

Tremblant, le vieil homme acheva sa tasse de café, s'assit sur la chaise où il passait des heures entières accoudé à la table, tourné face au mur, les yeux clos. Perdu dans ses souvenirs. Il souffla.

— Des monstres.

Follet se retint de ne pas dévoiler la vraie raison de sa visite. La mémoire de Célestin semblait intacte. Il pouvait certainement en apprendre plus.

— Enfant, il était comment, Jules de Chorand ?

— Il n'habitait pas le quartier Saint-Patern. Il n'allait pas l'école. Pour rester dans les jupes de sa mère, monsieur avait un précepteur particulier. Avec son père, il venait souvent chez les Danfert. Toujours fourré avec Claire.

Toujours fourré avec Claire !

Jules de Chorand ! Le serpent.

— Et le jour où Louise et Claire ont été empoisonnées…

— Ce taré de Jules en était capable mais pourquoi l'aurait-il fait ? Il était fou amoureux de la petite.

— À douze ans, on a tous eu des amourettes.

— Une amourette ! Jules était obsessionnel, possessif. Un malade. Un vrai psychopathe. Et sa tordue de mère n'a rien fait pour que ça s'améliore.

— Il est mort ?

— La vermine, ça crève pas. Le Jules possède des propriétés un peu partout. Paris. Ajaccio. Belle-Île-en-Mer. Sa mère était de là-bas. Elle y est d'ailleurs enterrée. Et vous, vous habitez où ?

— La région parisienne. Je pense revenir vers Vannes. Toute ma famille est ici.

— Je connais pourtant la plupart des vieilles familles vannetaises mais Tréguer, ça ne me dit rien.

« Et si je vous disais Riguier ? » Bien que ce fût au bord de ses lèvres, Follet s'abstint.

Il était temps de s'éclipser, la conversation allait devenir plus personnelle. Il avala son café, posa sa tasse sur l'évier.

— Merci. Je pars avec une tout autre idée sur mon grand-père, le quartier, la famille Danfert.

— Très content de votre visite. Ça m'a fait plaisir de partager ces souvenirs. C'est pour un livre ?

— Des petites histoires où on retrouvera mes aïeux, mes parents.

— C'est important de savoir d'où on vient et de laisser une trace.

Follet prit la main de Célestin, la serra avec gratitude.

— Merci encore.

Quelques secondes plus tard, il se retrouva dehors. Perturbé. Le récit de Célestin lui emplissait la tête. Tout en marchant vers chez lui, il ne pensait plus à son histoire mais à celle des Danfert. Tous morts… Même Ferdinand. Un éclat de lucidité l'arrêta net. Il fit brusquement demi-tour, courut jusqu'à l'EHPAD, déboula dans la chambre de Célestin.

— Désolé, je…

— Vous avez oublié quelque chose ?

— C'est un peu ça. Combien y avait-il de domestiques chez les Danfert au moment de l'affaire ?

— Trois. Ferdinand. Jophine, la cuisinière, et Léonie, la femme de chambre.

— Vous en parlez comme si c'était hier.

— Les souvenirs, je n'ai plus que cela pour tromper un peu ma solitude d'aveugle. Et puis, mon père entretenait une partie du parc. Il taillait les arbres, greffait les fruitiers. Alors, vous pensez bien que je connaissais tout le monde.

— Savez-vous ce que Jophine et Léonie sont devenues ?

Le vieil homme répondit sans avoir besoin de réfléchir.

— Trois ou quatre jours avant le drame, Léonie a été mise à la porte et emprisonnée aussitôt pour avoir volé des bijoux. C'est tout ce que je sais. Jophine a brûlé avec sa famille dans l'incendie de leur maison.

Comme si une idée venait de le troubler, Célestin s'interrompit soudain. Une ombre voilait son visage lorsqu'il reprit son récit.

— Pour la première fois, quatre-vingts ans après, je viens de me rendre compte que le doigt du diable s'était posé sur la maison d'Arsène.

— Exactement. Tous morts. Les Danfert comme les domestiques.

Le vieillard hocha tristement la tête.

— Le plus étrange, c'est que Trémeur, un clodo du quartier, aurait raconté qu'il avait vu un rôdeur autour de la maison la nuit de l'incendie.

Un moment de silence accueillit la révélation.

— Des monstres ! rajouta Célestin.

— Qui ça ?

— Qui ? Béatrice et Jules de Chorand ! Des monstres, je vous dis.

— Jules n'avait que douze ans !

— La valeur n'attend pas le nombre des années. Il avait le Mal en lui. Je ne sais pas pourquoi le fils ou la mère en voulait à Louise et à Claire mais je mettrais ma tête sur le billot que ce sont eux les coupables. Si Arsène était absent, Eugène en a certainement profité pour aller courtiser Louise. Jules l'accompagnait et… De penser que le Jules vit toujours, ça me tord le ventre.

— Pourquoi les gendarmes n'ont rien trouvé si cela vous paraît plausible aujourd'hui ?

— Pourquoi ? Parce que de Chorand côtoyait les ministères comme moi le boucher du coin. Vous n'auriez pas dû revenir. Ces salauds vont me hanter. Pourquoi vous vous intéressez tant à la famille Danfert ?

— Parce que Léonie était ma grand-mère. Elle n'a jamais volé ses patrons et elle est morte en prison. Et maintenant tout comme vous, de penser que Jules de Chorand est toujours vivant ça me tord le ventre. Au revoir, Célestin. Ne vous tourmentez pas trop. Même les monstres meurent un jour. Merci pour tout.

Follet rentra directement chez lui, prépara sa valise.

Son objectif se trouvait à Belle-Île-en-Mer.

35

Quand elle ouvrit les yeux, une clarté grise délayait les ténèbres. Elle se tordit le cou pour découvrir sa geôle. Des murs en parpaings, un sol carrelé. Une sorte de cave avec, devant elle, une porte en métal noir entrouverte sur une cage d'escalier. Une cuve à fioul et un grand panneau à outils – tournevis, clés, pinces, tenailles, marteaux, scies – occupaient la paroi à sa droite. Celle de gauche était quasi nue, portant simplement trois patères alignées côte à côte et où étaient suspendus une tenue de travail grise, un tablier de jardinier et une paire de cuissardes de pêche. L'apparition fantomatique de son ravisseur, là, juste derrière elle, lui arracha un cri de frayeur, suivi d'un flot rageur de questions mêlées de sanglots.

— Qu'est-ce que vous me voulez ? Qui êtes-vous ? Où est mon père ? Pourquoi aviez-vous son manteau ?

Le fantôme approcha un potelet circulaire à l'équilibre instable, déposa un verre sur le dessus.

— Si vous avez soif, murmura-t-il.

Une voix étrange à l'image de l'inquiétant personnage.

La bouche pâteuse, la gorge sèche, Anaïs se retint de ne pas se précipiter sur le verre. L'inconnu sortit de la pièce, referma la porte. Nuit. Noire.

Sans attendre, la jeune femme tendit une main, la déplaça délicatement dans les ténèbres. Saisir le verre à pied lui fit oublier un très court instant ses tourments. Elle releva un peu la tête, pencha le verre, l'amena à sa bouche, s'étonna de ne pas renverser la moindre goutte. Elle plongea un doigt. Vide. L'enfoiré de pervers ! Que voulait ce taré ?

Un frisson lui hérissa les chairs. Elle croisa les bras sur sa poitrine pour se protéger du froid et pleura sur son sort, sur son père, sur Mémaine.

Dans le silence, la chanson lui parvint assourdie.

Quoi de plus doux, de plus tendre,
Que le cœur d'une maman !

36

Sans Sucre déposa les albums sur son bureau. Ils étaient classés par ordre chronologique avec un soin méthodique. Les deux premiers clichés dataient de décembre 1922. Le mariage des parents. Un premier album, jusqu'en 1939, rempli de portraits et de photos de famille signés du même photographe. Le second débutait en 1941. Des photos en noir et blanc. Des visages, des monuments, des paysages avec au dos une date, un lieu, parfois des noms. Seule sur sa page, l'une d'entre elles l'arrêta immédiatement.

Un haut mur percé de deux ouvertures plein cintre juxtaposé. Un portail et une porte piétonne. Tracée au-dessus des voûtes, une inscription en lettres noires écaillées sur fond blanc *Maison d'Éducation Surveillée*.

Le policier extirpa fébrilement la photo de sous sa protection transparente, la retourna.

5 juin 1949. Domine dimitte mihi propter quod feci translationem.

À la lecture de la traduction, son pouls s'accéléra.

Seigneur, pardonne-moi pour ce que j'ai fait.

Après quelques minutes de recherches sur le Net, il obtenait la liste des Maisons d'Éducation Surveillée réparties dans toute la France. La plupart étaient d'anciennes colonies pénitentiaires pour mineurs. L'une d'elles retint son attention.

Belle-Île-en-Mer (Morbihan).

Il lut rapidement l'historique – *La colonie pénitentiaire agricole et maritime de Belle-Île-en-Mer est un établissement public créé par décision ministérielle du 29 mai 1880, dans les bâtiments de Haute-Boulogne... Fermée définitivement en 1977* –, abandonna pour cliquer sur *Images*. Plusieurs photos d'époque illustraient l'établissement. Il les fit défiler, s'arrêta sur l'une d'entre elles. Le cliché l'enfiévra aussitôt.

Colonie Agricole et maritime

Départ pour la pêche sous la pluie.

Aucun doute, l'endroit était le même. La photo prise devant le portail et la porte en voûte montrait une dizaine de colons équipés de vestes ou de capes imperméables, de chapeaux à large bord pour affronter le mauvais temps.

Des gamins !

L'enfant derrière les barreaux dessinés sur le dos de l'abbé représentait à n'en pas douter l'un de ces gamins enfermés dans la colonie pénitentiaire de Haute-Boulogne. Un endroit sordide où les punaises de lit devaient grouiller. Tout collait.

Excité par sa découverte, il s'empressa vers le bureau de son équipier.

— Je crois que j'ai une piste.

Il raconta sa rencontre avec le frère de l'abbé Cauchet. La photo sur le bureau, il débriefa sur ses déductions.

Le Maoût hocha la tête.

— Ça se tient. Une affaire de gamin ! C'est quoi cette colonie ? Jamais entendu parler.

— Moi non plus, alors que je suis d'ici. Il y a des trucs sur le Net.

Le Maoût pianota sur son clavier.

Les deux policiers parcoururent plusieurs fichiers en silence. Le visage grave, effaré par ce qu'il venait de lire, Sans Sucre se redressa.

— Dingue, cette histoire. Pas que des voyous, des gosses abandonnés par les parents, des orphelins ! Un bagne pour enfants. Fermé définitivement en 1977. J'appellerai demain. Cet après-midi, j'irais bien ramener les albums au frère Cauchet et discuter un peu avec lui.

— Je t'accompagne. On a l'autorisation du proc pour faire le prélèvement ADN chez Favre. Jeannès a prévenu les collègues de Sarzeau. Aucune trace du juge et pour l'instant, la voiture n'a rien révélé.

Le Maoût regarda l'heure.

— Je vais manger. On se retrouve à 13 h 30 ?

— Moi, je reste là.

— Je t'aurais bien invité mais je ne suis pas sûr que Rita ait préparé à bouffer.

— T'inquiète. Au Waldeck, Norbert me fera bien un sandwich. Sacré Ludo ! Toujours à fond. Faudra quand même desserrer un peu les menottes.

— Pourquoi ? C'est génial de vivre ça.

— Sûrement. Tu l'embrasses.

— Ça marche. J'y vais.

Sans Sucre sortit avec lui, regagna son bureau avec l'impression d'être un vieux de la vieille alors qu'il n'avait que trois ans de plus que Le Maoût. Sûrement le fait d'être marié depuis quinze ans, d'avoir quatre enfants. Des filles ! Rien que des filles. Pas grave, elles aimaient le foot et les Canaris. Il fit plusieurs photocopies du cliché recto verso, le remit à sa place, feuilleta rapidement le reste sans rien trouver d'intéressant.

Il enregistra sur son portable les coordonnées de Pierre Cauchet trouvées dans l'enveloppe scotchée au premier album, composa le numéro.

37

Dimanche 10 mars, 14 h 15

Follet tenait absolument à embarquer sur le *Vendilis* à 14 h 15 avec une arrivée prévue à 15 h 10 au port du Palais. À cette époque de l'année et hors vacances scolaires, il n'eut même pas à attendre sur le boulevard d'Hoëdic ni sur les quais pour accéder à la zone d'embarquement. Son fourgon garé sur le pont principal, il s'installa sur le pont supérieur. Malgré la grisaille et l'humidité ambiante, il préférait le grand air et les embruns au confort du salon quasi désert.

Assis sur l'un des sièges coque, l'esprit tourmenté, il regardait sans voir. Impossible de ne pas penser à son père, Lucien, enfermé quatre-vingts ans plus tôt, dans le petit salon de l'*Émile Soulacroup*. Les poignets menottés, coincé entre deux gendarmes moustachus en route pour le bagne de Belle-Île. Impossible aussi de ne pas ressasser tout ce que le vieux Célestin venait de lui apprendre.

À l'origine, sa liste noire comprenait cinq noms : Danfert – Cauchet – Favre – Le Guennec – Kerjouan. Joël Le Guennec, le seul petit-fils du Brisou vivant sur l'île, et le fils d'Amédée Kerjouan, le meilleur chasseur de prime. Dix enfants ramenés à Haute-Boulogne. Deux cents francs. L'équivalent d'une semaine de boulot gagné en une nuit, le fusil à la main.

À quelques milles de Belle-Île, seul Jules de Chorand occupait ses pensées. Le serpent. Le Mal.

Dès son arrivée sur l'île, il prit la rue Jules Simon à la recherche d'un panneau *Mairie*. Un peu au hasard, il longea les quais jusqu'au pont Orgo et prit à gauche dans la rue Joseph Le Brix. Assorties aux teintes pastel des façades, les couleurs vives des volets à battants ponctuaient joliment la rue étroite à sens unique.

Follet se gara sur la place de l'hôtel de ville, sortit de son véhicule et s'empressa dans le passage voûté qui conduisait à l'entrée du bâtiment.

Sa déception fut à la hauteur de son impatience. *Ouvert du lundi au vendredi de 8 h 30 à 12 heures.* L'enseigne « Hôtel du Commerce » guida ses pas vers l'établissement.

À cette heure, le bar était désert. Il s'adressa à l'homme derrière le comptoir.

— Excusez-moi de vous déranger… Comme la mairie est fermée, je…

— Si je peux vous être utile.

— Jules de Chorand, vous connaissez ?

— Une grande maison après le village de Bornor.

Follet commanda un café.

— C'est dans quelle direction ?

— Bangor. Vous traversez le bourg et tout droit jusqu'à un carrefour où vous prendrez la direction Kérel jusqu'à l'embranchement vers Bornor. À la sortie du village, faut prendre à gauche, une voie sans issue et à peine carrossable.

— Merci. De Chorand, vous le connaissez ?

— Comme tous les îliens mais personne ne l'a vu.

Follet esquissa une moue mi intriguée, mi-intéressée.

— C'est trop tard pour un sandwich ?

— Jambon, tomate, mozzarella.

— Parfait. Avec un verre de bourgueil. Je dois lui faire des travaux. J'ai été étonné qu'il s'adresse à une entreprise de Nantes mais comme c'est un beau chantier…

— Côté pognon, y en a mais l'homme est bizarre. Très malade d'après ce qu'on dit. Il vit avec un vieil Asiatique qui le soigne et un Malawien qui s'occupe du reste. Son chien de garde albinos. Certains disent qu'il est défiguré, qu'il grimpe aux arbres comme un animal.

— Pour avoir vécu des années à Madagascar, je connais un peu les pays de l'Afrique de l'Est. Au Malawi, certains pensent que les os d'albinos contiennent de l'or ou possèdent des vertus magiques qui peuvent donner la richesse. Ils sont prêts à payer de grosses sommes pour obtenir un morceau de corps d'un « fantôme ». C'est comme ça qu'on les appelle. La pratique de chasses et des exécutions rituelles étaient courantes à une certaine époque. Possible qu'il ait été persécuté.

À l'idée qu'il allait immanquablement devoir affronter ce « fantôme », Follet se sentit soudain tendu. Plus envie de parler. Il avala une bouchée de son sandwich, but son verre et régla ce qu'il devait.

— Faut que j'y aille. Bonne fin de journée.

38

L'après-midi s'annonçait agréable. Dans le ciel bleu, un rayon de soleil blafard semblait vouloir s'imposer entre les quelques nuages blancs.

Sans Sucre se hâta sur le parking du commissariat central où l'attendait son équipier. Il déposa à l'arrière le cabas rempli d'albums de photos et s'installa à l'avant.

— Bien mangé ?

Hochement de tête.

Le policier comprit que son équipier avait baissé les volets, s'était enfermé à double tour. Son histoire avec Rita l'amenait dans des émotions en montagnes russes. Et au fond du trou, Ludo était du genre à creuser encore.

Lui n'avait jamais connu la passion amoureuse, même avec Isa. Tous deux aspiraient à une relation apaisée, harmonieuse. Les ravages de l'amour fou avec ses déceptions, ses espoirs, sa violence… L'exaltation des sentiments, ça n'était pas pour eux.

Après quinze minutes de trajet silencieux pour ne pas dire pesant, au risque d'être rembarré, Sans Sucre se lança :

— Si tu veux discuter…

— De quoi ?

— T'es chiant ! Si tu voulais rester ruminer sur ta vie, fallait le dire ! J'y serais allé tout seul.

— Ça n'a rien à voir avec toi.

— J'imagine bien. T'étais déjà soupe au lait avant, mais alors là…

— Avec Rita, on est tellement différents. Le jour et la nuit, tu vois.

— Je parie que la nuit, c'est toi ! plaisanta Sans Sucre.

— Ça colle super bien dans un tas de trucs mais…

— S'accorder au lit, c'est pas suffisant Ludo. Ce qui tue, c'est tout le reste. Le quotidien, les petites manies. T'as déjà des habitudes de célibataire endurci et elle…

— N'en a aucune. Le ménage, la bouffe… Elle s'en fout. Pas important. Tu vois, quand je suis arrivé ce midi. Rien n'avait bougé. Rien ! Et en plus, elle était en robe de chambre à papoter avec un mec… le même qu'hier. Une espèce d'informaticien de mes deux !

— Si tu ne lui fais pas confiance…

— Elle aussi est jalouse. C'est tellement fort que je voudrais qu'on soit tout le temps collé-serré. Je n'existe plus sans elle. Sans elle, c'est la nuit, rien que la nuit.

— C'est trop. Vous allez étouffer. Tu dois juste trouver ta place à côté d'elle en restant ce que tu es et pas devenir ce que tu crois qu'elle attend de toi. Tu vas exploser en vol, je te connais…

— T'as fait psy ou quoi ?

— Du vécu. Mes parents. Ils ont fini par se haïr autant qu'ils s'étaient aimés.

— Et avec Isa ?

— On s'aime. On est complices, on partage des trucs et on en fait d'autres chacun de notre côté. On se fait confiance.

— Je crois que je ne peux pas aimer différemment. L'amour fou, exalté, celui qui balaie tout, n'écoute rien. J'en rêvais. Je ne connaissais pas ce sentiment. Ou alors j'avais oublié. Effacé avec le reste. Je souffre mais c'est beau, magique.

Sans Sucre ne voyait pas ce que la souffrance avait de beau ou de magique mais il n'insista pas. Ludo allait s'énerver.

— Moi, ça me ferait peur mais je ne suis pas toi. J'ai un coup de barre, mal dormi cette nuit avec la petite.

Le policier tendit un post-it avec l'adresse de Pierre Cauchet, inclina le siège, ferma les yeux. Il somnola jusqu'à Vannes, ouvrit les yeux impasse du Commandant Marchand sur un pavillon propret avec des volets en bois vert émeraude.

Il sortit, prit le cabas et sonna à la porte de la maison. Une ombre apparut derrière le vitrage imprimé. Un bruit de verrou, de clé qui tourne. La porte s'ouvrit sur Pierre Cauchet.

— Entrez, lieutenant.

Le policier suivit le vieil homme, déposa le sac sur la table basse du salon.

— Vous avez de la famille à Belle-Île-en-Mer ?

— Non.

— En 1949, votre frère a pris une photo du portail d'entrée de l'Institution Publique d'Éducation Surveillée[14]. Une prison pour enfants. Certains parlent même de bagne. La photo date du vendredi 25 juin.

— Deux jours avant son ordination.

— Elle m'a surprise parce que c'est la seule de la journée. Comme si votre frère s'était rendu à Belle-Île pour ça.

Le policier tendit la photo.

— Regardez au dos.

Le vieil homme tourna le cliché, lut.

— Je ne connais pas le latin.

— Cela signifie « Que Dieu me pardonne ». Qu'est-ce qui le tourmentait au point d'aller se repentir devant la porte de cette ancienne colonie pénitentiaire ?

— Je l'ignore.

— Si le meurtrier nous indique Saint-Patern par le biais de l'iconographie, on peut en déduire que l'élément déclencheur de cette histoire s'est passée avant juin 1934, date à laquelle votre famille a quitté le quartier.

— On habitait à l'angle de la rue de la Coutume et de celle de la Boucherie. À côté du passage. Le tunnel ! Notre mère allait régulièrement à la messe à l'église Saint-Patern avec Émile. Il aimait bien. Il est devenu enfant de chœur en septembre 1931, juste avant ses huit ans. Il était différent de la plupart des autres gosses. Sage, poli, attentif, solitaire. Dès qu'il a su lire, il s'est plongé dans la lecture. Une sorte de boulimie, voyez.

14. *IPES.*

— Vous, vous n'étiez pas enfant de chœur ?

— Non. Je préférais jouer avec les copains. Même si parfois j'étais jaloux d'Émile. Le curé lui donnait des dragées quand il en recevait pour les baptêmes, les communions. Des vêtements, même ! Pas des neufs, bien sûr. Mais, ça évitait la dépense, nous n'étions pas riches… Un jour, à la fin des vacances 33, il est revenu de la messe avec de l'argent.

— Il l'avait peut-être volé dans la quête…

— Émile ? Jamais ! En arrivant, il est allé voir le père dans le jardin et lui a donné quatre pièces de vingt francs ! J'étais au-dessus d'eux dans le grenier.

— Une idée de comment il aurait eu cette somme ?

— Vu le comportement de mon père, c'était de l'argent bien acquis. Je crois que ma mère ne l'a jamais su. En tout cas, je n'ai aucun souvenir d'une discussion à ce sujet. Quatre-vingts francs, c'était une jolie somme à l'époque. Le dixième de ce que le père gagnait par mois. Non, c'était une affaire entre le vieux et Émile…

— Votre frère aurait pu être responsable de l'enfermement d'un gamin dans la colonie pénitentiaire ?

— Je n'imagine pas Émile faire sciemment du mal à quelqu'un. Ce qui est sûr, c'est qu'il ne méritait pas cette mort… Si quelque chose me revient, je vous le ferai savoir.

— Je vous laisse ma carte avec mes coordonnées.

Le policier prit congé. Dans la voiture, il trouva Le Maoût, la nuque contre l'appui tête, les yeux fermés. Le portable collé à l'oreille.

— Compte tenu des circonstances, elle aurait pu aller dans sa famille, chez des amis. On y sera dans une demi-heure. Ciao.

Le policier coupa la communication.

— Jeannès. Anaïs, la fille du juge Favre, aurait disparu. On y va.

39

Sans Sucre se gara sur le parking de la falaise du Grand Mont derrière un véhicule de gendarmerie. Un vent d'Ouest chargé d'humidité les accueillit. Le policier pointa son index sur une venelle coincée entre des haies de photinias au feuillage vert et rouge.

— C'est par là.

Ils marchèrent tous deux jusqu'au portail de la propriété du juge, montrèrent leur carte barrée tricolore au brigadier en faction.

— Le major est chez le juge.

Le Maoût remercia d'un signe de tête, traversa un parking gravillonné prévu pour cinq ou six véhicules vers une allée pavée de petits blocs en béton couleur brique.

La promenade serpentait entre les arbustes et les massifs qui n'attendaient que la chaleur printanière pour fleurir. Après quelques pas, l'horizon se dégagea. Toute son attention retenue par une affaire qui prenait une tournure singulière, le policier regarda le paysage des îles, Houat, Hoëdic, et bien sûr Belle-Île, sans vraiment les voir. La grisaille et le ciel de fer altéraient pourtant à peine la beauté sauvage de la presqu'île.

Le chef de brigade se trouvait sur la terrasse, debout, face au large. Il se retourna à l'arrivée des deux hommes. Le Maoût fit les présentations. Le sous-officier fit de même.

— Major Pohin, brigade de Sarzeau. Le procureur Jeannès m'a prévenu de votre arrivée. J'ai essayé de contacter Anaïs Favre plusieurs fois en début de matinée. N'obtenant pas de réponse, je suis venu sur place. Personne. Sa voiture se trouve dans le garage. Moteur froid. Aucune trace d'humidité sur le véhicule ni au sol. On peut en conclure qu'elle n'a pas été utilisée depuis hier matin. Il a plu ici presque toute l'après-midi. La baie donnant sur le salon était entrouverte. Tout le reste était verrouillé excepté le portillon du parc qui donne sur le GR. Autre chose, le combiné du téléphone fixe n'était pas reposé sur sa base. Le cabas avec son portefeuille et le vêtement de pluie de Germaine sont suspendus à une patère dans l'arrière-cuisine du sous-sol.

Pohin expliqua le lien de Germaine avec les Favre et poursuivit son débriefing.

— Compte tenu de la situation, je peux affirmer qu'elle est restée avec Anaïs pour ne pas la laisser seule. Le problème, c'est qu'elle n'est ni ici, ni chez elle.

Le Maoût se mordilla la lèvre inférieure.

— Vous connaissez le numéro du dernier appel vers le fixe ?

— Un numéro de portable sans identification du propriétaire pour l'instant. Heure de la communication, minuit vingt-cinq.

— Si le combiné a été décroché, cela veut dire que les femmes se trouvaient encore à cette heure dans la maison.

Pohin hocha la tête. Le Maoût reprit.

— Vous avez fouillé toute la propriété ?

— Partout.

— Les alentours, le GR ?

— Nous vous attendions.

— On commence par ça et une enquête de voisinage. Vous avez combien d'hommes ?

— Une vingtaine avec les collègues de la brigade de Theix-Noyalo. Je vois avec mon homologue mais on peut affecter la moitié de l'effectif pour les recherches.

Sans Sucre sortit une paire de gants en latex et des surchaussures.

— Je vais prélever l'échantillon d'ADN dans la salle de bains du juge.

Pendant qu'il prélevait des cheveux, Le Maoût faisait le tour du propriétaire. Aucune trace de lutte. Dans le portefeuille en cuir rouge trouvé dans le sac à main d'Anaïs posé sur la commode de sa chambre, rien ne semblait manquer. Argent liquide, papiers. Même constatation pour le sac à provisions de Germaine.

Le policier rejoignit le major.

— Je n'ai pas vu le portable de la jeune femme.

— Nous non plus. On a aussitôt contacté le parquet pour nous permettre de nous approcher de l'opérateur téléphonique avec les mêmes demandes que pour le juge : l'Imei[15], savoir si le portable est toujours en activité et dans l'affirmative identifier les numéros reliés à l'appareil vingt-quatre heures avant la disparition du titulaire du contrat. Et l'obtention des fadettes. Ça devrait aller très vite.

Le Maoût souffla malgré tout de dépit.

— Le fixe est en liste rouge ?

— Oui, on a vérifié.

— Donc le dernier appel vient de quelqu'un de leur connaissance.

Sans attendre de réponse, le policier quitta son interlocuteur, descendit au sous-sol. Le numéro des proches devait se trouver dans les contacts de Germaine. Portable verrouillé. Il tapa au hasard quatre fois zéro. Bingo. Tout en remontant l'escalier, il fit défiler les contacts. Une quinzaine tout au plus.

Le major lui épela le numéro du portable qu'il pianota sur celui de la nounou. Le dernier chiffre entré, un nom s'afficha sur l'écran. *Pierre-Olivier.*

La surprise figea le major.

— Vous croyez que…

— Qu'il est vivant ? Non. Cela n'aurait aucun sens.

Sans plus développer sa réponse, Le Maoût ajouta quelques 06 sur le répertoire de son smartphone. *Anaïs – Pierre – Olivier – Pierre-Olivier boulot* et s'éloigna à l'autre bout de la terrasse pour composer celui de *Pierre-Olivier*. Le policier s'étonna d'entendre une sonnerie normale, le message d'absence. Toujours en activité. Bizarre.

Le major Pohin s'approcha.

---

15. *Identité internationale d'équipement mobile.*

— Vu la trajectoire de la voiture, je pense que le juge Favre ne s'est pas suicidé. Vous ferez vos propres déductions mais, convaincu de cela, j'ai rendu une petite visite au centre de surveillance urbain de Vannes.

Le major expliqua sa démarche et conclut.

— L'agent et moi avons repéré les deux mêmes véhicules : une Peugeot 308 blanche et une moto.

Le Maoût fronça les sourcils.

— Noire la moto ?

— Exact.

Ce fut au tour du policier d'expliquer pourquoi l'engin l'avait fait réagir.

— Avec mon collègue, on est persuadés que les affaires sont liées. Vous avez le numéro de plaque ?

— Non. Je rappelle l'agent.

Le major fit défiler ses contacts sur son portable, appuya sur CVU Vannes.

— Pohin, brigade de Sarzeau, je souhaiterais parler à Gilles. Ah ! Bonjour, je croyais bien avoir reconnu votre voix. Pour la moto surtout… Ah ! OK. Merci.

Le gendarme coupa la communication avec un soupir de déception.

— Fausse plaque. Il me transfère un arrêt sur image.

Un bip confirma l'envoi.

Les deux hommes observèrent attentivement la photo. Le Maoût grommela :

— On va vérifier de notre côté. J'appelle le proc pour obtenir l'aide d'une brigade cynophile.

40

Follet roula sur le chemin caillouteux, s'arrêta devant la voie pavée qui conduisait à la maison dont on devinait un rampant de toiture ardoisée, un pignon en pierre avec sa cheminée. Un léger panache de fumée s'en échappait et se dispersait dans la cime des pins environnants.

Il abaissa la vitre côté passager. Pas de voiture. Pas d'aboiements. Pas de bruit de conversation. Rien que le bruissement des pins sous le souffle régulier du vent. Au loin, la ligne d'horizon de l'océan se confondait avec le ciel. Il remonta la vitre, roula jusqu'à un bosquet sans savoir ce qu'il allait faire. Même pas une arme pour se défendre. Le restaurateur avait parlé d'un vieil Asiatique mais il restait le « fantôme ». S'il était capable de grimper aux arbres comme un singe, le gaillard ne devait manquer ni de force, ni d'agilité. Absorbé par ses pensées, il sursauta aux coups frappés à la vitre de sa portière. Il ne l'avait jamais vu mais il sut aussitôt que le chien de garde de Jules de Chorand se trouvait devant lui. Un visage rond à la peau d'une blancheur de lait tachée de marques brunes, des yeux clairs sous des sourcils blancs. La surprise le figea un instant. Il sentit la peur couler dans ses veines. Le « fantôme » frappa un peu plus fort contre la vitre, lui fit signe de descendre. Malgré la folle envie de démarrer et de faire marche arrière, Follet ouvrit la portière. Des mois qu'il ne vivait que pour cet instant, il n'allait pas flancher. Toutes ses interrogations cessèrent aux premiers mots du Malawien.

— Monsieur de Chorand vous attend. Suivez-moi.

Une voix éraillée, un accent africain.

Aussi angoissé qu'intrigué par l'entrée en matière, Follet descendit et le suivit en silence. Si les questions se bousculaient de nouveau dans son esprit, les mots restaient bloqués, comme ridicules, sans intérêt.

Au détour d'une haie de berbéris rouges, la demeure se découvrit. Orientée plein sud, construite en pierre de schiste gris, bleu, rouille, elle faisait face au large avec un retour en L pour briser les vents d'Est. Établies sur plusieurs niveaux pour s'adapter au terrain, des terrasses en dalle d'ardoise bleue la ceinturaient complètement. Quelques grandes jardinières maçonnées remplies de massifs de fleurs assuraient une transition harmonieuse avec le parc. Très étendu, il descendait jusqu'aux abrupts de la crique de Port Kérel dont on devinait l'échancrure.

Follet s'immobilisa devant la porte d'entrée. Impossible de franchir le seuil, sans savoir.

— Êtes-vous certain de savoir qui je suis ?

— Philippe Riguier.

Les yeux fixés sur la mosaïque aux tons chauds du hall, il se retrouva dans le salon, immense, des plafonds hauts, blancs, aux corniches ornées de feuilles d'acanthe et de perles. Des tableaux et de riches tapisseries anciennes paraient les murs revêtus d'un stuc vert tilleul. Une cheminée en marbre rouge bordeaux occupait le centre du mur du fond. Des meubles art déco de chez Gaston et Fernand Saddier, buffet en enfilade, bibliothèque, un salon en bois d'acajou massif et velours imprimé. Avec ses marqueteries de palissandre avec bois en relief sur la caisse et en éventail, ses touches d'ivoire et d'ébène, un superbe piano droit de chez Gaveau en était visiblement la pièce maîtresse. L'ensemble dégageait une certaine mélancolie ou un goût avéré pour la décoration des demeures bourgeoises des années trente. Seul le chariot à roulettes avec sa bouteille à oxygène à haute concentration rompait avec l'harmonie de la pièce.

Le fantôme s'arrêta derrière le fauteuil.

— Il est là, monsieur.

— Merci Kwibé. Qu'il approche.

La voix était faible, sans timbre, comme venue d'outre-tombe.

Mal à l'aise, Follet regarda autour de lui en se demandant où se trouvait le piège, la menace. Le Malawien avec son petit gabarit ne l'inquiétait pas plus que ça.

Le regard en coin vers son hôte, il contourna le fauteuil et fit volte-face. Les yeux dans les yeux, les deux hommes s'observèrent sans ciller. Du Jules de Chorand décrit par Célestin, il ne subsistait qu'un vieillard desséché. Une tubulure alimentait un masque en PVC très souple qui s'ajustait sur un visage crayeux, émacié, comme sculpté dans un bloc de marbre blanc. Une perfusion intraveineuse de solutés se perdait sous un plaid en cachemire et laine. L'étoffe couvrait totalement le corps que l'on devinait squelettique. Un cadavre en sursis avec toujours dans le regard une lueur haineuse.

— Le fils de Lucien Riguier ! Je vous avais presque oublié et il y a eu l'article dans la presse. « Vannetais depuis peu, Philippe Riguier, un père de famille de quarante-sept ans, saute dans le port pour secourir un homme tombé à l'eau avec son scooter. »

Follet ne fit pas de commentaire. Il avait pourtant spécifié à ce crétin de journaliste qu'il souhaitait garder l'anonymat.

De Chorand poursuivit, d'une voix volontairement monocorde.

— C'est je crois ce qui est arrivé à ta femme et ta fille cadette. Une plaque de verglas, la sortie de route et personne pour les tirer hors du canal de l'Aa. Toutes mes condoléances. Après tout, je n'en voulais vraiment qu'à ton père. Je l'ai cherché et puis il y a eu la guerre. Les affaires. L'article de presse te concernant m'a donné envie de faire des recherches. Tes parents sont arrivés à Madagascar en 1959. Tu nais en 1961. Ton père est un proche des dirigeants successifs jusqu'au colonel de gendarmerie. Richard Ratsimandrava élu en février 1975 et assassiné au bout d'une semaine de pouvoir ainsi que plusieurs Français dont tes parents. Rapatrié en France, tu restes jusqu'à ta majorité dans une maison d'accueil. Tu fais des études d'infirmier. Tu te maries en 1990, tu t'installes à Dunkerque jusqu'à la mort de ta femme et de ta fille cadette. Paraîtrait que ton père aurait été collabo au tout début de la guerre… Normal, après ce que la justice française lui avait fait. Et puis il a rejoint les troupes du Général Leclerc. J'ai tout bon ?

Follet serra les poings. Si son visage ne trahissait aucune émotion, son cœur cognait contre ses côtes. L'envie de connaître la vérité sur son histoire l'empêcha d'éclater sa gueule de momie avec la bouteille d'oxygène. Le miroir d'en face lui ramena le reflet d'un petit homme malingre, les mains derrière le dos, les cheveux ramenés en arrière. Sa barbe blanche et pointue qui tombait sur sa chemise noir col Mao lui donnait l'air d'un vieux sage. Le Chinois. Silencieux comme un chat. Tsé, pour les intimes. Le trio au complet.

De Chorand poursuivit de sa voix de crevard :

— Avec un traceur GPS sur ton fourgon et un autre sur ta moto, Kwibé ne t'a plus lâché… Tout ça pour une pomme rouge !

— Le « golfeur » ridicule boudiné dans son costume trois pièces ! marmonna Follet. C'est vous qui avez empoisonné Louise et Claire Danfert ?

— Deux salopes. De voir ton père, les bras serrés autour des cuisses de Claire, la tête blottie contre son… bas ventre, je n'avais qu'une envie, le tuer. Et elle radieuse qui lui donne un baiser. En rage, j'ai couru jusqu'à la maison. Je reprenais ma respiration dans le salon quand j'ai entendu un léger bruit de voix. Cela provenait du bureau d'Arsène. Je me suis approché pour regarder par le trou de la serrure. Je les ai vus dans les bras l'un de l'autre. Louise et mon père. Quand je me suis retourné, Léonie se trouvait derrière moi. Elle m'a sermonné. « Que faites-vous, monsieur Jules ? » Une bonniche ! Je n'ai pas répondu mais j'avais la haine. Envie de brûler cette maison et ceux qui y vivaient. Tous devaient être au courant de ce qui se passait. Tous devaient se moquer de ma mère. La cocue de service ! Je suis monté directement à l'étage, j'ai pris des boucles d'oreilles en diamant dans le coffret à bijoux et je les ai mises dans les sabots de Léonie. Tu connais la suite, je suppose. Le lendemain, Lucien est revenu pleurnicher, supplier Louise d'intervenir auprès des gendarmes, « ma mère n'est pas une voleuse ». J'étais dans la chambre avec Claire. Elle n'avait d'yeux que pour lui. Un vaurien. Un rien du tout. Un fils de bonniche ! Le soir, j'ai fait « comprendre » à mon père qu'il fallait que Lucien disparaisse du quartier. Le dimanche matin, il est allé à l'église avant la messe… Avec de l'argent, on obtient tout. Des années plus tard, le matin de son incorporation, il m'a demandé de l'accompagner au magasin. Nous n'avions jamais parlé de la mort de Claire et de Louise. Pas besoin. Nous savions. Il s'est garé rue du Mené, a arrêté le moteur. Il regardait droit devant lui.

— J'ai les moyens et les relations pour échapper à cette guerre, mais je veux la faire. Je tenais à avoir cette conversation. J'en ai trop sur le cœur pour partir en ignorant si je reviendrai. Nous sommes des monstres, Jules. Moi pour avoir fait enfermer le fils Riguier dans l'une des colonies pénitentiaires les plus dures. Son évasion de Belle-Île n'enlève rien à ma culpabilité mais ça me soulage. Et toi, comment peux-tu vivre après ce que tu as fait ? Comment ?

— Et toi, après ce que t'as fait à maman ?

— Fait quoi ?

— Je vous ai vus dans le bureau d'Arsène !

— Ce vendredi-là, Louise m'avait annoncé que son père gravement malade vivait ses derniers jours ! Elle pleurait, je l'ai serrée dans mes bras. Louise était une amie très chère, nous étions complices, on adorait être ensemble mais je n'ai jamais trompé ta mère…

— Pas besoin de coucher pour tromper. T'en avais rien à foutre de maman. Il n'y avait que Louise, Louise, Louise…

Livide, Jules de Chorand ferma les yeux, s'arrêta pour reprendre son souffle.

Follet en profita.

— La lettre anonyme « L'enfant de chœur de Saint-Patern qui a vendu ton père pour quatre pièces de vingt francs s'appelle Émile Cauchet, il vit aujourd'hui… » C'est vous ?

Le vieillard hocha la tête.

— Je voulais connaître ta réaction. Tout comme pour le viol de ta fille.

Follet n'eut pas le temps de bouger qu'un nœud coulant lui serra violemment le cou. La pointe d'une lame lui effleura la gorge. Une goutte de sang perla.

— Pourriture ! Si tu crois que ces deux guignols vont m'empêcher de te massacrer.

Une lueur de joie brilla dans le regard du monstre.

— Lucas Fréville n'a été qu'une marionnette entre les mains de Kwibé. Tout comme le juge Favre qui condamne Lucille alors que c'est Kwibé qui a frappé ce crétin de Lucas avec la hachette. Pareil qu'en 1933 quand mon aïeul condamne injustement ton père. L'histoire aime bien se répéter. Tu es le dernier de la lignée des Riguier, comme moi des de Chorand.

— Une chance, ricana Follet.

Soudain en apnée, il tourna la tête vers la main qui tenait le couteau. Tout lui revint d'un bloc. L'odeur d'huile d'Argan, la sensation d'être observé… Kwibé! Malgré l'étreinte du câble autour de sa gorge, il tenta de lui balancer un coup de poing. L'enfoiré esquissa comme le fantôme qu'il était. L'air lui manquait. Le filin l'étranglait littéralement.

— Et dire qu'on a toujours pensé qu'il s'agissait de Danfert…

— Danfert! Un chiffonnier qui méprisait ma mère.

— Et le juge dans le hangar?

— Kwibé l'a un peu aidé. Il est mort en sachant qu'on allait bien s'occuper de sa très chère Anaïs. Elle est ici dans la cave. Je vais finir l'expérience avec elle. À ma manière et avec ta participation, mon cher Philippe.

Follet se crispa. Une décharge d'adrénaline brûla ses veines. Une rosée de sueur le couvrit tout entier. Des larmes de rage et d'amertume coulèrent sur ses joues. Il allait crever avec pour ultime vision le sourire de ce taré de De Chorand. Un violent coup derrière la nuque l'envoya rouler sur le tapis persan noué à la main.

41

17h30

Sans Sucre déposa les échantillons de cheveux prélevés chez le juge à l'IGNA. L'Institut Génétique Nantes Atlantique assurait la prise en charge de scellés 7 jours sur 7 et 24 heures sur 24. Il en profita pour interroger un technicien au sujet de la combinaison retrouvée sur le mannequin dans le fourgon. L'analyse du vêtement avait révélé un panel d'échantillons. Sueur, poils, squames et de la sciure de bois. Hêtre. Chêne. Sapin. De la terre aussi. Une terre de lande. La sciure pouvait provenir d'une menuiserie, d'une scierie, de chez un privé qui faisait son bois de chauffage. De n'importe où. Quant à la terre de bruyère, la moitié de la Bretagne en était couverte. L'ADN extrait des échantillons provenait d'un même individu.

De retour au commissariat, Sans Sucre compara l'ADN retrouvé sur la combinaison à ceux répertoriés sur le FNAEG[16]. Aucun enregistrement ne ressortit. Le policier prit un café et, sans trop y croire, se mit dans les archives à la recherche d'une affaire qui aurait ému le quartier Saint-Patern en 1933.

---

16. *Fichier national automatisé des empreintes génétiques.*

42

Au bout d'une heure trente, l'enquête de voisinage menée par les gendarmes n'avait rien donné, pas plus que les recherches sur le site du Grand Mont. Les deux femmes semblaient s'être envolées. Le Maoût s'impatientait de l'arrivée de la brigade cynophile. Il savait combien étaient déterminantes les premières heures lors d'une disparition. Le maître-chien et un malinois de cinq ans arrivèrent à la tombée de la nuit. Après avoir reniflé la nuisette d'Anaïs, le chien trouva aussitôt une piste. Elle descendait le parc, filait vers le portillon accédant au GR. Après une vingtaine de mètres sur le sentier, le malinois stoppa, revint près du portillon, tourna sur lui-même et suivit le GR dans l'autre sens jusqu'à une petite plage où il s'arrêta sur l'estran, tête levée face à la mer.

— La piste s'arrête là, conclut le maître-chien.

— On fait la même chose avec un vêtement de la nounou, proposa Le Maoût.

Tout comme pour Anaïs, le malinois descendit jusqu'au portillon, s'avança dans les bruyères vers les abrupts de la falaise avant de se retourner vers son maître. L'agent s'approcha, caressa l'animal.

— On a quelque chose.

Plusieurs lampes se braquèrent sur les broussailles écrasées, les rameaux brisés.

Au risque de se rompre le cou, Le Maoût descendit dans les escarpements. Bien agrippé à un gros pied d'ajonc, il se pencha, éclaira les rochers jusqu'au pied de la falaise, là où les vagues battaient lentement. Dans le gris de la roche, une tache de couleur fixa son regard. Des jambes dénudées. Le buste et la tête plongés dans les remous chargés d'écume. Il tendit la main pour qu'on l'aide à remonter, s'adressa au major :

— Il y a un corps au pied de la falaise.

— On doit pouvoir y accéder par la petite plage. Je contacte les pompiers de Sarzeau. Ils seront là dans moins d'une demi-heure.

Sans attendre, Le Maoût repartit sur le GR. Il longea la crique sablonneuse, s'engagea dans l'eau jusqu'à mi-cuisse sur une vingtaine de mètres avant de pouvoir de nouveau progresser au sec. En pied de falaise, pas un seul bruit parasite ne se glissait entre la mer et lui. Il se sentit infiniment petit, fragile. Le faisceau de la torche accrocha le bleu du vêtement. Un visage blafard apparut quelques secondes durant le reflux de la houle. Il promena le faisceau de sa lampe autour de lui. Aucune trace d'Anaïs. Quinze minutes plus tard, il rejoignait Pohin et deux de ses hommes.

— Une femme âgée. Cheveux gris. Jupe bleue. Anorak noir.

— Germaine. Hier, elle portait cette tenue.

43

18h15

Une couche de fard pour masquer la blancheur laiteuse de son visage, Kwibé présenta le billet retour au contrôleur et embarqua sur le *Vindilis* au volant du fourgon de Follet. Il fit la traversée sur le pont supérieur, à l'écart des quelques passagers, accoudé au bastingage, vêtu de la parka de Follet, une écharpe remontée jusque sous son nez et un bonnet sur sa tête. À l'accostage du navire, il sortit le véhicule, le gara sur un parking privé rue des Goélands, opéra quelques changements vestimentaires et récupéra la balise GPS avant de courir à nouveau vers la gare maritime de Port-Maria. Doudoune bleu roi, casquette à large visière, lunettes légèrement teintées, écharpe à carreaux rouges et bleus. Une valise à roulettes. Le touriste parfait, à la bourre, avec dans la poche un aller simple pour Belle-Île.

Un ciel bas. Gris. Pas le moindre reflet sur la mer. Kwibé s'installa dans le salon de l'Île de Groix.

Il faisait bien nuit quand le roulier entra dans le port du Palais. Les lampadaires éclairaient les quais de l'Acadie. L'enseigne lumineuse inondait la façade du Grand Hôtel de Bretagne.

Le Malawien fut le premier à sortir. Il courut rejoindre le Chinois stationné sur le trottoir au bout de la rue Jules Simon. Vingt minutes plus tard, le pick-up vibrait sur l'allée pavée. Le portail du garage se souleva devant eux. Les néons du sous-sol s'allumèrent.

Avant de monter rendre compte, Kwibé s'immobilisa devant la porte du local où se trouvait Anaïs, retint sa respiration. Des gémissements lui parvinrent. Dans quelques heures, la jeune femme n'aurait plus qu'une idée : tuer.

44

20h30

La sonnerie de son portable tira Sans Sucre de ses recherches infructueuses. Il reconnut le numéro de l'IGNA, prit l'appel.

— Lieutenant Longuet.

— Même ADN.

Une légère grimace déforma les traits du policier.

— OK. Merci beaucoup. Les collègues de la scientifique vous ont envoyé des prélèvements effectués dans le fourgon ?

— Nous travaillons dessus. Une première chose, la terre et les sciures de bois retrouvées sont les mêmes que celles prélevées sur la combinaison. On vous enverra les résultats au fur et à mesure.

Sans Sucre posa son portable sur le bureau.

Même ADN. Si le policier ne comprenait pas comment un magistrat né en 1960 pouvait avoir influé sur le jugement d'une affaire de 1933, comme il l'avait pressenti, le juge était la prochaine cible de l'assassin de Cauchet. Probablement sa prochaine victime.

Son portable vibra. Ludo.

— On a retrouvé le corps de la nounou en bas de la falaise. Et toi ?

— L'ADN relevé sur la combinaison est le même que celui du juge. Ça pue la mort. Tu fais quoi ?

— J'attends les pompiers pour remonter le corps. Je ne crois pas que la fille soit morte. Si ça avait été le but du tueur, on l'aurait trouvée en même temps que Germaine. À demain. Ciao.

Deux minutes plus tard, les éclats bleus d'un gyrophare jaillissaient dans la nuit, se perdaient vers le large. Le policier regarda l'heure. Il ne serait jamais chez lui avant 23 heures ; il envoya un message à Rita pour la prévenir. Il ne téléphonait pas ou rarement. Peur des silences. Certains le ratatinaient.

45

Le Maoût gara la voiture devant la résidence. Son cœur battait la chamade. Il n'avait pas eu de réponse à son message. Pas de lumière dans l'appart. Le salon donnait de l'autre côté mais l'éclairage des lampes diffusait une lueur ténue qui se répandait jusque dans la cuisine.

Noué par l'angoisse, il avait monté l'escalier d'un pas lourd. Glissé la clé dans la serrure. L'obscurité et le silence qui régnaient dans l'appartement rajoutèrent à son mal-être. L'idée qu'elle soit partie lui passa par la tête. Il alluma dans la cuisine, traversa le salon vers la chambre. La porte entrouverte lui permit de voir la forme recroquevillée dans le lit. Il s'approcha. Le discret ronflement l'arrêta près du lit avec l'envie folle de déposer un baiser sur le cou dégagé. Il recula sans bruit, tira la porte et retourna dans la cuisine. Il allait se faire un sandwich jambon, fromage, tomate. Il s'apprêtait lorsque deux petits coups frappés à la cloison attirèrent son attention. Rita. Elle portait une nuisette blanche qui lui arrivait juste sous les fesses, légèrement serrée à la taille et avec un décolleté plongeant qui ne cachait rien de la rondeur de ses seins.

Ludo s'avança vers elle.

— Désolé chérie, si je t'ai réveillée.

— J'en ai eu marre d'attendre alors je me suis couchée. Je pensais que t'aurais appelé…

Il la serra dans ses bras sans qu'elle réponde à son étreinte.

— Je n'ai pas eu une minute. Désolé, mon cœur.

— Pas grave. Je vais me recoucher.

Il desserra les bras, la regarda s'éloigner. Une gifle lui aurait fait moins mal. Il resta pantois. Fracassé. En miettes. Des larmes plein les yeux. Avec l'envie de mourir comme si plus rien n'avait d'importance ou comme si toutes ses blessures se rouvraient là, à cet instant. Plus faim. Plus soif. Il éteignit dans la pièce et se déshabilla dans le salon. Plus facile pour repartir le lendemain sans gêner. Ses fringues posées sur l'un des fauteuils du salon, il pleurait en silence lorsque, la mort dans l'âme, il se coucha près d'elle. Elle paraissait si froide, si distante parfois…

Il mit des heures à s'endormir. Se réveilla quand même à six heures. Il repoussait lentement la couette lorsque Rita se colla contre lui, l'enlaça de ses bras, de ses jambes. D'une ondulation, elle fut sur lui. Sa bouche chercha la sienne, la dévora.

La journée s'annonçait magnifique.

46

Follet ouvrit les yeux, les referma. Les rouvrit un peu plus longtemps sur les ténèbres. Il mit quelques minutes à retrouver ses esprits. Avec la pleine conscience, les douleurs le firent grimacer. Les souvenirs affluèrent. Le sourire de De Chorand. Le parfum d'huile d'Argan. L'exécution de Favre. Anaïs ! L'étau qui lui serrait le crâne s'accentua. Anaïs ! Jamais il n'aurait touché à la jeune femme ; ce n'était que du bluff pour foutre la trouille à ce connard de juge. La sensation soudaine de ne plus avoir de bouche, de langue comme après une anesthésie chez le dentiste le tétanisa. Il palpa du bout des doigts. Ce taré lui avait cousu les lèvres, la langue. Ce que lui-même avait fait à Cauchet. Il cria. Le vagissement animal qu'il entendit le pétrifia. Il tendit l'oreille. Quelqu'un lui répondait. Une voix de femme, là toute proche.

— Qui êtes-vous ?

— Hon, hon.

— Prisonnier ?

— Hon.

— Où sommes-nous ?
— Hon, hon, hon…
— Bâillonné ?
— Hon.
— Je m'appelle Anaïs Favre. J'ai été kidnappée dans la nuit du samedi au dimanche. Mon père, le juge, a disparu depuis vendredi soir. Dans ces ténèbres, on perd la notion du temps. J'ignore depuis combien de temps, je suis ici. Qui sont ces gens ?

Lorsque Follet voulut se lever, un cliquetis métallique le terrassa un peu plus. Une chaîne reliait sa cheville gauche à une cornière scellée dans le mur. De désespoir, il se rassit. Pleura en silence. Comment avait-il pu être assez débile pour suivre le « fantôme » comme s'il venait faire une visite de courtoisie à celui par qui le malheur s'était abattu sur sa famille. Un malade capable des pires monstruosités. Il tira sur l'attache de toutes ses forces décuplées par la rage, hurla comme une bête piégée. Les mains levées, il sonda l'espace autour de lui avant de se mettre sur un genou, l'autre jambe en extension en bout de chaîne, un bras tendu. Après quelques déplacements, il trouva une paroi, l'encoignure d'une ouverture. Il suivit l'huisserie du bout des doigts, sentit le galbe d'une poignée. Incapable de la saisir sauf à s'arracher le pied, il la gratta du bout de l'ongle. Anaïs lui répondit.

— Je suis attachée à un brancard. Et vous ?
— Hoooon !

Follet tira plus fort sur la chaîne, ses muscles, ses ligaments sans pouvoir toucher la porte. Il abandonna son effort, recula, se rassit. Que lui réservait de Chorand ? Pourquoi l'avait-il enfermé au lieu de se débarrasser de lui ? Les endroits ne devaient pas manquer. Un virage manqué, le grand plongeon comme la bagnole de son honneur le juge. Adossé au mur, il palpa sa bouche avec plus de soin. Ligaturées entre elles, sa langue et ses lèvres lui faisaient une sorte de bec de canard. Impossible de retirer le fil sauf à s'arracher les chairs. À quoi bon se battre. Il allait mourir. Une partie de lui était déjà morte et de l'autre moitié, il ne restait que du chagrin et de la haine. De Chorand ! Le seul et véritable ennemi de la famille Riguier. De penser que ce monstre allait lui survivre le tourmentait bien plus que l'idée de sa propre fin. De rage, il frappa le sol, le mur de ses poings. Ce n'est qu'à cet instant qu'il en prit conscience. Une bâche plastique couvrait toutes les surfaces de la pièce.

47

Lundi, 8 h 15

Sans Sucre se croyait à la bourre mais le bureau voisin désert le rassura. Ludo n'était pas non plus arrivé. Il jeta un coup d'œil sur ses notes de la veille. Contacter la mairie de Belle-Île. Il commença par prendre un café, appuya sur une touche du clavier pour démarrer son ordinateur. Un clic sur l'icône du moteur de recherche et il tapa *mairie de Belle-Île-en-Mer*. La page s'afficha.

Mairie de Le Palais. Ouverture à 8 h 30.

Le policier fit le numéro sur son fixe. Quelqu'un décrocha.

— Bonjour. Lieutenant Longuet Police judiciaire. DIPJ de Nantes.

Une voix de femme lui répondit.

— Bonjour, que puis-je pour vous ?

— Sauriez-vous où je pourrais trouver des archives de la colonie pénitentiaire et plus particulièrement celles des années 1933 et 1934 ?

— Les documents qui concernent la période 1901 à 1950 ont été détruits en juillet 1959 dans l'incendie des bâtiments administratifs de Bruté. C'est pourquoi ?

— Consulter la liste des garçons enfermés.

— Peut-être aux archives de la cour d'assises du Morbihan ou rapprochez-vous de la Direction de l'Administration pénitentiaire.

— Vous êtes de Belle-Île ?

— J'y suis née.

— Les conditions de détention des enfants semblaient très dures.

— Je ne saurais vous dire. Il y avait certainement des raisons. Une autre époque…

Une réponse tout en nuance… Sans Sucre remercia son interlocutrice. Dans la foulée, il rechercha dans les Archives départementales du Morbihan où étaient versées celles de la cour d'assises.

Répertoire numérique détaillé 1808-1975 en cours de numérisation. Il se réconforta en se disant que de toute façon le délai de communicabilité pour des affaires concernant des mineurs était de cent ans et l'accès public impossible. Un bruit de l'autre côté de la cloison l'amena dans le bureau voisin. Il découvrit Ludo penché sur son écran.

— Salut. T'es rentré tard hier soir ?

— Vers 23 heures. L'opérateur vient à l'instant de nous transmettre les infos concernant le portable perso du juge.

Sans Sucre prit une chaise, s'installa près de son équipier.

Le Maoût ouvrit le fichier, le déroula rapidement. Trente-neuf feuillets de tableaux à neuf colonnes recensaient les appels, les SMS ou MMS envoyés ou reçus, le numéro de téléphone du juge, ceux de ces correspondants avec les dates, heures, la durée des communications, la cellule – la borne téléphonique ou antenne-relais utilisée –, le numéro Imei du téléphone ainsi que celui de tous les correspondants. La totale.

Imei toujours en activité.

Le policier fronça les sourcils puis se concentra sur les dernières communications.

Vendredi 7h50. Appel sortant vers un numéro de portable. 5min 25s. Coup d'œil sur son bloc-notes. Le 06 était celui d'Anaïs.

Ensuite silence radio jusqu'au dimanche où le portable avait déclenché la cellule de Kerpont – Saint-Gildas-de-Rhuys.

0h25. Appel sortant vers le fixe de la maison. 1min 12s.

0h27. Appel entrant du même fixe. 1min 57s.

16h50. Appel entrant. Antenne relais route de Roh Vras – Saint-Gildas-de-Rhuys.

Le Maoût se retourna vers son équipier.

— C'est moi. Je voulais savoir si le portable était allumé. J'ai été surpris quand j'ai entendu la sonnerie normale avec le message « Je ne suis pas disponible, rappelez-moi ultérieurement. » Franchement, je pensais qu'il était détruit.

Le policier afficha la carte des antennes relais.

La maison du juge se situait presque à égale distance des deux cellules.

— Hier, le smartphone se trouvait toujours dans le quartier du Grand Mont. J'appelle le procureur pour savoir si on peut le géolocaliser.

La discussion fut brève, se termina par un pouce levé.

Le Maoût se mit sur l'application, entra les quinze chiffres de l'Imei. Au bout de deux minutes, les informations s'affichèrent : *Actif. N° du portable Orange. FR*. Le policier agrandit la carte, zooma de plus en plus. La position indiquée par la flèche rouge se trouvait sur le GR34 à deux cents mètres de la maison du juge.

Il ne put s'empêcher de grommeler.

— La petite plage. J'y suis descendu hier soir ! On fonce à Saint-Gildas.

48

Sans Sucre colla le gyrophare sur le toit de la Mégane 3 pour traverser le boulevard Waldeck Rousseau et s'insérer dans la file de droite. Devant la circulation à l'entrée du pont du Général de La Motte Rouge – Le pont urbain le plus ancien de la ville, une arche unique en fonte de 80 m de long et 12 m de large – le policier poursuivit sur le quai Henri Barbusse, remonta la rue Paul Bellamy en direction de la route de Rennes et de la N165.

Pendant qu'il pilotait, Le Maoût appelait Pohin.

— Major, on a la localisation du portable du juge. Sur la plage, là où le malinois s'est arrêté hier soir. On y sera dans une heure.

49

Le major se trouvait sur place depuis le lever du jour. Ses hommes poursuivaient l'enquête de voisinage le long du GR34.

Suite à l'annonce de Le Maoût, il se rendit immédiatement sur le lieu indiqué. La marée haute couvrait la plage. Les vagues lapaient le pied des rochers. Fébrile, Pohin composa le numéro de portable du juge. En apnée, il tendit l'oreille, se concentra pour oublier le murmure de l'océan, le bruissement léger des arbustes sous la caresse du vent.

Quatre notes de piano… là, sur sa droite. Montée d'adrénaline. Les yeux braqués vers l'endroit d'où provenait la sonnerie discrète, il s'avança dans les bruyères, les rochers. Il se figea à l'arrêt de la sonnerie, recomposa le numéro. Quatre notes de piano… Il s'accroupit, retira des algues brunes, deux ou trois galets plats. À la vue du sac plastique zippé, son pouls s'accéléra un peu plus. Il s'empara du sachet, appela Le Maoût.

— Je l'ai. Emballé dans deux sacs imperméables.

— Rien d'autre dans les sacs ?

— Rien.

— On vient de passer le pont de La Roche-Bernard.

Le major remonta le GR vers le parking. L'un de ses hommes l'attendait en compagnie d'une vieille dame. Emmitouflée dans un manteau de fourrure de quelque chose qui lui descendait aux chevilles, coiffée d'un chapeau de la même bête aux poils marron, on aurait dit une marmotte, debout, prête à lancer son cri d'alerte.

Le caporal s'approcha, fit les présentations.

— Madame Montgermont.

Pohin salua d'un mouvement de tête. Il n'eut pas le temps d'ouvrir la bouche que Dame Montgermont débita d'une voix aiguë ce pour quoi elle avait quitté le confort de sa villa avec vue sur la presqu'île.

— Je suis voisine de monsieur le juge Favre. Nous ne nous côtoyons guère mais c'est ainsi. Avant de m'endormir, je lis les philosophes du XXe siècle. Deleuze, Arendt, Aron et je rêvasse face à la mer, des heures durant.

Les paroles de la chanson d'Alain Barrière vinrent à l'esprit du major. *Et je reste des heures à regarder la mer, le cœur abasourdi…*

La dame poursuivit :

— C'est là que, dans un éclat de lune, je l'ai vu. Un Zodiac.

— Quelle heure était-il ?

— Minuit. Il a accosté sur la petite plage. Une torche s'est allumée. Quelques secondes seulement.

Une demi-heure plus tard, le bateau a filé vers le phare de Teignouse. Probablement sur Belle-Île.

— Merci beaucoup, votre témoignage est infiniment précieux.

— Des nouvelles de monsieur le juge ?

— Hélas… Bonne journée, madame.

50

Ambon. Le portable de Sans Sucre sonna. L'IGNA à nouveau. Le policier prit l'appel.

— Longuet. Vous avez quelque chose?

— Le profil génétique d'un échantillon trouvé dans le fourgon matche avec un de ceux répertoriés dans le FNAEG. Lucille Riguier. L'empreinte génétique est sans le moindre doute celle du père. Je vous ai transmis par mail le référencement du dossier en date du 15 novembre 2010. Bonne journée.

— Merci. À plus.

Sans Sucre envoya aussitôt un message au service pour une recherche sur Lucille Riguier avant même de débriefer son collègue sur les infos qu'il venait de recevoir.

Le Maoût eut une moue d'ignorance.

— Riguier, ça ne me dit rien.

Pied au plancher, il n'avait qu'une hâte: être sur site.

— Le portable du juge a été laissé là pour nous. Je me demande ce qu'il va nous apprendre.

Quinze minutes plus tard, il pilait sur le parking du Grand Mont où l'attendait Pohin. Le major vint aussitôt vers la voiture, tendit les sacs plastiques.

— Il est probablement bloqué par un code.

Le Maoût enfila des gants, prit les emballages et se dirigea vers la maison du juge. S'il ne se trompait pas, il avait un moyen rapide pour déverrouiller l'appareil. Tout en l'accompagnant, le major lui raconta le témoignage de madame Mongermont et conclut par sa propre réflexion :

— Tout ça plaide pour un enlèvement.

— Pas de revendication à moins que ce ne soit sur le portable. Hier, en fouillant la maison, j'ai vu un dossier « Téléphonie ».

Comme le policier le présumait, il trouva plusieurs supports de carte SIM. Le Maoût posa celle annotée « perso » sur le bureau du juge, entra trois codes PIN au hasard et composa les huit chiffres du code PUK inscrit au dos du support. La page d'accueil du mobile s'afficha. Avec une certaine fébrilité, il appuya sur l'icône « téléphone » puis « journal ». Dernier appel le 10 mars – 0 h 27, durée 1' 57". Rien qu'il ne connaissait déjà. Il cliqua sur l'icône « message ». Les photos le mirent en apnée, il tendit l'appareil au major.

— C'est la merde ! marmonna-t-il devant les trois clichés du corps nu pendu par le cou.

— J'appelle le proc. On décortique les photos, elles ne sont pas très bonnes mais ça suffira peut-être à trouver l'endroit. Voyez avec vos collègues de Belle-Île s'ils peuvent répertorier les propriétaires de Zodiac.

Sans Sucre était resté dans la voiture.

Le dossier Lucille Riguier transmis par le service faisait plusieurs pages. L'adolescente s'était suicidée en prison après avoir toujours clamé son innocence. Le juge qui l'avait condamnée s'appelait Pierre-Olivier Favre. Le père de Lucille, Philippe Riguier, n'avait aucun antécédent judiciaire. Le policier rappela la mairie de Belle-Île.

— Bonjour. Lieutenant Longuet. Je vous ai déjà contactés… Le nom de Riguier ne vous rappelle rien ? Le garçon aurait été enfermé dans la colonie entre fin juillet 1933 et juin 1934.

— Je vous l'ai dit, les archives ont été brûlées et les gens qui travaillaient à Haute-Boulogne à cette époque sont tous décédés.

— J'ai vu sur Internet qu'une révolte des colons en août 1934 avait fait grand bruit. Il y a peut-être encore des gens sur l'île qui se souviennent de cet épisode ?

— Certainement mais je n'ai pas le temps de…

— Et sur réquisition du procureur ?

— Je vous passe monsieur le maire.

L'élu fut plus réceptif.

Sans Sucre obtint deux noms avec les coordonnées téléphoniques.

Il composa le numéro d'Armand Kerjouan. Il habitait à Locmaria, rue Vincent Seveno.

— Lieutenant Arnaud Longuet. PJ de Nantes. Monsieur Kerjouan ?

— Oui, bonjour. Que puis-je pour vous ?

— Haute-Boulogne. Une très vieille affaire qui remonte à 1934.

— Houlà ! J'avais neuf ans. Dites toujours.

— Le garçon s'appelait Riguier.

— Sur les cinquante-six fugitifs, il est le seul à avoir quitté l'île. Mon père a participé à la chasse aux vauriens. À lui tout seul, il en a ramené…

— Son score ne m'intéresse pas. Je…

Bip, bip, bip… Son interlocuteur avait raccroché. Une sorte d'omerta régnait sur l'île à propos de la colonie pénitentiaire. Il repensa à Cauchet, à l'icône de saint Patern déposée sur ses attributs masculins, sur ce que lui avait appris le frère de l'abbé. Les quatre-vingts francs, la date de septembre 1933. Tout avait commencé là-bas.

Le Maoût le rejoignit. Les photos du juge ne l'étonnèrent pas.

— D'après ce que je viens de lire, le tueur s'appelle Lucien Riguier. 52 ans. Pas de casier. En 2010, le juge Favre a condamné sa fille de dix-sept ans pour tentative de meurtre. Une accusation qu'elle a toujours réfutée. Elle s'est pendue dans sa cellule. Ce serait bien de faire un saut dans le quartier Saint-Patern.

51

Lundi 11 mars, 10h25

En moins d'une demi-heure, le ciel avait noirci. Un avis de tempête avait été annoncé pour la fin de journée. Le Maoût se gara sans même arrêter le moteur devant le bar tabac presse Le Cabello.

Sans Sucre présenta sa carte de police à la patronne.

— Bonjour. Connaissez-vous quelqu'un qui aurait vécu dans le quartier dans les années trente ?

— Madame Moretti.

— Vous avez une adresse ?

— Au 18 rue du Four. C'est juste derrière, à cent mètres.

Le policier remercia, sortit. Il trouva Le Maoût en train d'envoyer un texto. *Nous sommes à Vannes avec Arnaud. Baisers, chérie. À ce soir.*

— Alors ?

— Une certaine dame Moretti. Elle habite juste à côté.

L'appartement se trouvait au premier d'un immeuble de trois étages.

Le Maoût appuya sur la sonnette. La porte s'ouvrit immédiatement comme si la nonagénaire les attendait. Coiffée, maquillée avec soin, droite sur sa canne, elle regarda les deux hommes.

— Messieurs…

— Bonjour, madame, nous sommes de la police de Nantes et…

— Je sais, Nono vient de m'appeler. J'ai pas trop le temps. Vous aimeriez savoir quoi du bon vieux temps ?

— Est-ce que le nom de Riguier vous évoque quelque chose ?

— Non.

— Et Émile Cauchet ?

— Il était enfant de chœur à l'église Saint-Patern. Je m'en souviens bien. Très mignon mais il ne s'intéressait pas aux filles. Son père travaillait avec le mien à l'imprimerie de Chorand. Des gens de la haute les de Chorand. Enfin lui, parce qu'elle… Holàlà, elle jouait la grande dame mais aucune classe. Pas étonnant qu'Eugène préférait la compagnie de Louise Danfert. Pauvre femme ! Elle et sa fille ont été empoisonnées par un domestique. Enfin, c'est ce qui a été dit. Dans le quartier, personne n'y a cru. Arsène Danfert s'est suicidé trois ou quatre mois après. Ferdinand, l'employé, a été guillotiné. La cuisinière est morte dans l'incendie de sa maison et Eugène de Chorand s'est tué dans un accident de chasse. J'oubliais la femme de chambre, arrêtée et emprisonnée quelques jours avant le drame. À croire qu'un mauvais karma s'était abattu sur tous ceux qui côtoyaient les Danfert à cette époque.

— Vous vous souvenez de l'année ?

— Septembre 1933. Juste avant la rentrée de l'école… Enfin, quand je dis sur tous les proches des Danfert… Pas sur Jules de Chorand ! Arrogant, vicieux. Il ne ratait pas une occasion d'accompagner son père chez les Danfert. Eugène pour Louise et Jules pour Claire. À l'époque, le quartier était petit et la plupart des parents de nos copains travaillaient à la tannerie Danfert. Alors, ça causait.

— Et qu'est devenu Jules de Chorand ?

— Comme sa très chère mère est enterrée à Belle-Île-en-Mer, il vit là-bas. Y aurait de quoi écrire un roman sur la mère et le fils.

— Et Émile Cauchet ?

— Le père a obtenu une promotion et ils ont quitté le quartier. J'ai entendu dire qu'il était devenu curé. Pas étonnant… Mais votre Lucien Riguier n'était sûrement pas du quartier, sinon je m'en serais souvenue. À la mairie, ils pourraient vous renseigner.

La vieille dame ferma la porte, s'engagea dans le couloir vers l'escalier.

— Le Jules… Le pire parmi les mauvais. Bonne journée, messieurs.

Le Maoût jeta un coup d'œil à son portable dès qu'il fut dehors, s'engouffra dans la voiture.

— L'état civil ! On aurait pu y penser nous-mêmes. On fonce au centre administratif. Appelle Pohin pour le Zodiac.

52

11 h 10, centre administratif de Vannes.

Malgré leurs cartes d'OPJ, l'agent émit quelques réserves à leur transmettre la fiche d'état civil de Philippe Riguier.

Né le 28 février 1961 de Riguier Lucien Prosper et de Le Foll Françoise Marie.

Riguier Lucien Prosper né le 30 août 1920 à Vannes de Riguier Joseph Marie et de Bara Léonie Marie.

Le Maoût se releva.

— Lucien avait treize ans en septembre 1933. C'est lui.

— Les minutes des jugements rendus à cette époque par les tribunaux sont conservées par les archives départementales mais rien n'a été numérisé. Il va nous falloir des heures pour…

— J'appelle le procureur pour qu'il priorise notre demande. Anaïs Favre est en vie. Je le sens. Chaque seconde compte.

— Pierre Cauchet affirme que son frère a reçu l'argent à la fin des vacances de 33. C'est-à-dire vers la mi-septembre, ça réduit beaucoup la période de recherche.

*

12 h 05

Les deux policiers se trouvèrent devant une vingtaine d'archives judiciaires, période du 1er au 20 septembre. Toutes portaient les noms de Riguier, Bara, Danfert. Celui de Bara Léonie épouse Riguier mit Le Maoût en apnée.

Bara Léonie, jugée le 16 septembre 1933 pour un vol de bijoux en date du vendredi 15 septembre chez monsieur et madame Arsène Danfert, rue du roulage à Vannes.

En une fraction de seconde, l'histoire de la mère Moretti sur les Danfert et de Chorand s'afficha dans la tête du policier aussi nettement que sur un tableau noir. Suivait le dossier de Riguier Lucien jugé le 18 septembre 1933 pour vol sans discernement dans l'église Saint-Patern ; condamné à l'enfermement jusqu'à sa majorité à la colonie pénitentiaire de Belle-Île-en-Mer. Qui avait les moyens de payer Émile Cauchet pour accuser injustement Lucien Riguier de vol ? Danfert ? De Chorand ?

Le policier compulsa les dossiers suivants.

Louise Danfert née Delamare décédée le 19 septembre 1933 à 2 h 40.

Claire Danfert décédée le 19 septembre 1933 à 1 h 50.

Les éléments qui avaient conduit au meurtre de la mère et de la fille se trouvaient là sous ses yeux mais impossible de déterminer quelle était la première pièce du puzzle. À haute voix, il récapitula les faits depuis l'arrestation de Léonie le 15 septembre jusqu'à la mort de Louise et de Claire Danfert le 19 septembre.

Sans Sucre cessa de photographier les minutes.

— Deux témoins affirment avoir vu Léonie Riguier retirer les boucles d'oreilles volées de ses sabots. Claire Danfert et Jules de Chorand.

— Tout comme Émile Cauchet affirme avoir vu Lucien Riguier piller les troncs de l'église Saint-Patern. Même accusation pour un même résultat. La prison pour la mère et la colonie pénitentiaire pour le garçon.

— Il y a ça aussi…

Le doigt pointé sur une phrase, Sans Sucre glissa l'un des feuillets vers son collègue.

Jugement effectué le 16 septembre 1933 par son Honneur le juge Louis Charles Favre.

Le Maoût respira profondément, se mordilla la lèvre inférieure.

— J'aimerais bien savoir ce qui s'est passé ce vendredi 15 septembre pour qu'en quelques jours ce soit l'hécatombe dans l'entourage des Danfert…

— Le seul susceptible d'apporter des réponses semble vivre à Belle-Île-en-Mer. Et si c'est lui qui est derrière tout ça, le tueur doit le savoir et être déjà sur l'île.

Sans Sucre poursuivit par la lecture du SMS qu'il venait de recevoir de Pohin.

— De plus, ce monsieur de Chorand est

propriétaire d'un Zodiac pro 5.50. Une belle bête avec un moteur de 115 CV.

— Anaïs Favre est là-bas. Demande à Pohin de nous trouver le moyen le plus rapide pour nous transporter à Belle-Île. J'appelle le procureur. On aura besoin d'un mandat pour entrer chez de Chorand.

Trop impatients pour attendre l'ascenseur, le téléphone collé à l'oreille, les policiers prirent l'escalier. Lorsqu'ils se retrouvèrent sur le parking, le vent avait forci. Comme poussés par le diable, les nuages couraient dans le ciel. Tout à leur conversation téléphonique, ils s'engouffrèrent dans la voiture.

Sans Sucre attendit la fin de l'échange de son équipier avant de lui transmettre la réponse du major.

— Pohin contacte les collègues de la brigade nautique de Quiberon et l'unité littorale des Affaires maritimes du Morbihan. Il nous tient informés.

— Jeannès n'est pas chaud pour un mandat. On n'a rien contre ce de Chorand. En revanche, on peut se présenter chez lui et justifier notre présence par le fait que l'on craigne pour sa sécurité, parce qu'il pourrait être la prochaine cible d'un tueur. On verra bien sa réaction.

Le Maoût cliqua sur Google, tapa « *Traversée vers Belle-Île-en-Mer* ». Le site de la Compagnie Océane s'afficha. Il composa le numéro proposé.

— Le Maoût, police judiciaire de Nantes. Auriez-vous eu s'il vous plaît une réservation pour Belle-Île au nom de Philippe Riguier ?

— Pour quand ?

— Je ne sais pas. Hier. Aujourd'hui.

Un pianotage de clavier lui parvint à l'autre bout de la ligne. Puis la réponse de l'agent.

— Rien à ce nom. À cette époque de l'année, la plupart des passagers prennent leur billet sur place.

Le policier remercia, coupa la communication et sortit, le portable à la main. *Besoin de l'entendre.* Rita décrocha tout de suite. Ça le rassura.

— Coucou chérie, ça va ?

— Ben oui, pourquoi ça n'irait pas.

Un ton froid. Sans amour. Le genre de réponse qui lui donnait envie de raccrocher, de tout envoyer balader.

— Tu fais quoi ?

— Rien. Je vais faire les magasins de meubles cet après-midi. Je prendrai le bus à moins que je trouve quelqu'un pour…

Nouveau coup de couteau en plein cœur. Il prit sur lui pour ne pas crier que ce cher Antoine en serait ravi. Bien que terrassé, il l'encouragea.

— Prends des prospectus, on les regardera quand je rentrerai. Tu m'aimes ?

— Ben oui, pourquoi j't'aimerais plus ?

— D'accord, à ce soir. Je t'aime trésor.

Sa phrase n'était pas finie qu'elle avait déjà raccroché. Wouah ! De la souffrance pour le restant de la journée.

Sans Sucre l'accueillit dans la voiture avec sa bonne humeur habituelle. Se ravisa en voyant sa tête.

— Ça n'a pas l'air d'aller. Rita ?

— J'ai l'impression qu'elle n'en a rien à foutre de ma gueule.

— N'importe quoi !

— Penser que l'autre connard lui tourne autour, ça me rend malade. Si je m'écoutais, je foncerais à Nantes. Dingue !

— J'te le fais pas dire. On a le temps de déjeuner ou pas ?

— Sauf si Pohin nous a trouvé un transport dans l'immédiat.

53

Certains gendarmes en poste à Sarzeau depuis plus de vingt ans connaissaient la presqu'île sur le bout des doigts. Le major Pohin rassembla son équipe dans la salle de réunion de la brigade, appuya sur une touche du clavier de l'ordinateur relié au rétroprojecteur fixé au plafond. La première photo du juge s'afficha sur le mur.

— Le tueur en a pris trois du corps et laissé des indices afin que l'on trouve le portable avec lequel il a pris ces clichés. D'autre part, de la sciure de plusieurs essences de bois et de la terre genre tourbe de lande ont été retrouvées sur un vêtement porté par le juge Favre.

Le major se tourna vers la photo.

— Celle-ci a été prise en contre-plongée depuis le sol. Le corps se trouve pendu à une hauteur assez importante entre les structures en bois d'une sorte de coursive. Au-dessus, on distingue des solives et les ondulations d'une couverture en plaques de fibrociment.

Pohin tapa de nouveau sur le clavier.

— La seconde est une vue en plongée, prise apparemment depuis la structure. Le tueur ne l'a pas cadrée par goût artistique mais pour nous montrer la machine qui se trouve au sol et ainsi nous transmettre un message…

Le brigadier Chenu intervint aussitôt :

— Une ancienne scierie installée à la Lande du Matz sur la D199 en direction de Penvins. L'exploitant a tout laissé sur place y compris le banc de coupe avec sa scie à ruban, les volants en fonte, un chariot d'entraînement à manivelle. Une merveille. Il y a en effet un hangar et une maisonnette en pierre.

— Vous êtes sûr ?

— Certain.

Pohin interrompit la séance.

— Pour l'instant, motus. Chenu, on y va.

54

Anaïs ne savait plus très bien si cela faisait une heure ou plusieurs que son ravisseur lui avait amené à boire. De l'eau chargée d'amertume qu'elle avait bue d'un trait. Sous l'effet du Laudanum, elle avait sombré dans un sommeil envahi de songes glauques et fantasques.

Derrière ses paupières closes, une lueur irisée baignait la pièce. Elle entrouvrit les yeux sur un mur d'images. Un court instant, elle se crut dans un rêve éveillé. Elle releva la tête, s'étonna de pouvoir redresser le buste, de se mettre assise. L'esprit encore embrumé, elle regarda autour d'elle avant de revenir sur la projection. Un halo de lumière blanche enveloppait une scène étrange. Un vieil homme, voûté, un peu bedonnant, la démarche simiesque, marchait sur une passerelle établie à plusieurs mètres de hauteur. Une tunique en plastique transparente laissait entrevoir la blancheur laiteuse de sa peau nue et ne cachait rien de son dos ni de ses fesses lorsqu'il prenait le virage de la coursive. La ligne sombre d'une attache se distinguait, tendue depuis le cou du marcheur jusqu'au dôme lumineux bloqué sous la toiture du bâtiment. Un réglage de la focale rapprocha la scène. Les images se firent plus nettes. Des éléments de charpente dont un poteau en bois qui cachait la moitié du parcours. Le pas lourd, la respiration rauque, le supplicié réapparut. La caméra zooma, révéla un texte écrit sur la chasuble en plastique, détailla la lanière en cuir autour du cou. L'amorce de cheveux gris cendré… Le pouls de la jeune femme grimpa brusquement. L'abominable réalité l'embrasa. Pas besoin de voir le visage de son père qui s'affichait maintenant en gros plan pour se mettre à hurler. Elle ferma les yeux, ne put s'empêcher de les rouvrir. Totalement nu, les pieds en sang, agenouillé sur la passerelle, agité de tremblements convulsifs, le juge s'appliquait à lire ce qui y était écrit sur le rudimentaire vêtement transparent. Après quelques minutes, il se leva avec difficulté, reprit son manège. Le bruit sourd de ses pas et le nom de Riguier grommelé avec rage entre ses dents scandaient sa marche. Le bâtiment tout entier vibrait de sa colère. Il s'immobilisa soudain, pointa un doigt devant lui. *Riguier ! Si vous imaginez me…* Il se tut. Sa voix trahissait la peur. L'instant d'après, il tomba dans le vide, gesticula au bout de sa laisse comme un vers fiché à un hameçon.

Bouche ouverte, les mains crispées sur le matelas, Anaïs ne pouvait plus respirer. Une poigne monstrueuse lui serrait la gorge, écrasait sa poitrine. L'étouffait. Sa vue se troubla. Elle vacilla sur son assise, bascula en entraînant le brancard dans sa chute. Son front heurta durement le béton. L'arcade droite éclatée, allongée sur le sol, elle se mit à sangloter, à gémir pendant qu'une horrible voix sèche et grinçante lui pénétrait le crâne comme un vilebrequin dans du bois criblé de grenaille de fer.

— Celui qui a tué votre père s'appelle Philippe Riguier. Celui qui a tué votre père s'appelle Riguier. Philippe Riguier.

En gros plan sur le mur, le visage blême, les yeux exorbités, un rictus au coin de la bouche, son père semblait ricaner.

Anaïs hurla. Elle aurait voulu mourir là tout de suite pour que tout s'arrête. Que les images disparaissent de sa tête. Que cesse l'infernale litanie.

Cela dura longtemps. Des heures, peut-être. Le corps secoué de spasmes, la jeune femme demeura prostrée à même le béton avant de sombrer dans le néant.

55

— *Celui qui a tué votre père s'appelle Philippe Riguier. Philippe Riguier.*

Follet ne perdait rien du message répété en boucle. Les yeux rivés sur la lueur qui ondoyait sous le bas de porte, il imaginait ce qui se passait dans la pièce voisine. Les hurlements de la jeune femme confirmaient l'horreur de ce qu'elle vivait. Ce pervers de Chorand lui projetait la mort de son père, affûtait sa haine, son envie de tuer. Le flash de lucidité lui dessécha la bouche. Ses doigts palpèrent la bâche du sol au plafond. Une protection totale, une pièce prête pour un sacrifice ou un massacre. Le sien. Ce monstre n'allait pas se salir les mains, il préparait psychologiquement Anaïs Favre pour qu'elle le fasse à sa place. Affolé, il profita du rai de lumière qui adoucissait l'obscurité pour détailler l'entrave fixée à sa cheville. Un truc prévu pour un éléphant. Putain d'enfoiré de Malawi ! Démoralisé, il s'assit dos au mur. Depuis des générations, le sort s'acharnait sur sa famille. Chez les Riguier, on ne mourait pas dans son lit. Les morts violentes se succédaient. Guerre. Accidents. Suicides. De sa lignée, il ne restait que lui. Comme si le malheur avait affecté un de leurs gènes ou un de leurs chromosomes, comme s'ils avaient hérité des traumatismes de leurs ancêtres. S'il ne craignait pas de mourir, quitter ce monde sans avoir pu honorer sa promesse faite sur la tombe de Lucille lui était intolérable. Et dans une moindre mesure, sans avoir rétabli la vérité auprès d'Anaïs sur la mort de son père.

Il se boucha les oreilles pour ne plus entendre l'infernale litanie.

Celui qui a tué votre père s'appelle Riguier. Philippe Riguier.

Dans un sursaut de colère, il tâta nerveusement sa bouche, chercha un nœud, une épissure. Finit par trouver l'extrémité de la couture. Telles des pinces, ses ongles coupèrent la peau, agrippèrent le fil, le tirèrent lentement vers le haut. Sans se préoccuper de la douleur, il renouvela l'opération vers le bas puis de nouveau vers le haut jusqu'à ce qu'il puisse glisser deux doigts entre ses lèvres et les écarter. Il força de plus en plus, sentit les chairs céder sous la pression de l'acier. Jailli du fond de ses tripes, un cri rauque, déchirant, se mêla au sang qui coulait dans sa gorge.

56

Pohin se pencha vers le pare-brise. Une petite bâtisse en pierre bleue, un grand hangar bardé sur toute sa hauteur de planches grises recouvertes de lichens par endroits. Son regard se fixa sur l'échauguette en bois construite dans le prolongement du faîtage. Sur la poutre traversante, le volet délabré qui battait au vent, la lourde chaîne, le crochet de levage. Glauque.

Le brigadier Chenu gara la voiture de gendarmerie dans la venelle entre la maison et le hangar. Devant eux, dans un ciel de plomb, les pins ployaient sous les rafales. Malgré les photos, Pohin espérait encore trouver le juge vivant. Retoucher, modifier un cliché, faire un montage était facile aujourd'hui. Le major s'empressa vers la porte de l'ancienne scierie. Dans le bâtiment, la pénombre régnait. La mousse et les feuilles mortes avaient depuis longtemps recouvert les plaques translucides de la toiture. La seule lumière naturelle, hormis celle de la porte ouverte, provenait de la guérite située à la pointe du pignon.

Au gré des sautes de vent qui ouvraient et fermaient le volet, un halo sporadique éclairait un corps nu pendu à plusieurs mètres de hauteur.

Le brigadier pointa le faisceau de sa torche sur la dépouille, le glissa sur l'échelle appuyée à l'étrange structure suspendue à la charpente métallique, sur les vêtements déposés sur le banc de coupe. Les deux hommes s'approchèrent. Le major saisit la lampe, la pointa de nouveau sur le visage livide, gonflé, déformé. S'il n'avait pas si bien connu le juge, il aurait eu du mal à le reconnaître.

— C'est lui. On sort, on ne touche à rien.

Le major attendit d'être dehors pour appeler Le Maoût.

— Pohin. Nous avons trouvé le corps du juge Favre dans une ancienne scierie à la Lande du Matz sur la D199 en direction de Penvins.

— Voyez avec le procureur pour les mesures conservatoires du site et l'intervention des collègues de l'IJ[17]. Avez-vous une réponse pour aller à Belle-Île ?

— Rien pour l'instant. Regardez sur le site de la Compagnie Océane. Il y a un départ de Quiberon aux alentours de 14 heures, vous serez sur l'île à 15 heures, avec votre voiture. Vous êtes où ?

— Vannes.

— Faut y aller. Maintenant.

Le Maoût grogna quelque chose d'inintelligible en guise de remerciement, coupa la communication. Pohin avait raison pour la bagnole. Disposer d'un véhicule sur l'île leur ferait gagner du temps.

---

17. *Identité Judiciaire.*

57

La lumière du néon et les mots chuchotés à son oreille tirèrent Anaïs de l'état semi-comateux dans lequel l'abominable chagrin l'avait plongée. Elle ouvrit les yeux, prit la tablette posée près d'elle. Découvrit le supplice de son père jusqu'à sa pendaison. Chaque photo la faisait frémir d'horreur. Le portrait sous-titré d'un homme clôturait le montage.

Philippe Riguier. Le tortionnaire de votre père.

Il se trouve dans la pièce voisine.

La jeune femme vrilla. Un bouillonnement sauvage, une folie meurtrière l'emporta tout entière. Elle se releva face au panneau porte-outils, saisit un marteau et se dirigea vers la porte d'où lui parvenaient les hurlements d'un animal pris au piège.

58

Les coutures distendues permirent à Follet une prise plus aisée du fil d'acier. Malgré la douleur aiguë qui lui faisait monter les larmes aux yeux, il poursuivit fébrilement, point après point. Le fil arraché, ses lèvres et sa langue libérées, Follet cracha le sang qui emplissait sa bouche. Malgré l'angoisse, son cerveau tournait à plein régime. Il devait empêcher Anaïs d'entrer. De ce qu'il distinguait grâce au filet de lumière filtrant sous la porte, cette dernière s'ouvrait directement dans la pièce voisine. Il retira son pull, sa chemise, en fit un tortillon, une boucle qu'il noua.

Une ombre se profila sous la porte. Le cri de haine qui résonna entre les murs le crispa.

— Riguier ! C'est toi, Riguier ?

L'anneau de tissu enroulé autour du poignet, il se mit en position, en bout de chaîne, le corps et le bras tendus vers la porte. Après deux tentatives infructueuses, de l'angoisse plein les veines, d'un mouvement sec du poignet, il enfila le rond de tissus sur la poignée de la porte. Le mit en tension.

59

Elle allait éclater ce fils de pute de Riguier, le mettre en charpie. Le marteau de charpentier arrache-clous bien en main, le visage ensanglanté, Anaïs saisit la poignée, tira dessus nerveusement. Surprise de ne pouvoir ouvrir la porte, elle se figea une fraction de seconde avant de s'énerver, de péter un câble. Arc-boutée sur la poignée en aluminium, elle la secoua avec des hurlements de démente.

— Riguier !

60

Calé au fond de son siège, les deux mains sur le volant, Le Maoût roula pied au plancher, gyrophare en marche, sans se préoccuper des violentes rafales de vent qui par moments déportaient la voiture. Il s'arrêta dans un crissement de pneus devant l'accueil « embarquement des véhicules », descendit sa vitre, présenta sa carte de police au contrôleur qui lui fit signe de continuer.

— On vous attendait, lança-t-il.

L'OPJ fila sur le parking désert, s'immobilisa sur le pont inférieur pendant que la rampe d'accès du roulier se relevait. Les policiers grimpèrent au salon voyageurs. La plus infime clarté avait déserté le ciel d'encre. Plus le moindre reflet d'argent sur l'océan couleur de plomb. La tempête annoncée se préparait. Le navire se dégagea du quai dans un brassement d'eau et mit le cap sur Belle-Île.

Sans Sucre montra la réponse de la gendarmerie du Palais à la suite à son appel.

Adresse Jules de Chorand. À l'entrée du village de Bornor, prendre à gauche, une voie sans issue. Grande maison en pierre construite au-dessus de l'anse de Kerel. Un besoin particulier ?

Le policier répondit par la négative pendant que Le Maoût tapait *Bornor Belle-Île-en-Mer*. Il cliqua sur la carte, se mit sur Google Earth puis sur Street View. Un chemin caillouteux menait à la maison isolée, à demi cachée par les bosquets de pins et les haies taillées au cordeau. Pas de portail ni de caméra apparente.

Dès la sortie du port, la houle se fit sentir. Pour échapper aux haut-le-cœur, Le Maoût sortit du salon. La capuche de son anorak relevée, agrippé au bastingage, il suivit des yeux un fou de Bassan qui se jouait du vent. Hâte d'être sur la terre ferme. Il n'aimait pas la mer, trop de mauvais souvenirs s'y rattachaient. Malgré sa volonté de se concentrer aussitôt sur autre chose, une décharge électrique au pied droit le tétanisa. Putain de douleurs fantômes ! Une simple pensée pouvait les faire ressurgir[18]. Il pensa à Rita, se demanda ce qu'elle faisait. Avec le mauvais temps, peut-être allait-elle rester à l'appartement. Peut-être. Une bouffée d'angoisse lui noua le ventre. Il inspira par le nez, expira lentement. Répéta l'exercice jusqu'à se sentir mieux. Les jambes écartées, les mains serrées sur la lisse métallique du garde-fou, insensible aux paquets d'écume et d'embruns qui l'aspergeaient, il se focalisa sur ce qui l'emmenait à Belle-Île-en-Mer. Si Riguier avait un mobile pour tuer l'abbé Cauchet et le juge Favre, il n'en avait aucun pour Germaine, la nounou. Quant à Anaïs

18. *Voir* La stratégie des ombres, *même auteur, même collection.*

Favre, sa mort ou son enlèvement n'avaient de sens qu'en gardant son père en vie. Le faire souffrir comme lui avait souffert. Œil pour œil ! Le témoignage de madame Moretti et celui de la voisine du juge au sujet du Zodiac l'amenaient sur une autre piste. Celle de Jules de Chorand, seul rescapé de l'entourage des Danfert en ce funeste mois de septembre 1933.

Il n'y avait jamais de hasard.

61

Le corps étiré comme une corde, Follet résistait aux assauts d'Anaïs. Ne lâchait rien. Presque tétanisés sous l'effort, ses muscles tremblaient, se contractaient involontairement. Combien de temps allait-il tenir ? Ne valait-il pas mieux la laisser entrer et la combattre ? Ce n'était qu'une femme après tout. Pour avoir pris la peine de bâcher toute la pièce, ce serpent de De Chorand présumait du sang et de la chair collés aux murs. Il avait dû lui mettre des armes blanches à disposition. Une hache, une machette, une matraque hérissée de clous… L'équipement parfait pour un massacre. Il lui faudrait la maîtriser tout de suite avant qu'elle ne donne le premier coup. La tuer si nécessaire. Un combat à mort.

Follet tourna la tête, se tordit le cou à la recherche d'une caméra. Bien le genre de De Chorand pour ne rien perdre du spectacle.

62

Dans sa folie dévastatrice, la jeune femme tira, tapa des pieds, des poings puis attaqua la porte avec le marteau. Hystérique, elle frappa n'importe comment avant de s'acharner sur le milieu. À chaque coup de la partie tranchante de l'arrache-clou, le bois éclatait, se creusait. Bientôt, le panneau se fendit, un trou grand comme une pièce d'un euro apparut. Encouragée, Anaïs cogna plus fort. La sueur se mêlait aux traînées pourpres qui lui balafraient la moitié du visage. La rage se lisait dans ses yeux. Sa bouche écarlate, tordue par un rictus de haine, découvrait des dents rouges de sang. Ses cris effrayants retentissaient dans le sous-sol.

— Fils de pute, quand j'en aurai fini avec la porte, ce sera ton tour, Riguier !

La panne du marteau traversa soudain le bois, demeura coincée. Incapable de retirer l'outil, elle retourna au panneau mural, s'empara d'une massette à têtes plates et reprit son travail de démolition.

63

Malmené par le roulis et les coups de tangage, les vêtements trempés, Le Maoût se réfugia dans le salon pour finir la traversée.

À 15 h 10, le *Vindilis* entrait dans les eaux calmes du port du Palais alors que des déferlantes se brisaient sur les falaises dans un fracas de canonnade. Les policiers regagnèrent leur voiture au pont inférieur et attendirent leur tour pour accéder à la rampe de débarquement. S'il ne l'avoua pas, rouler sur la cale et les quais fut un réel soulagement pour Le Maoût. Définitivement, il détestait la mer, les vagues, les navires. Son regard balaya les sombres murailles de la citadelle de Vauban dominant le port.

Le portable à la main, Sans Sucre lui indiqua la route à prendre. Avenue Carnot, les portes Vauban, Bangor puis la D190 droite, tendue comme un trait de flèche jusqu'au rond-point des Quatre-Chemins.

L'esprit absorbé par sa mission et sa conduite nerveuse, le policier traversa la bourgade de Bangor sans le moindre regard ni à droite ni à gauche et accéléra sur la départementale sinueuse tracée au milieu des landes, des bois de pins où étaient blottis, tels des champignons, deux ou trois maisons blanches aux toitures en ardoises bloquées par les chevronnières en béton. Sous les rafales de vent de plus en plus fortes, les arbustes dépouillés de leurs feuilles ployaient, des déchets végétaux jonchaient la route.

Accompagnée d'une violente bourrasque, l'averse s'abattit d'un coup. Le déluge fouettait le pare-brise, tambourinait sur la carrosserie, obligea Le Maoût à ralentir, à rouler presque au pas.

Les policiers passèrent le village de Kérel sous des trombes d'eau.

Sans Sucre tendit un doigt.

— À gauche après les carcasses de bagnoles. La voie sans issue.

Le Maoût éteignit le gyrophare, s'engagea sur le chemin étroit, caillouteux et gorgé d'eau. À leur droite, une haie de jeunes pins bringuebalait sous la tourmente. Puis ils longèrent une haie persistante taillée au carré jusqu'à l'entrée d'une propriété. Le Maoût s'arrêta. L'environnement lui rappelait ce qu'il avait vu sur Street View. Il bifurqua sur la voie pavée à l'ancienne avec massifs de rhododendrons de part et d'autre.

Au fur et à mesure de son approche, le pignon, les murets de terrasse apparurent confus derrière le rideau de lourdes stries grises qui tombait du ciel. Il stoppa, coupa le moteur. Les feux.

Dans la maison, une lampe s'alluma derrière les stores d'une grande baie vitrée. Puis une seconde.

64

Comme chaque jour, la voix de Tino Rossi imprégnait le salon, semblait suinter des murs, du plafond. Une bulle du passé où Jules de Chorand se sentait protégé en attendant de rejoindre sa mère, sa femme, son amante. Son autre. Les chansons *Maman, Maman la plus belle du monde, Il n'y a qu'une maman au monde…* se succédaient durant des heures. Tout en les écoutant, Jules de Chorand ne perdait rien de ce qui se passait au sous-sol, ni dans sa propriété. L'écran placé devant lui affichait simultanément les images de plusieurs caméras.

L'annonce par Kwibé de l'arrivée imminente des policiers le contrariait. Le gendarme qui l'avait prévenu ignorait s'ils disposaient d'un mandat. Le contact effectué par le lieutenant Longuet de la PJ de Nantes avait été bref. Il souhaitait connaître l'adresse de Jules de Chorand. Point. Le vieillard se doutait que cette visite impromptue concernait la mort de Cauchet ou celle du juge Favre mais la rapidité avec laquelle les enquêteurs étaient remontés jusqu'à lui le surprenait. Riguier ? Non, il voulait sa vengeance pour lui tout seul et le nom de De Chorand ne signifiait rien pour lui jusqu'à ces derniers jours. Voire ces dernières heures, sinon il aurait commencé sa croisade par lui et pas par le juge, encore moins par Cauchet. Il ne comprenait pas. Aucun lien n'existait entre lui et Favre... Cauchet ! L'enfant de chœur que son père avait payé pour accuser Lucien Riguier de vol. Qu'avait raconté l'abbé avant de claquer ? Bien le genre à se confesser par écrit pour se faire pardonner par le grand Patron. Les flics avaient dû se rendre au Bon Pasteur et fouiller sa piaule. Qu'importe, il y avait prescription et aucune preuve pour toutes ces affaires. Si la PJ venait chez lui, ce n'était certainement pas avec un mandat de perquisition.

Il pressa sur un bouton de son portable fixé à un accoudoir.

— Kwibé, tu vérifies que la double porte insonorisée du sous-sol est bien fermée et tu débranches l'enceinte qui donne chez la fille. Quand les policiers arriveront, tu les conduis dans le petit salon et tu viens me chercher.

De Chorand éteignit l'écran de contrôle, se rapprocha de l'une des baies donnant sur le parc. Poussée par la furie du vent, la pluie fouettait les vitres. Les cimes noires des vieux pins semblaient planer comme des vaisseaux dans le ciel enragé. De l'océan, il ne distinguait qu'une succession de crêtes blanches déferlant vers la côte. Au-dehors, quelque chose battait au rythme des rafales. Certainement la porte du bûcher. Si ces claquements répétés l'agaçaient habituellement, ils l'arrangeaient dans l'instant. Il tendit l'oreille. Plus un bruit ne lui parvenait du sous-sol. Il ralluma l'écran un bref instant. À part un trou plus grand dans la porte, la situation n'avait pas évolué.

Son père aimait les tempêtes. Il leur arrivait d'aller marcher sur le GR quand le vent soufflait au plus fort, quand les éléments du ciel et de l'eau ne faisaient plus qu'un tourbillon incontrôlable, quand les vagues en forme de lames, monstrueuses de violence, déferlaient, éclataient sur la falaise en gerbes d'écume. Jamais plus… Non, jamais plus. Pourquoi ? La haine la submergea, réveilla son envie de tuer. Les images de son père pendu, cet abominable rictus aux lèvres, l'assaillirent. Elle cria :

— Riguier !

Le rire sardonique de l'homme lui fit perdre tout contrôle. Avec un hurlement de rage, elle se précipita, le marteau levé. Elle allait faire taire cette crevure, lui éclater la gueule. Ses yeux rencontrèrent ceux de Follet soudain grand ouverts, lucides et froids.

67

Follet la laissa venir. *Elle avait réagi exactement comme il l'imaginait.* Un imparable et puissant balayage de sa jambe droite la faucha alors qu'elle s'apprêtait à frapper. Anaïs vola à l'horizontale, chuta lourdement sur le dos. Sonnée, elle fut incapable de réagir lorsque Follet l'agrippa. Un bras bien serré autour de son cou, il profita de la lumière dispensée par la porte grande ouverte pour découvrir sa cellule improvisée. Pas d'autre porte. Il repéra la minuscule caméra placée au-dessus de la porte, détailla la fixation de son attache. Un simple maillon rapide à l'écrou bloqué à la clé. Impossible à dévisser à la main. Il empoigna la massette et s'attaqua au mur autour de la cornière métallique. Il n'avait que très peu de temps avant la venue du « fantôme ».

Le souffle coupé, Anaïs demeura quelques secondes sans réaction avant de se mettre à gesticuler, à battre des bras, des jambes. Follet lui serra violemment la gorge.

— Je m'appelle Philippe Riguier. J'ai bien enlevé votre père mais je ne l'ai pas tué. Je le jure sur la tombe de ma fille. Celui qui est responsable de votre malheur et du mien s'appelle Jules de Chorand. Nous sommes chez lui, dans le sous-sol de sa maison. Si on ne s'entraide pas, on va mourir.

La jeune femme continua à se débattre, à hurler.

— Vous mentez ! Assassin !

— Prisonnier comme vous. Enchaîné même. Pourquoi ? Parce que de Chorand avait prévu que vous me massacreriez. Ensuite le « fantôme » se serait occupé de votre cas. Regardez autour de vous ! La bâche. Tout est prêt pour nous empaqueter. Pas de trace. Vous voulez me tuer, allez-y !

Follet la relâcha. À genoux, dos tourné, il empoigna le marteau à deux mains et commença à éclater les parpaings autour du scellement.

Décontenancée, Anaïs se releva.

— C'est qui ce fantôme ?

— Un Malawien albinos, le chien de garde de De Chorand. Il y a aussi un Chinois.

— Pourquoi avoir enlevé mon père ?

— Parce que ma fille est morte à cause de lui. Comme ma grand-mère est morte à cause de votre grand-père. C'est une très longue histoire commencée en 1933. Beaucoup de gens sont morts parce qu'un jour mon père a pris une jeune fille dans ses bras pour l'aider à cueillir une pomme dans un arbre. Une belle pomme rouge. Presque l'histoire du jardin d'Éden. Claire, Lucien… Et de Chorand, le serpent.

Anaïs lui balança un coup de pied dans les côtes. Le frappa de ses poings.

— N'importe quoi ! Vous mentez ! Vous mentez !

— Alors tuez-moi. Je ne vous empêcherai pas.

La jeune femme éclata en sanglots. S'adossa contre le mur d'en face, se laissa glisser au sol. La tête entre les mains, elle pleura, geignit.

Les parpaings, Follet connaissait. Il savait les monter mais aussi où cogner pour les démolir. Le plus facile, au droit des alvéoles. Le plus difficile, les joints au mortier. Au bout de cinq minutes, il avait descellé la cornière. Étonné que le fantôme ne soit pas déjà intervenu, il courut jusqu'à la porte de sortie. Verrouillée de l'extérieur comme il le pensait. Il prit le brancard, le bloqua sous la poignée. Un renfort dérisoire qui ne tiendrait pas longtemps mais chaque seconde comptait pour faire ce qu'il avait en tête depuis qu'il avait passé un bras dans la brèche qu'il venait de percer dans le mur. La clarté blafarde qui baignait la pièce voisine signifiait certainement qu'elle donnait sur l'extérieur, possédait une fenêtre. Tout à sa stratégie de fuite, il s'arrêta devant le panneau à outils. Prit sans hésiter une clé de huit, desserra l'écrou du maillon rapide, retira le collier. Il n'y croyait plus. Plus du tout. Sans perdre un instant, il ramassa la chaîne et courut se remettre au travail. La dépose de deux parpaings suffirait pour passer de l'autre côté.

Bien que plein d'énergie et d'espoir qu'il pensait disparus à tout jamais, quelque chose le perturbait. Pourquoi le « fantôme » n'était pas déjà intervenu ? De Chorand lui préparait peut-être un autre piège et jouissait en ce moment du spectacle ? Certainement. Qu'importe, il devait essayer. « Quelque chose ne colle pas », se répétait-il encore en passant la tête, le buste dans la trouée. Des gravats jonchaient le carrelage de ce qui semblait être une buanderie lingerie. L'extrémité de la chaîne dans une main, l'autre crispée sur le marteau, il se dirigea aussitôt vers la fenêtre coulissante. Longue, étroite, elle s'ouvrait au-dessus d'un évier à grands bacs. De l'autre côté des vitres fouettées par la pluie, la tempête déferlait sur l'île. La secouait tout entière. Il faisait presque nuit. Aube ou crépuscule ? Plus intéressé par la porte qu'il voyait à l'autre bout de la pièce que par les éléments en furie, il s'en approcha, n'eut aucune peine à l'ouvrir.

Ça ne collait pas ! De Chorand devait se marrer. Se foutre de sa gueule.

Un bruit derrière lui. Il pivota sur la défensive. Anaïs, toujours en larmes. Follet lui montra la fenêtre.

— Enfuyez-vous par là. Il y a un village à cent cinquante mètres. Vous avez une idée de l'heure ?

— Environ seize heures, et on est lundi 11. Je l'ai vu sur la tablette.

Follet hocha la tête. Vingt-quatre heures qu'il se trouvait là.

— Partez ! Refermez la fenêtre après vous. Moi, j'ai quelque chose à terminer.

68

Les policiers ajustèrent leurs anoraks, leurs capuches avant de sortir de la voiture. Dès qu'ils furent dehors, la pluie leur cingla le visage. Courbés en deux, les yeux mi-clos, presque déstabilisés par les rafales, ils coururent jusqu'à l'entrée. Le Maoût chercha un bouton de sonnette avant de saisir le heurtoir. Il frappa plusieurs fois, vigoureusement et attendit à l'abri du petit porche. Autour d'eux, la tempête hurlait. La porte s'ouvrit.

Kwibé portait une chemise ras du cou, longue, bleu azur ornée de broderies blanches sur la poitrine et les manches, un pantalon noir, large, un chapeau traditionnel taillé dans un tissu imprimé africain. Le Malawien joua le serviteur guindé.

— Bonjour. Monsieur de Chorand n'accepte pas les…

Le Maoût présenta sa carte de police.

— Police judiciaire de Nantes, nous souhaiterions lui poser quelques questions.

— C'est-à-dire que… Entrez ! Je vous fais patienter dans le petit salon. Quelle tempête du diable ! C'est l'apocalypse.

Les policiers suivirent le domestique dans un boudoir style années 30 meublé avec raffinement.

Kwibé s'éloigna, s'arrêta à la porte.

— La police de Nantes, vous m'avez dit. Je vais voir. Monsieur de Chorand est très souffrant.

69

La chaîne dans une main, le marteau dans l'autre, Follet abandonna Anaïs, referma derrière lui et grimpa discrètement l'escalier jusqu'à un palier avec une porte identique à celle du sous-sol. Rassuré par le silence alentour, il l'ouvrit malgré tout avec prudence, se retrouva dans un sas avec des placards de part et d'autre et en face de lui, une porte à panneaux laquée blanche. L'heure de vérité… En apnée, il décortiqua les bruits. La voix de Tino Rossi lui parvenait en sourdine. Rien d'autre. Avec une infinie précaution, il abaissa la poignée, décolla l'ouvrant de l'huisserie. *Maman, c'est pour toi seule que ce soir je chante*. Ce taré de De Chorand l'écoutait en boucle.

Par l'imperceptible entrebâillement de la porte, Follet découvrit un plan de travail, un grand piano de cuisson. Guettant le moindre bruit, il se glissa dans la cuisine plongée dans la pénombre, s'avança furtivement vers la double porte vitrée qu'il avait remarquée à gauche de la cheminée et qui séparait le grand salon de la salle à manger. Il fut tenté par l'une des lames rangées sur le porte-couteau magnétique. Il se demanda si Anaïs avait réussi à fuir, si le maître de maison se trouvait dans le salon au même endroit que la veille. Plusieurs coups secs résonnèrent dans la maison. Un bruit de voix s'ensuivit puis l'ouverture et la fermeture d'une porte. La résonance particulière lui rappela celle donnant sur le hall. En apnée, Follet sentait son cœur cogner contre ses côtes. Il manœuvra la poignée avec une lenteur extrême. Le léger bruit caractéristique du fauteuil roulant le figea. Il regarda autour de lui, ne vit aucune caméra. Il pensa de nouveau à Anaïs. Impossible que de Chorand ait pris le risque de les laisser sortir de la maison. Impossible. Il se passait quelque chose. Il entrouvrit un peu plus la porte. Le fauteuil électrique se trouvait à l'arrêt devant l'une des baies vitrées extérieures.

Tino chantait. *Maman, tu gardes toujours ton sourire charmant et tout comme autrefois, mon seul bonheur c'est de te dire maman.*

Dehors la tempête mugissait. La pluie crépitait sur les vitres.

Follet glissa un regard furtif dans la pièce et s'avança rapidement dans le dos de De Chorand. Il ne commettrait pas la même erreur, se présenter devant lui comme l'agneau face au loup. Cette fois, il allait tenir sa promesse faite sur la tombe de Lucille.

Les yeux du vieillard s'agrandirent devant le visage ensanglanté surgi devant lui. La terreur lui empoisonna les veines avant que le marteau n'éclate son crâne avec un bruit mat. Une fois. Puis deux dans un jaillissement sirupeux. Le sang se répandit aussitôt en belles traînées pourpres sur son visage d'albâtre. Effrayant de facilité. Follet déclipsait le système de fermeture de la baie vitrée lorsqu'il vit son reflet dans la vitre. Pas entendu ni vu venir. Saleté de Chinetoque ! Une douleur dans le cou le crispa tout entier. Coup de chaud. Dans un effort ultime, il entrouvrit le coulissant, fit un pas dehors. Un autre coup de lame à la gorge le tassa. Malgré la violence de la pluie et du vent qui lui cinglaient le visage, il garda les yeux grand ouverts. Ne rien perdre de cette beauté que lui offrait la Terre. Un froid glacial l'enveloppa. Ses jambes se dérobèrent sous lui. Ses doigts relâchèrent le manche du marteau. Il s'écroula sur la terrasse pendant que sa vie s'échappait à gros bouillons, se mêlait à la pluie, se diluait. S'écoulait loin de lui. Il allait rejoindre les siens. Peut-être. Il n'en savait rien.

70

Quand Kwibé entra dans le salon, un rideau voltigeait, claquait au vent mauvais. Tsé était penché sur le fauteuil. Du sang gouttait sur le parquet. Le Chinois lui fit signe d'approcher, montra le corps allongé sur la terrasse.

— Riguier, murmura-t-il.

Le regard de Kwibé glissa sur la dépouille ensanglantée, prit l'ordinateur, se connecta sur les caméras. Découvrit la trouée dans le mur.

— Je m'occupe des policiers.

— Et pour monsieur ?

Kwibé repoussa la porte-fenêtre, repositionna le rideau.

— J'sais pas. La fille s'est échappée.

Sans la moindre émotion sur le visage, le Malawien sortit de la pièce. Il devait convaincre les policiers de revenir un peu plus tard. Il avait besoin d'une vingtaine de minutes pour quitter l'île à bord du Zodiac. Se mettre à l'abri en attendant que la tempête se calme et ensuite direction Hoëdic puis

Le Croisic. Il l'avait déjà fait. Une heure trente de traversée.

C'est avec cette idée qu'il retrouva les OPJ.

— Monsieur de Chorand est en traitement. La séance est fatigante. Revenez vers dix-huit heures, il vous recevra.

Le Maoût regarda Sans Sucre. Sans mandat, ils ne pouvaient rien faire.

— OK pour dix-huit heures.

Dehors, ils restèrent quelques secondes sous le porche avant de courir sous le déluge vers leur voiture. Le Maoût démarra, actionna les essuie-glaces. Les lumières derrière la grande baie s'éteignirent. Une autre dont on ne voyait pas l'origine se projeta sur la pelouse du parc.

Cette activité soudaine après leur départ étonna le policier. Il passa la marche arrière.

— Ça bouge dans la baraque.

Sans Sucre hocha la tête.

— Les lampes se sont allumées à la minute où on s'est pointés. Comme si on nous attendait.

Les yeux rivés sur le rétroviseur latéral, Le Maoût recula, braqua pour se mettre dans l'alignement du chemin.

Sans Sucre tendit brusquement la main, bondit de la voiture sans donner d'explication. Une femme. Là, derrière un massif. Sans se soucier de la pluie ni du vent qui faisait rage, le policier se précipita vers sa vision. Brève. Surprenante. Il la trouva blottie derrière un rhododendron, trempée jusqu'aux os, grelottante, transie de pleurs et de froid.

Sans Sucre sortit sa carte de flic, lui tendit la main.

— N'ayez pas peur, je suis de la police.

Anaïs se releva, éclata en sanglots.

À l'arrière de la voiture, la jeune femme mit plusieurs minutes avant de parler.

— Je suis Anaïs Favre. Philippe Riguier, vous l'avez vu ?

Les policiers secouèrent la tête.

— Il était avec moi. Enchaîné dans le sous-sol. C'est lui qui m'a sauvée.

Enveloppée dans la parka de Sans Sucre, incapable de bloquer les tremblements qui la parcouraient tout entière, elle pleura encore avant de répondre aux questions pressantes des policiers. Elle n'avait vu que l'un de ses ravisseurs. Riguier lui avait parlé d'un chien de garde, un Malawien albinos, d'un Chinois et un certain De quelque chose.

— De Chorand, reprit Sans Sucre.

Pendant ce temps, Le Maoût téléphonait au procureur, lui expliquait la situation. La cave. Philippe Riguier. Et cerise sur le gâteau, Anaïs Favre, vivante. Il aurait pu ajouter « Jolie Cerise », d'ailleurs, mais il ne se l'autorisa pas vis-à-vis de Rita. Il n'aurait pas aimé l'inverse.

Le magistrat ne cacha pas son plaisir.

— Bon boulot, Le Maoût. Je demande des renforts auprès de la brigade du Palais.

— Je pense que de Chorand avait été prévenu de notre visite. Je ne voudrais pas que cela se renouvelle même si, avec cette tempête, c'est actuellement impossible de quitter l'île.

— Justement. Dans l'instant, la priorité est la protection d'Anaïs Favre.

— Très bien, monsieur le procureur. Tenez-moi informé.

L'OPJ posa son portable sur la console centrale.

— On ne fait rien. La sécurité de mademoiselle d'abord. On la ramène à la brigade du Palais et on revient en force.

Anaïs s'emporta.

— Parce que vous croyez qu'ils vont vous attendre ? D'après Riguier, c'est le fantôme qui a tué mon père.

Le Maoût la regarda dans les yeux.

— Vous savez ?

— Non seulement je sais, mais j'ai vu. Un montage photos où on le voit marcher sur cette espèce de passerelle jusqu'à sa…

La gorge nouée par la douleur, Anaïs s'interrompit un court instant avant de s'exclamer, de la rage plein la voix :

— Ils vont foutre le camp ! Ma fuite ne leur laisse aucun autre choix. Ils sont deux à s'occuper de De Chorand, le fantôme et un vieux Chinois. Je ne sais pas où est Riguier. « Quelque chose à terminer » qu'il m'a dit avant de disparaître dans l'escalier, le marteau dans une main, la chaîne dans l'autre.

Le Maoût frappa le volant du plat de ses mains.

— Merde ! Je crois savoir pourquoi de Chorand ne nous a pas reçus.

— Moi aussi… grommela Sans Sucre. Riguier est en danger.

Le Maoût sortit son arme de son holster, l'arma.

— Jeannès a raison. La protection de mademoiselle est prioritaire. Tu t'en charges. Moi, j'y vais. Dégage la bagnole avant qu'un arbre tombe dessus. Va vers le village. On reste en contact.

Sans Sucre ne chercha pas à le dissuader.

Il connaissait ce regard dénué d'expression, froid, sans âme. Celui du Voltigeur[19]. Rien ne l'arrêterait. Ni personne.

---

19. Voir La Stratégie des ombres, *même auteur, même collection.*

71

Tsé n'amena pas Monsieur dans sa chambre. Pas couvert de sang et de bouts de cervelle. Son voyage vers l'au-delà ne se passerait bien que s'il était purifié. Lavé, recouvert de talc, habillé de la tête aux pieds et correctement chaussé. Il le lui devait. Pour l'avoir sauvé de la misère extrême, pour lui avoir offert une existence dont il n'avait jamais rêvé. Depuis des mois, Monsieur lui avait donné tous les détails. Il voulait mourir chez lui, seul avec ses souvenirs. Pas d'annonce. Il ne voulait personne pour la crémation, sauf ses fidèles. Lui et Kwibé.

Tsé le porta dans la salle de bains, le déshabilla. Le déposa avec soin dans la baignoire. Rien ne pressait puisque tout était fini. Tout. Absolument tout.

72

Kwibé ne connaissait pas toutes les dispositions qu'allait prendre Tsé mais il savait que celui-ci ne survivrait pas à la mort de Monsieur. Lui voulait vivre.

Dès le départ des policiers, il éteignit les lampes dans le salon, passa dans la cuisine. Besoin de provisions pour son voyage. Son but, le Malawi. Il n'attendrait pas la fin de la tempête pour prendre la mer. Un risque à prendre. Un bus le conduirait ensuite du Croisic à Nantes. Monsieur possédait un appartement dans le quartier de la Butte Sainte-Anne, rue de l'Ermitage avec vue sur la Loire. Monsieur n'y était pas allé depuis un bon moment. Deux ans peut-être. Ce qui intéressait surtout l'albinos se trouvait dans le garage privé. Une limousine, le plein fait, prête à prendre la route. Pas d'arrêt jusqu'à l'aéroport de Toulouse-Blagnac. Alger, Agadir, il ne savait pas encore.

Il chargea le gros sac de sport, traversa le salon en courant, avala l'escalier vers sa chambre.

73

Le Maoût releva la capuche de sa parka et sortit de la voiture avec l'impression que la tempête s'était encore renforcée. Plus de ciel, plus d'horizon. La nuit s'installait comme si la Terre s'était mise à tourner à l'envers. Le policier quitta le chemin, entra dans le parc. Au-dessus de lui, les arbres gémissaient, craquaient.

Une fenêtre s'alluma à l'étage. Le Maoût s'écarta, bifurqua sur la droite entre les pins. Dans le pignon qu'il contournait, trois châssis étroits à meneaux qui structuraient le pignon étaient éclairés. Dégoulinant, courbé en deux, les yeux plissés pour se protéger du déluge de pluie qui filait à l'horizontale, il sortit du parc, traversa le chemin pavé de granit qui descendait vers l'entrée des garages et se retrouva sur la terrasse face à l'océan. Le déferlement assourdissant des vagues contre les rochers lui parvenait comme l'écho d'une bataille lointaine. Il progressa le long de la façade en pierre, enjamba une jardinière et se figea devant le corps allongé. Une chaîne enroulée autour d'un poignet. Du sang partout. L'homme s'était vidé. Les mots d'Anaïs lui revinrent. *Je ne sais pas où est Riguier. Quelque chose à terminer qu'il m'a dit avant de disparaître dans l'escalier, le marteau dans une main, la chaîne dans l'autre.* Maintenant lui savait. Pour l'avoir laissé là, l'heure devait être à la panique.

Après un coup d'œil par la première baie, il s'avança jusqu'au corps, prit le temps de constater la mort avant de pivoter sur ses talons et de pousser latéralement sur le montant central de la baie pour l'ouvrir. À sa grande surprise, le vantail coulissa. Il se glissa à l'intérieur de la maison.

Un clair-obscur régnait dans la pièce pétrie par la voix langoureuse d'un chanteur. *Quoi de plus doux, de plus tendre, que le cœur d'une maman. Qui donc sait mieux nous comprendre et calmer tous nos tourments.* Droit au cœur, dans le ventre. Aussi violent que les vagues énormes qui se fracassaient dehors dans un bruit de tonnerre, le torrent de souvenirs le chavira. Les images. Les odeurs de putréfaction. Tous morts. L'horreur.

Bouleversé, il traversa le salon vers le rai de lumière qui coupait en deux la table de la salle à manger. Le doigt sur la détente du Sig SP 2022, il s'avança jusqu'à la porte entrouverte alors que le chant se poursuivait en italien. Il poussa l'ouvrant du bout du pied, découvrit un sas. Devant lui, un passage toute hauteur laissait deviner les façades coulissantes d'un dressing, un autre à droite s'ouvrait sur une chambre. L'arrêt de la chanson plongea la maison dans le silence. Seul un bruit d'eau se faisait entendre. Là, juste derrière la porte fermée à sa gauche. Une cavalcade dans un escalier, l'ouverture d'une porte. Le Maoût se réfugia dans le dressing. Collé derrière le bout de cloison, la respiration bloquée, le froissement nerveux d'un vêtement imperméable lui parvint. L'inconnu marchait vite, se rapprochait. S'arrêta net, puis s'éloigna. Le salon s'éclaira brièvement, replongea dans la pénombre. Deux portes s'ouvrirent. Puis de nouveau le silence se fit. Un ronflement de moteur…

Le Maoût hurla intérieurement de rage. Il venait de laisser filer l'un des hommes au lieu de le braquer avec son flingue. Putain ! Qu'est-ce qu'il foutait, merde ! Une autre musique enveloppa de nouveau la maison puis la même voix s'éleva *Maman, tu es la plus belle du monde*… Bordel, c'était quoi ce délire ? Il sortit du dressing, se retrouva nez à nez avec un Chinois. Fringues noires, petit, une barbiche blanche pointue, vieux. Surpris, le policier ne put esquiver l'attaque. Dur comme de l'acier, le tranchant de la main de Tsé s'abattit sur son poignet, le délesta de son arme. De l'avant-bras, il para le second coup à la gorge. Le Maoût comprit aussitôt que le « vieux » frappait pour tuer. Sa garde, ses mouvements précis étaient ceux d'un combattant de Kung-Fu. Un maître, peut-être. Engoncé dans sa parka, il se protégeait du mieux qu'il pouvait des coups assénés à la vitesse de l'éclair. Avant qu'il ne soit trop tard, que le vieux n'atteigne un organe vital, il se jeta sur le côté, boula sur le parquet. Renversa une chaise, en agrippa une autre. La maison vibrait sous la puissance du chant. *Et lorsque tout s'effondre autour de moi, maman toi tu es là*. Allongé sur le dos, la chaise dressée, il regarda Tsé fondre sur lui. Un coup de pied tendu éclata la chaise art déco. Devant la tornade, le policier roula sous la table. Se redressa d'un coup de reins. Tsé enchaîna une autre attaque par-dessus le meuble, s'envola jambe tendue avec la volonté de lui déboîter la tête, lui disloquer les cervicales. Le policier pirouetta, rafla de sa main droite le chandelier en bronze posé sur l'enfilade en palissandre des Indes et d'un même élan, le bras à l'horizontale, frappa de toutes ses forces à l'instant où le fauve lui fondait dessus. Sous le choc, quelque chose craqua, du sang gicla. Fauché par la frappe, le Chinois culbuta parmi les chaises, se ratatina contre le bahut. Avant qu'il ait pu se relever, un terrible coup de savate l'étala pour de bon. Tout s'arrêta. Même la musique. Le Maoût lui ramena les mains dans le dos, lui passa des Serflex, fit de même avec les pieds et le traîna sans ménagement vers la salle de bains.

Un vieillard squelettique, rongé par la maladie, couvert de sang était allongé dans la baignoire. Sûrement de Chorand, le crâne défoncé par le marteau de Riguier. Le policier attacha le Chinois, assis sur le carrelage, le dos collé au sèche-serviette.

Nerveux comme un animal sauvage pris au piège, le visage lacéré par les arêtes vives des bougeoirs, les yeux fous, Tsé se tordait dans tous les sens comme un épileptique, ruait des jambes. Une furie dont Le Maoût ne savait plus que faire. Il devait se lancer à la poursuite de l'albinos. Il aurait dû attendre l'arrivée des renforts de la gendarmerie. À chaque seconde passée, la colère le gagnait, s'amplifiait. Ras le bol de perdre du temps.

Il souleva la bouteille à oxygène, la lui balança sur les tibias histoire de le calmer et en profita pour lui attacher les pieds à l'une des roues du fauteuil électrique. Il n'en revenait pas d'avoir laissé l'autre foutre le camp. Il appela Sans Sucre.

— Le fantôme s'est barré en voiture. T'es où ?

— À la sortie du chemin, près d'une maison du village. Aucune bagnole n'est passée par ici.

— C'est pas possible !

— Si je te le dis ! Et les autres ?

— De Chorand et Riguier sont morts. L'enfoiré de Chinois m'a donné du fil à tordre. Regarde s'il y a une autre sortie et rappelle-moi. Je contacte la brigade de gendarmerie et je fais le tour de la baraque.

— C'est quoi cette musique ? On dirait Tino Rossi.

— J'sais pas mais ça me prend la tête.

— J'ai la carte sous les yeux. La desserte de la baraque de De Chorand se poursuit dans la lande jusqu'au sentier côtier qui rejoint l'anse de Kérel en contrebas.

— Le Zodiac ! Il va essayer de quitter l'île.

— Impossible en ce moment.

— Il va essayer, je te dis ! Appelle la brigade, ils trouveront le Chinois attaché dans la salle de bains. Il y a quelle distance jusqu'à la plage de Kérel ?

— Quatre à cinq cents mètres. Attends… Le sentier côtier passe en bas du parc de De Chorand. Tu…

Le Maoût interrompit la communication, ramassa son arme et sortit au pas de course.

74

Kwibé s'arrêta au bout de la piste, descendit du pick-up dans le frottement de sa combinaison de pluie intégrale, ajusta la capuche sur sa casquette à large visière et la serra autour de son cou. La tempête cognait dur. Quand il avait ramené le Zodiac en début d'après-midi avec l'idée d'aller dans la nuit balancer le corps de Riguier au large, il n'avait pas imaginé un ouragan pareil. Force 10 au phare des Poulains d'après la météo. Un truc de fin du monde. Même si le fond de l'anse était bien protégé par vent de Nord-Ouest, il se demanda s'il avait mouillé le bateau assez haut sur l'estran. S'il avait suffisamment bien planté l'ancre dans le sable. Si les cent litres de carburant du réservoir suffiraient pour atteindre Le Croisic. L'angoisse l'étreignait.

Lorsqu'il arriva sur la plage, une épaisse couche d'écume de mer la recouvrait totalement. Des lambeaux blanchâtres volaient partout, s'accrochaient aux taillis d'épineux puis disparaissaient dans le ciel tourmenté. Le Zodiac était là, ballotté par les vagues mourantes. Il pataugea jusqu'au bateau. Il hésitait encore. Il n'avait jamais navigué par gros temps. Il disposait d'au moins une heure avant le retour des flics à la maison. Et de bien plus avant qu'ils n'aient l'idée de se pointer ici. Le temps pour la tempête de se calmer.

75

Sans Sucre démarra, s'engagea sur le chemin. Après cinquante mètres, des cyprès arrachés, cassés barraient complètement le passage. Bloqué, il passa la marche arrière, commença à reculer. Anaïs se redressa brusquement sur son siège.

— Vous faites quoi ?

— Comment ça ? Vous voyez bien que…

Avant qu'il ait eu le temps de réagir, la jeune femme avait quitté la voiture. Sans s'occuper des cataractes qui lui martelaient le crâne, elle enjamba les branches. Elle voulait voir l'ordure qui avait fait assassiner son père. Et Riguier, aussi. L'image de cet homme, le marteau à la main, qui avait choisi de se battre jusqu'au bout alors qu'il pouvait fuir avec elle la touchait profondément. Le flic pouvait toujours gueuler, elle retournait chez de Chorand.

76

Tsé avait appris à ignorer la douleur physique. Bien piètre comparée à celle de l'esprit. Capable de canaliser son extraordinaire énergie interne, le qui, sur un effort ciblé lui donnait une force hors du commun malgré son petit gabarit.

Il tira le fauteuil roulant vers lui jusqu'à se retrouver assis, les jambes repliées, les talons collés aux fesses. Pour avoir démonté le radiateur afin d'en nettoyer l'arrière, il en connaissait le nombre de fixations. Quatre pattes vissées dans des chevilles scellées dans la brique. Ses mains encerclèrent l'un des tubes horizontaux de l'appareil, il se redressa lentement. Si ni son visage, ni ses yeux d'une fixité reptilienne ne laissaient rien transparaître, ses veines saillaient, son corps tremblait sous l'effort. Après plusieurs secousses de plus en plus violentes vers le haut, le bas, une première cheville s'arracha. Le reste fut aisé. L'appareil sur le dos, accroupi au-dessus de la roue du fauteuil, il dénoua les ceintures et fila aussitôt à la cuisine. Trente secondes plus tard, il tranchait les menottes à l'aide d'un couteau. Malgré l'urgence et l'impossibilité de respecter à la lettre les volontés de Monsieur, il savait qu'il ne le décevrait pas.

Il courut verrouiller la porte d'entrée, déclencha la fermeture automatique des volets et celle des portails de garage. Maintenant, il avait le temps. La fuite de Kwibé ne l'étonnait pas. C'était mieux ainsi. Son âme putride aurait pollué la cérémonie. Il lava Monsieur, le sécha, l'enroula dans un drap blanc et le porta dans le salon. Il hésita un instant avant de l'asseoir dans le fauteuil préféré de maman. L'idée lui plaisait. Une lueur de fierté brillait dans son regard lorsqu'il entra dans la chambre du vieillard. Dans un angle, une lampe opaline bleue éclairait un petit autel où se tenait une urne taillée dans un bloc de jade blanc. De retour dans le salon, il déposa l'objet sacré dans le fauteuil près du corps, recula de deux ou trois pas. Magnifique ! Côte à côte. Beaux.

Il regarda autour de lui, se demanda ce qui serait tout à la fois honorable et respectueux. Il s'assit dans le fauteuil en face d'eux, le recula un peu. Par précaution pour ne pas vicier leur cercle vertueux. Content, il se leva.

Deux minutes plus tard, il s'assit de nouveau à la place qu'il avait choisie, dévissa le bouchon du bidon d'essence et s'aspergea. Ses gestes étaient calmes, empreints d'une grande sérénité. Les yeux fixés sur le couple installé devant lui, heureux d'avoir trouvé la solution afin que leurs cendres se mélangent à jamais, il appuya sur l'allume-gaz.

77

Le Maoût suivit les conseils de Sans Sucre. Il descendit le parc jonché de branches de pins, se retrouva sur le sentier côtier, face à l'océan déchaîné. La tempête battait son plein, bourdonnait dans ses tympans. D'énormes vagues noires couronnées d'embruns déferlaient à l'assaut des falaises, les heurtaient avec un roulement de canon. Sans le moindre taillis ni bosquet pour le protéger, giflé par les gouttes acérées comme des hallebardes, bousculé par les rafales, le policier se lança sur l'étroit chemin de crêtes. Il abandonna l'idée de regarder au loin, d'essayer de repérer un véhicule s'il voulait atteindre la plage qu'il voyait en contrebas. Les yeux rivés en mode scan sur la sente boueuse, il se concentra sur sa foulée pour ne pas tomber. Au bout de cinq minutes, l'eau lui coulait dans le dos. Il s'arrêta un instant à l'abri d'un buisson épineux. Malgré l'horizon bouché, il repéra le Zodiac au milieu d'une mer d'écume blanche. Une silhouette apparut près de l'étrave du bateau. Le fantôme.

Le policier reprit sa course. De glissades en dérapages sur un dernier tronçon escarpé, il se retrouva sur la plage. La silhouette confondue avec la masse sombre des rochers, les yeux rivés sur son objectif, il sortit son flingue de son holster et avança sur la plage couverte d'écume de mer.

78

Sans Sucre rejoignit Anaïs, l'agrippa par le bras. La jeune femme se dégagea d'un geste, s'énerva.

— Lâchez-moi !

— Vous allez où ?

— Là où vous devriez être ! À garder celui qui est attaché dans la salle de bains. J'ai entendu votre collègue. Avec la tempête, les gendarmes ne seront pas là avant des heures.

Elle n'avait pas tort.

Tous deux l'entendirent. Un mugissement sauvage, interminable. Le temps sembla s'arrêter lorsque des craquements sinistres dominèrent les hurlements du vent. Un monstre leur arrivait dessus.

Fouettés par la peur, ils s'élancèrent.

Derrière eux, l'un entraînant l'autre, les arbres s'abattaient, pulvérisaient la haie qu'ils venaient de quitter, s'écrasaient dans un fracas de bois éclatés.

Lorsqu'ils se retournèrent, le chemin avait disparu sous les troncs, les branches. Leur silence attestait la frayeur qui palpitait en eux. Essoufflés, trempés comme des serpillières, ils descendirent vers la maison. Sans Sucre s'immobilisa. Une lueur rouge orangé ondoyait dans la grisaille. Suivi d'Anaïs, il s'empressa jusqu'au pignon pour en découvrir la provenance. Le feu! Des flammes dansaient derrière un châssis vitré étroit comme une meurtrière. Le policier fonça jusqu'à la porte d'entrée. Verrouillée. Tout comme les volets. Une décharge d'adrénaline fusa dans ses veines. Le Maoût! En panique, il sortit son portable, l'alluma. Ludo. Il appuya sur la touche. Sonnerie. Message d'absence laconique: « Le Maoût. »

Mort d'angoisse, Sans Sucre fit le tour de la maison en courant à la recherche d'un accès avec l'horrible pensée que son équipier se trouvait peut-être piégé dans cette fournaise. Plus rien à foutre de la pluie, du vent. Le corps allongé sur la terrasse le stoppa net, lui serra le cœur, l'écrasa de terreur. Anaïs lui cria à l'oreille.

— C'est Riguier. Je reconnais son tee-shirt.

Le policier éloigna le corps de la façade, le tira sur la pelouse. Tout allait flamber, s'écrouler. Des nuages de fumée s'échappaient déjà de sous le toit. Il rappela Ludo, plusieurs fois, sans succès, avant de contacter la brigade de gendarmerie.

79

L'ancre et sa chaîne dans une main, des questions plein la tête, Kwibé revenait vers le bateau tout en rassemblant le bout. Depuis son départ, il n'avait pas eu la moindre pensée pour Monsieur ni pour Tsé. Chacun sa vie. Son destin. Le sien allait se jouer là.

Son regard fila vers l'entrée de l'anse. Le vent ne faiblissait pas. Des gerbes d'écume jaillissaient jusqu'en haut de la falaise. La chance lui avait souvent souri. Cette fois, il lui en faudrait beaucoup pour atteindre Le Croisic. Il jeta l'ancre dans le fond du Zodiac.

Le coup de feu le tétanisa. Un instant. Avant que la rage ne fuse dans ses veines. Comme si de rien n'était, il se hissa sur le bateau et échoua dans les dix centimètres d'eau qui clapotaient au fond de celui-ci.

Une autre détonation se perdit dans le rugissement du vent.

Kwibé ne s'en préoccupa pas. Il tourna la tête, reconnut le flic à la parka noire. Le boiteux. Ça ne se voyait pas beaucoup mais lui l'avait remarqué. Ce qui était bien avec les flics, c'est qu'ils ne flinguaient qu'en cas de légitime défense. Il se redressa, saisit la poignée de la chaise motrice, abaissa le hors-bord et appuya sur le démarreur électrique. Le moteur ronronna.

80

L'arme pointée à deux mains, de l'eau jusqu'à mi-mollets, Le Maoût se tenait encore à une trentaine de mètres du Zodiac. Il avait tiré en l'air. Visé le boudin, la seconde fois. Gueulé comme un taré.

— Police ! Bouge plus ! Bouge plus, j'te dis !

Si l'albinos s'imaginait qu'il allait se tirer une nouvelle fois sous son nez, il se trompait. Le policier s'arrêta. Jambes légèrement fléchies, bras tendus, il bloqua sa respiration, pressa sur la détente. Vida la moitié de son chargeur sur le haut moteur. Carton plein. Le hors-bord se tut.

Le Sig braqué sur le fantôme, le policier s'approcha jusqu'à trois ou quatre mètres du bateau. Le vent l'assaillait de face, la pluie le fouettait, l'aveuglait. La houle plus forte le mouillait jusqu'à la ceinture, le faisait tanguer.

— Descends ! Saute à la baille.

Kwibé leva les bras en signe d'acceptation. Il s'accroupit, prit appui de sa main gauche sur le boudin, accompagna son saut d'un mouvement ample du bas droit. L'ancre qu'il venait de saisir par la verge fila à l'horizontale. Le Maoût esquissa une contorsion sans pouvoir l'éviter. La violence du choc l'ébranla tout entier. La douleur lui coupa le souffle, lui fit lâcher son arme. Il perdit l'équilibre, se retrouva sous l'eau. Une vague le submergea. Il se releva, tomba à la renverse. Avala la tasse. Désorienté, il tenta de se remettre debout. Kwibé lui tomba dessus. L'enfonça sous l'eau. Le Maoût se débattit, le cogna pour se dégager. L'air lui manquait, envie de respirer. Et cette douleur qui lui paralysait le bras. Au bord de l'asphyxie, ce n'était plus qu'une question de secondes avant d'ouvrir la bouche. Avant que l'eau s'engouffre dans ses poumons. La panique le gagnait.

Ses forces l'abandonnaient lorsqu'une vague plus forte s'écrasa sur le dos de Kwibé, le projeta en avant. Libéré du poids de son adversaire, Le Maoût ramena ses jambes sous lui. Il se redressa, sortit la tête de l'eau, ouvrit les yeux, respira une grande goulée d'air, partit en arrière. Se retrouva à quatre pattes, pataugea vers la plage. Pas le temps de se mettre debout que l'albinos l'envoyait déjà bouler dans la mer d'écume. Un élancement dans l'épaule lui vrilla la tête, lui arracha un cri de rage. L'envie de tuer l'embrasa. Le bras droit plié et serré contre sa poitrine, il roula sur le côté, pirouetta sur les genoux, se retrouva debout. Cette fois, plus de vagues pour le tétaniser.

Aussi féroce que rapide, le fantôme ne lâchait pas l'affaire, se ruait déjà sur lui.

Le visage sombre giflé par les rafales et le déluge, deux fentes minces, dures à la place des yeux, le policier le laissa venir. Sa jambe droite se détendit comme un piston.

Touché au plexus, le souffle coupé, Kwibé se plia en deux. Avant qu'il ne s'effondre, un coup de savate en pleine gueule l'étala sur la plage. Le Maoût le bascula sur le ventre, lui passa les Serflex dans le dos, assura avec des colliers aux chevilles et se laissa tomber sur les fesses. L'enfoiré avait bien failli l'avoir.

Il resta ainsi pendant deux ou trois minutes. Face à la tempête. Devant la mer qui montait, il traîna son prisonnier vers le haut de la plage. Son épaule lui faisait un mal de chien.

Derrière le rideau de pluie, des flammes s'élevèrent soudain dans le ciel. L'incendie éclairait la crête, les arbres décapités, un bout de pignon. La baraque de De Chorand ! Il ignorait ce qui se passait mais il pensa à Sans Sucre. Il descendit la fermeture éclair de sa parka, porta la main à sa poche intérieure, sortit son portable. Sans le moindre espoir qu'il s'allume, il appuya quand même sur la touche. Déçu, il le rangea. Ses idées s'éparpillèrent. Le Sig tombé à la flotte. Rita ! Il se demanda si elle avait essayé de le joindre… Il reprit son mobile, essaya de l'allumer. Chierie !

Un genou posé sur la gorge de l'albinos, il cria à l'oreille de celui-ci :

— Où est ta voiture ?

Au milieu du visage de craie, les yeux du Malawien étincelaient de haine.

Le policier s'efforça au calme.

— Ta voiture ! Elle est où ?

— Là-haut. Juste au-dessus.

La réponse étonna le policier. L'idée de le ramener avec une épaule en vrac sur un sentier étroit où l'on devait marcher l'un derrière l'autre était très *border line* mais il n'avait pas vraiment pas envie d'attendre qu'on vienne les récupérer. Cela pouvait prendre des heures.

Un pied sur la gorge de Kwibé, il sortit le canif qu'il portait toujours depuis sa rencontre avec Max Carel[20] qui assurait à qui voulait bien l'entendre: « Un couteau et un bout de ficelle, ça peut vous sortir d'un tas de pétrin. »

D'un coup sec, il trancha le Serflex, se pencha de nouveau sur son prisonnier, pointa le manche du canif contre sa nuque.

— On y va. Tu passes devant. Un pas de travers et je te colle une balle.

Le fantôme se releva, se mit en marche. Au lieu de reprendre la trace parmi les fougères et ajoncs qu'il avait empruntée pour descendre, il s'engagea sur le GR340. S'il ne le connaissait pas en totalité, il connaissait sur le bout des pieds le tronçon entre l'anse de Kérel et le phare de Goulphar. Il n'était pas près de revoir le Malawi. Pour le meurtre d'un juge, il allait prendre le max. Peut-être perpète. Avec la tempête, il n'entendait pas le flic mais il le savait là, juste derrière lui. Il passa sous un taillis couché par le vent… Démarra comme un lièvre chassé de son gîte, prit aussitôt quelques mètres sur Le Maoût. Le pas infaillible, il fonçait sur la crête maintenant éclairée par l'incendie. Ses yeux se rivèrent sur les silhouettes debout au milieu du sentier. Il reconnut aussitôt la femme. Celle-là, il aurait dû la pendre comme son père.

La blondasse l'avait vu aussi. Elle gesticulait, le pointait du doigt. Le policier qui l'accompagnait

20. Voir La stratégie des ombres, *même auteur, même collection.*

glissa une main derrière sa veste, sortit son flingue. Kwibé ne s'arrêta pas. Encore quelques mètres. Son regard fixait la masse grondante et ténébreuse de l'océan. Il se servit du rocher sur lequel il s'asseyait parfois comme tremplin et s'envola. Les embruns chargés d'écume l'entourèrent avant que les flots en furie l'engloutissent.

81

Les lueurs de l'incendie faisaient scintiller la pluie, éclairaient le parc dévasté, teintaient de cuivre la mer déchaînée. Malgré le déluge, le brasier dévorait la maison sans faiblir.

Le Maoût s'arrêta un instant là où le fantôme avait sauté et rejoignit Anaïs et Sans Sucre. Leurs regards se croisèrent. Celui de Sans Sucre s'attarda sur le bras de son équipier. Ils n'échangèrent pas un mot. Trop tôt. La tempête cognait partout, fracassait encore. Même en eux. La peur aussi.

Sans Sucre remit son arme dans son holster et fit demi-tour.

Trempés jusqu'aux os, têtes basses, l'un derrière l'autre, la jeune femme au milieu, ils remontèrent le parc sous les trombes d'eau. Le froid les saisit d'un coup. De plus en plus à chaque pas. Une montée de chagrin noua la gorge d'Anaïs. Des larmes lui vinrent aux yeux. Elle éclata en sanglots. Derrière, Le Maoût serrait les dents. Au rythme accéléré de son pouls, une douleur sourde battait au droit de la blessure, irradiait dans tout son bras, son épaule. Les images du saut du fantôme dans le bouillonnement d'écume l'accompagnèrent jusqu'à la voiture. Les branches d'un jeune cyprès recouvraient le capot. Ils s'engouffrèrent à l'intérieur. Sans Sucre se mit au volant, démarra, poussa le chauffage à fond. Son portable vibra. Isa.

— Oui, chérie. Ça va, ça va. Et les filles ? Très bien. Belle-Île-en-Mer. Avec la tempête, je ne sais pas. Bisous.

Le policier passa la marche arrière. La tête dehors, il recula, braqua dans une entrée de cour et repartit. Le nez collé au parebrise, une main sur le levier de vitesse, le pied prêt à freiner, il conduisait lentement. Des rafales de pluie s'abattaient sur le parebrise en vagues étincelantes. Les phares éclairaient une route de champ de bataille, ruisselante d'eau et de boue, jonchée de branches cassées, d'arbrisseaux déracinés. Malgré l'envie qui le tenaillait d'interroger son équipier sur son bras, sur de Chorand, il se tut. Il en parlerait quand le moment serait venu. Pour l'instant, Le Maoût tremblait de froid et d'émotion.

Le coup de fil reçu par Sans Sucre venait de réveiller en lui une autre souffrance plus violente encore que celle de son bras. Elle l'étreignait tout entier, l'empêchait de respirer, lui rongeait le cœur, noircissait son esprit, le remplissait de tristesse. De rage aussi. Un frisson hérissa sa chair.

Le portable de Sans Sucre vibra de nouveau. Le policier regarda le numéro affiché, prit l'appel.

— Salut. Ouais. Journée de merde. Je te le passe. Ciao.

Ludo prit l'appareil.

— Oui ?

La douceur de la voix lui fit l'effet d'un baume.

— Désolé, je n'ai pas pu. Ça va. T'es où ?

— Je t'attends, chéri.

— C'est fini. On rentre avec Arnaud.

— Je m'inquiète. Je t'aime.

— Moi aussi, mon cœur, très fort.

Le Maoût posa le mobile sur la console centrale, palpa son bras, sentit le renflement juste sous l'épaule. Sûrement cassé. Tout allait bien. Il ferma les yeux et se laissa bercer par le battement des essuie-glaces, le crépitement de la pluie. Et les derniers mots de Rita.

Je t'aime.

FIN

BIBLIOGRAPHIE

Le bagne des enfants
Christophe Belser - Éditions De Borée - 2019

Belle-Île-en-mer entre quatre murs
Françis Villadier - Jadis Éditions - 2022

Les enfants de Caïn
Louis Roubaud - Grasset 1925

Cages pour enfants
Zazzo René - Témoignage 26 septembre 1934

L'île des révoltés
Henri Danjou - *Détective* - Article du 6 septembre 1934

Belle-Île-en-Mer, la colonie pénitentiaire
Jérôme Pierrat - Article du Chasse Marée n°109
Août 1997

Inscrivez-vous gratuitement,
et sans aucun engagement de votre part,
à notre bulletin d'information
en nous retournant le coupon ci-contre.

Vous serez informé(e) des parutions en exclusivité,
pourrez bénéficier d'offres spéciales,
recevoir des cadeaux, etc.

Chaque nouvel inscrit recevra
une surprise de bienvenue…

Rejoignez-nous vite !

Et n'hésitez pas à proposer l'inscription
à vos parents et amis…

Je désire m'abonner gratuitement
au bulletin d'information des Éditions du Palémon :
je serai averti(e) des parutions
des enquêtes de Jean-Paul Le Denmat et autres ouvrages, ainsi que de l'actualité et des offres Palémon

Nom ....

Prénom ....

Adresse ....

....

Code Postal ....Ville ....

Pour encore plus d'offres et d'infos,
indiquez votre adresse e-mail :

E-mail ....@.....................

Bon à compléter ou à recopier
et à retourner par courrier à l'adresse suivante :

ÉDITIONS DU PALÉMON
ZI de Kernevez
11B rue Röntgen
29000 QUIMPER

Vos données sont collectées par les éditions du Palémon afin de vous inscrire à notre lettre d'information. Le recueil des données est facultatif et limité à ce qui est strictement nécessaire pour vous faire parvenir notre catalogue et/ou notre newsletter. Vous pouvez à tout moment accéder à vos données, les rectifier, demander leur suppression ou la limitation de leur traitement. En cas de question, vous pouvez nous contacter au 02 98 94 62 44 ou sur **contact@palemon.fr**.

❒ Je consens à l'utilisation de mes données

❒ Je souhaite m'inscrire à la newsletter

JPLD05

Retrouvez les enquêtes de Jean-Paul Le Denmat
et tous les ouvrages des Éditions du Palémon sur :

www.palemon.fr

ÉDITIONS DU PALÉMON
ZI de Kernevez - 11B rue Röntgen
29000 QUIMPER
02 98 94 62 44
Dépôt légal 1[ee] trimestre 2023

ISBN : 978-2-372609-62-3

Achevé d'imprimer en juin 2023
sur les presses de CPI Bussière
18200 Saint-Amand-Montrond
Numéro d'impression : 2072573
2e tirage

Imprimé en France